KB059034

형 소녀의 살아가는 길 4
― 붉은 악몽 ―

토 마토
by Sato Mato

트 니리츠
y Nilitsu

처형 소녀의 살아가는 길 4
— 붉은 악몽 —

^{버진 로드}

목　차

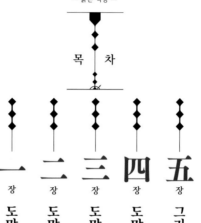

Contents

Story by Sato Mato　Art by nilitsu

아가리

이분의. 끝는이.

차향의 보좌.

모

처형인.

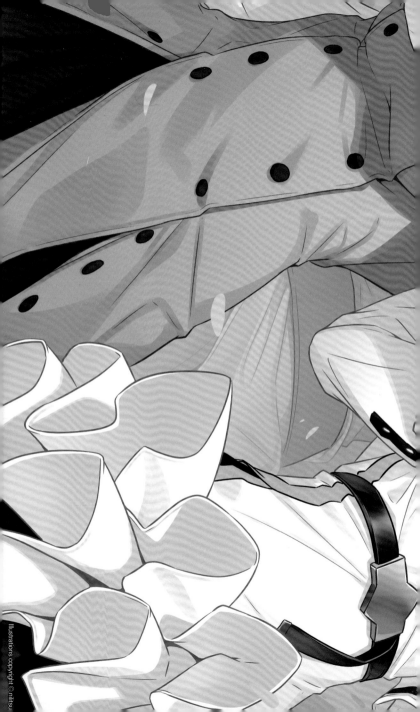

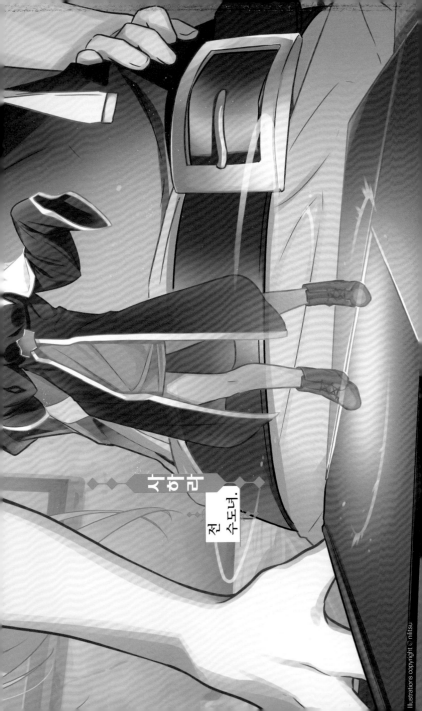

사하라
진수도녀.

처형소녀의 살아가는 길

― 붉은 악몽 ―

사토 마토 지음 / 니리츠 일러스트 / 천선필 옮김

커버 · 컬러내지 · 본문 일러스트
니리츠

그것은 언젠가의 결말.

과거의 여로, 그 끝.

하얗고, 하얗고.

하얀 구름보다 무겁고, 하얀 안개보다 거칠고, 하얀 모래보다 단단하고, 하얀 빛보다 맑고, 그저 하얗기만 한 대지가 펼쳐져 있었다.

한 자루의 검으로 인해 모든 것이 소금으로 변한 대지. 바다와 맞닿은 해안이 파도에 계속 맞아 바다에 녹고, 기나긴 시간에 걸쳐 섬이라 부를 수 있을 정도의 크기가 된 외딴 섬이다. 방금 아주 조금, 10대 여자애 한 명 분량만큼의 대지 부피가 늘어났지만, 벌 수 있는 시간은 아주 약간에 불과했다.

이 세상의 깨끗함을 구현시킨 듯이 흰색이 광대하게 펼쳐진 그 세계를 어떤 젊은 여자가 걸어가고 있었다.

칙칙한 붉은색 머리카락이 견갑골 근처에 닿고 있는 20대 여자였다. 차갑고 단정한 얼굴은 영리해 보이면서도 아직 어린 티가 완전히 빠지지 않았다. 감색 신관복을 입고 소금 대지를 밟고 있는 그녀의 얼굴에는 아무런 표정도 드러나 있지 않았다.

그녀가 사람을 죽인 직후라는 건 아무도 예상하지 못할 것이다.

'주'를 모시는 제1신분(파우스트)인 그녀는 왼팔로 교전을 끼고 있었다. 신관은 왼손으로 교전을 들고 다니는 것이 의무이기 때문에 대다수는 오른손만으로 다룰 수 있는 무기를 선택하는 경향이 있다.

그래서 그런지 그녀는 오른손으로 한 자루의 검을 들고 있었다.

척 보기에는 빈약해 보이는 검이었다.

유려하지도 않고 위엄도 없는 데다 실용성조차 느껴지지 않는다. 녹슬고 부식된 검보다 초라했고, 건드리면 무너져내릴 것 같을 정도로 부실해 보이는 데다 비를 맞으면 녹아서 없어져 버릴 것 같을 정도로 희미했다.

'소금 검'.

그녀가 오른손으로 아무렇게나 들고 있는 것이 바로 하얀 칼날로 상처입힌 만물을 소금으로 바꾸는 검, 이 세상에서 가장 덧없고 무시무시한 검이다.

그녀는 방금 그것을 사용했다. 찌른 상대는 이세계인이었다.

일본이라는 다른 세계에 있는 나라에서 온 '길 잃은 사람'. 그들은 모두 순수 개념이라는 초상적인 힘을 얻으며 때로는 불사성조차 획득한다. 기억을 깎아냄으로써 위협적인 마도를 행사하며, 나아가서는 도시를 하나 통째로 집어삼킬 정도로 큰 피해를 흩뿌리는 인재(휴먼 에러)가 된다.

그렇게 부조리한 능력을 지니고 있는 인간조차 '소금 검'에 저항할 수단은 없었다.

───응, 그러면 돼.

문득 그것으로 찔러 죽인 상대의 최후가 머릿속을 스쳐 갔다.

벗어날 수 없는 죽음을 받아들이고 미소를 짓고 있었던 것은 그녀의 인생에서 가장 친해진 친구였다. 이지적이고, 명석하고,

사람들을 휘두르는 말과 행동을 해댔던 흑발 소녀. 여기까지 함께 여행해온 친구를 그녀가 죽였다.

'소금 검'에 의한 침식은 어떤 마도를 행사하더라도 막을 수가 없다. 불가역적이며, 절대적이다. 물, 공기, 소금. 그것 이외의 모든 것을 침식하며 한없이 소금으로 바꾼다.

순수 개념의 소유자조차 예외는 아니다.

소금 대지까지 데리고 왔다. 그녀를 죽이기 위해서. 그것이 가장 좋은 방법이라고 생각하고. 나는 처형인이니까. 나는 악인이니까. 자신이 해야 할 일을 하기 위해, 여기까지 와서, 그녀에게 하얀 칼날을 박아넣었다.

――네가 정한 거라면, 그게 올바르겠지.

이제 곧 자신이 시체조차 남기지 않고 이 대지와 똑같아질 것이라는 사실을 알고 그녀는 미소를 지었다.

――네가 정한 거라면, 나는 끝나도 돼. 하지만……, 다음에는 이런 일이 없었으면 좋겠네.

그렇게 여행은 끝났다.

친구를 죽인 직후인 그녀는 멈춰 섰다.

대륙이었던 이 섬의 중심. 멈출 수도 없이 펼쳐진 소금의 침식이 시작된 곳. 소금 검을 원래 있던 곳에 꽂아 넣었다.

해야 할 일은 마쳤다. 이제 돌아가기만 하면 된다. 모든 감정을 모조리 녹여버린 것처럼 무표정하게 발걸음을 돌리고, 굳었다.

어느새 나타난 건지, 한 남자가 있었다.

그곳과는 어울리지 않게 답답한 신사복과 중산모를 쓴 30대

남자였다. 신사를 좋아하거든, 친구가 그렇게 한 말을 진지하게 받아들인 결과라고 생각하니 가엾기도 했다. 그런 의미에서도 그 친구는 죄가 많은 여자였다.

"너는, 설마……."

남자의 시선은 그녀가 꽂아 넣은 소금 검에 쏠려 있었다. 그리고 주위에 아무도 없다는 사실을 확인하고는 깜짝 놀란 말투로 물었다.

"……그 아이를, 죽인 건가?"

그녀는 말없이 고개를 끄덕였다. 남자가 원통해하며 이를 악물었다.

"그래. 제때 맞추지 못했던 건가……!"

그렇지 않다.

그는 제때 맞춰서 왔다. 그와 그의 동료는 제때 맞춰서 왔다. 만약에 내가 기다렸다면 분명히 친구는 죽지 않았을 것이다.

그래서 죽인 것이다.

남자는 그런 사실도 모르고 결의에 찬 눈빛으로 말을 걸었다.

"……오웰 경이 준 정보다. '주'의 정체를 알아냈다. 역시 교전은 주의 눈과 귀 같은 역할을 지니고 있다. 아마 틀림없을 것이다."

보아하니 남자는 세계의 지배자의 정체를 알아내고, 역사의 진상을 깨닫고, 마도의 근원에 도달한 모양이었다. 그녀는 그 말을 듣기 전부터 알고 있었다. 세계의 중심에 있던 진실은 '하찮다'는 한 마디로도 충분했다.

"성지를 부수자. 우리 '제4(포스)'는 너와 오웰 경이 협력만 해 주면 새로운 세계를 만들 수 있다. 적어도 지금보다 나은 세계를——. 네 친구였던 '길 잃은 사람'인 그녀가 이런 결말을 맞이하지 않아도 되는 세계를 만들 수 있다!"

'맹주' 카가르마 다르타로스.

제1신분과는 전혀 상관없이 태어났고, 성지에 있는 【사도(엘더)】들의 의도가 전혀 개입되지 않은 채 자라나 이 세계의 구조에 의문을 품고 '제4'라는 연합을 만들었다. 젊은 제3신분(커먼즈)의 '괴물' 게놈 크툴루와를 동료로 삼고 제2신분(노블리스)이자 방랑하는 기사인 '최강' 엑스페리온 리버스를 끌어들인 실력자다.

새로운 신분을 주장하는 그들에게는 확실한 힘과 시대를 밀어붙일 수 있는 기세가 있었다.

제1신분 소속 처형인인 '아지랑이(플레어)'는 이번 여로 중에 그들과 대부분의 경우에서 적대적이었고——, 때로는 함께 싸웠다.

"네가 왼손에 들고 있는 걸 버려라. 지금 입고 있는 옷 따위는 벗어던져라. 그런 걸 계속 떠안고 있어봤자 무슨 소용이 있나! 이제 알게 되었을 텐데. 【사도】 녀석들에게 존재할 가치는 없다. 그리고 '주' 따위는 말할 필요도 없고! 그것을 계속 존재하게 두는 것만으로도 그 녀석들의 부패한 모습은 눈에 거슬린다!!"

그의 호소는 분명히 올바를 것이다.

그와 동시에 그녀의 가슴에는 전혀 닿지 않았다.

"이쪽으로 와라! '아지랑이'!"

이번 여로에서 얻은 별명으로 불리자 그녀의 표정이 처음으로 바뀌었다.

짜증 난다는 듯이 인상을 찌푸리며 시선을 떨구었다.

대답할 필요조차 느껴지지 않는다. 왜냐하면 그녀는 【사도】의 행동이 잘못되었다고 생각하지 않기 때문이다. 그들은 그들 나름대로 올바르고, 무엇보다 이 세계의 문제에 근본적인 해결 수단 같은 건 없다.

동정도, 연민도, 분노도. 그들이 품었을 감정에 전혀 공감할 수가 없다.

관심이 있는 건 한 가지뿐.

'다음'이다.

그들에게 협력해봤자 '다음'은 막을 수 없다. 내가 최초인 것도 아니고, 내가 최후가 될 것 같지도 않다.

그런데도 이 세계는 어떻게 해볼 수도 없다.

나를 착각하고 있는 남자를 어떻게 할까. 그건 왼팔에 끼고 있는 교전이 정할 일이다.

『명령입니다.』

그녀가 들고 있던 교전이 목소리를 냈다. 그 목소리를 듣고 카가르마의 얼굴이 얼어붙었다.

"'아지랑이'……, 설마, 너는……."

카가르마의 목소리가 떨렸다. 그 반응이 불쾌해서 눈가를 일그러뜨렸다. 이유가 뭐냐는 듯한 카가르마의 눈이 불쾌하다. 어째서냐고 당장에라도 외칠 것 같은 입가를 찢어버리고 싶어진다.

　그는 나를 뭘로 보고 있는 걸까.

　이 몸은 뼛속까지 처형인. 살인자 '아지랑이'다.

　왼손으로 들고 있던 교전이 담담하게 무기질적인 명령을 내렸다.

　『그를, 처형하세요.』

　부정하지는 않는다.

　받은 명령대로, 처형인인 '아지랑이'는 칼날을 휘둘렀다.

　열차가 감속하는 힘으로 인해 꿈속에 빠져 있던 의식이 현실 쪽으로 각성했다.

　꿈에서 본 것은 오래된 기억이었다.

　아직 오웰이 대주교가 되기 전, 청렴결백한 성직자였던 무렵. 사람들이 '아지랑이'라는 이름을 살아있는 전설이라고 떠받들기 전, 20년 정도 전에 있었던 일.

　깨어난 순간부터 불쾌해진 그녀를 보고 의문을 품은 건지 왼 팔에 끼고 있던 교전이 멋대로 떠들기 시작했다.

　『무슨 일이신가요, 마스터.』

　"하찮은 꿈을 꿨어."

　예전에 망가진 고물에게 무뚝뚝한 태도로 대답했다.

　오웰까지 포함해서 그 이후로 '제4'와 관련된 모든 것이 흔적도 없이 굴절되고 쇠퇴해갔다. 그들과 '아지랑이'의 차이는 처음부터 세계에 희망을 품고 있었는지 여부뿐이다.

"하찮은 꿈 같은 걸 꾸니 그렇게 되지."

'제4'의 핵심이었던 세 사람과 처형인인 '아지랑이', 그리고 계속 정도를 걸어가던 오웰.

한데 모일 리가 없었던 다섯 사람은 한때나마, '길 잃은 사람' 한 명을 중심으로 협력 관계 비슷한 것을 맺고 있었다.

그들과 결정적으로 다른 길을 가게 된 순간은 틀림없이 그때였을 것이다. 그때부터 다시 10년에 걸친 그들과의 투쟁이 시작되었다.

그들은 말할 것이다.

'아지랑이'가 배신했다고.

하지만.

"……보라고, 다음이 왔어."

조용히 그렇게 중얼거렸다.

하찮은 과거다. 감상조차 되지 않는 기억이다. 만약에 과거로 돌아간다 하더라도 도사(마스터) '아지랑이'는 지금의 자신이 되는 것을 망설이지 않을 것이다. 과거에 약간이나마 후회가 있다면 그때 '맹주'를 확실하게 죽이지 못한 것뿐이다.

대주교가 된 오웰은 '아지랑이의 후계자(플레아트)'라 불리는 메노우의 칼날에 쓰러졌다. 그곳에 없었던 오웰이 먼저 떠났다는 사실이 우스웠고, 어찌할 수도 없을 정도로 아이러니하게 느껴졌다.

그리고 피로 피를 씻는 투쟁을 거친 뒤 모든 것을 포기한 '맹주'는 어째서인지 이제와서 탈옥을 한 모양이었다.

"뭘 기대하고 있는지는 모르겠다만, 쓸데없는 짓이지."

예전에 포기한 줄 알았던 그가 무슨 생각을 하고 있는 걸까. 대낮의 풍경을 보여주고 있는 열차의 창문은 도사의 의문에 대답해주지 않으며 따분한 듯한 표정을 짓고 있는 여자를 희미하게 비추고 있었다.

나이가 들었다. 과거의 자신과 무의식적으로 비교해버린 그녀는 우울한 마음을 품으며 일어섰다.

정차한 열차에서 거리로 내려서자 유황이 섞인 바람이 검붉은 머리카락을 나부끼게 만들었다.

부드럽고 느슨한 분위기가 있으면서도 목조 거리가 특이했다.

"덜떨어진 꿈은 얼른 깨는 게 제일이지."

악질적인 계획을 품고 있던 도사 '아지랑이'는 검붉은 머리카락을 휘날리며 웃었다.

역의 플랫폼에 내려서 제일 먼저 '매캐하다'고 느낀 건 착각이었다.

환승용 표를 들고 2면 3선식 승강장에 들어선 흑발 소녀는 시야의 위화감에 고개를 갸웃거렸다.

미인이라고 하기에는 약간 어렸고, 귀엽다는 표현이 잘 어울리는 동안 미소녀였다. 블라우스에 부풀어 오른 가슴 쪽 라인이 눈길을 끌었지만, 우아한 복장이 절묘하게 전체적인 인상을 결코 눈에 띄게 하지 않고 있었다.

토키토 아카리.

이세계에서 소환된 '길 잃은 사람'이자 소환됨으로써 순수 개념이라 불리는 위협적인 마도가 혼에 부여된 사람이다.

평소에는 기운찼던 까만 눈동자는 눈꺼풀로 인해 우울한 형태를 나타내고 있었다. 뻗친 검은색 머리카락을 누르고 있는 카추샤는 지금 그녀에게는 없었다. 이 세계에서 가장 신뢰하는 친구에게 남겨두고 왔다.

자신의 의지로 그녀의 곁을 떠났다는 사실을 알리기 위해서, 그리고 아주 약간은 멀리 있는 메노우가 자신의 물건을 가지고 있었으면 하는 독점욕을 떠넘겼다.

그로 인해 머리가 약간 가벼워진 아카리는 연기로 가득 찬 시야의 위화감 때문에 멈춰서 있었다.

발을 내디디자 또각, 그렇게 딱딱한 발소리가 울리는 돌바닥

실내. 결코 넓지는 않지만 꼼꼼하게 만들어진 플랫폼은 뿌옇게 보였다.

하지만 연기가 끼었다고 하기에는 코를 찌르는 냄새가 없다. 안개라고 하기에는 피부에 물기가 느껴지지 않는다. 이게 뭘까, 그렇게 생각하며 눈가를 비벼보니 원인을 알 수 있었다.

시야에 가득 차 있던 것은 연기나 안개가 아니라 더 자잘한 빛의 입자였다.

도력광.

이 세계에서 마도 현상을 일으키는 기반인 【힘】의 형태다. 어디서 생겨난 건지 돌아보니 곧바로 알 수 있었다.

정차해 있던 도력 열차가 도력광을 뿜어내며 기적을 울리고 있었다. 많은 승객을 수송하는 열차를 움직이는 도력 기관이 【힘】의 빛을 배출하며 역 안에 확산시켜 플랫폼을 매캐하게 만들고 있는 것이다.

일본에서는 절대로 볼 수 없는 발광 현상으로 인해 아카리의 입가가 약간 부드러워졌다.

두 달 전에 있었던 일. 일행이었던 소녀가 5인 동전으로 빛의 거품을 만들어 아이들을 기쁘게 만들어주었던 게 생각난 것이다.

"메노우는 잘 있을까……."

이 세계에서 만난 친구. 다른 무엇보다 소중히 여기고 싶은 사람. 항상 곁에서 지켜주었던 그녀는 지금 곁에 있지 않다.

"……에휴."

정겨운 마음이 쓸쓸한 마음으로 바뀌었다. 축 처지는 마음을 둘러대기 위해 빛을 잡을 수 있지 않을까 하고 생각하며 허공을 쥐어보았다.

손바닥에는 아무런 감촉도 남아 있지 않았다. 아카리가 손을 움직였는데도 흔들리지 않은 빛의 미립자는 갈 곳을 잃은 채 떠돌다가 시간이 지나자 확산되어 사라져갔다.

애초에 도력이란 대체 뭘까.

떠다니는 도력의 발광 현상을 보자 아카리의 머릿속에 그런 의문이 스쳤다.

일본인인 아카리가 있던 세계의 문명을 지탱하고 있던 것이 '과학'이었던 것처럼, 이 세계 문명의 기반은 '마도'다.

도력이라는 지구에 존재하지 않았던 에너지는 이 세계에서 생명의 정의와도 깊은 관련이 있다고 한다. 아카리가 있었던 세계와 절대적으로 다른 것이 바로 지금 떠다니며 눈에 보이는 도력이다.

이끄는 힘. 그런 명칭이 붙은 신기한 【힘】을 기반으로 발동되는 마도는 어떻게 생겨난 걸까.

끝없는 호기심에 사로잡혀 약간 지적인 기분이 취해 있었을 때였다.

투욱, 뒤에서 가벼운 충격이 느껴졌다.

"으히약?!"

"뭘 그렇게 어린애 같은 짓을 하고 있는 건데요?"

멈춰 서 있던 아카리에게 어깨를 부딪친 사람은 두세 살 정도 어려 보이고 몸집이 작은 소녀였다. 하얀 신관복을 입고 있던 그녀는 아카리의 비명을 듣고 코웃음쳤다.

귀엽다는 감상이 제일 먼저 떠오르는 소녀다.

원래는 발목까지 닿는 치맛자락을 대담하게 잘라내고 하늘하늘 흔들거리는 프릴로 개조했다. 건강한 느낌으로 쭉 뻗은 두 다리는 까만 타이츠에 감싸인 채 바깥 공기로부터 차단되어 있었다.

"열 살 먹은 어린애도 아니고, 도력광 가지고 놀지 마세요. 마도 현상이 되지 않은 도력광에는 물리 간섭력이 거의 없어서 만질 수가 없다고요."

아카리가 한 행동이 열 살 이하 어린애나 하는 행동이라며 야유하는 말투에는 가시가 돋혀 있었다.

처진 눈에 몸집이 작은데도 귀여운 얼굴이 밉살스럽게 보일 정도로 연약한 느낌보다는 건방진 느낌이 눈에 띄었다. 실제로 그녀의 성격은 '온화'하지 않고 공격적이었다.

"모모……."

이름을 부르기만 했는데도 모모의 눈가가 불쾌하게 변했다.

모모의 성격은 아카리도 잘 알고 있긴 하지만, 대놓고 싫어하는 감정을 드러내는 태도가 마음에 들지 않았다. 발끈한 아카리의 입술이 일그러졌다.

아카리가 반발하는 느낌을 알아챈 모모가 약간 아래쪽에서 슬쩍 노려보았다.

"그 건방진 입가는 뭔데요. 불만이 있다면 일단 들어드릴 수도 있는데요?"

"딱히이?"

대놓고 도발하고 있고, 아카리도 반감을 숨길 생각이 없었다. 근처에 있던 벤치에 앉아 팔짱을 끼고는 일부러 그러는 듯이 말꼬리를 늘어뜨렸다.

"상관없잖아. 환승할 열차가 올 때까지 시간도 있고, 뭘 하든지 내 마음인 것 같은데? 아니, 모모, 사소한 행동까지 하나하나 간섭하는 거 짜증 나. 대체 뭐야? 시누이 행세하는 거야? 내가 메노우의 베스트 파트너라는 걸 인정하고 질투해?"

"망상을 늘어놓지 말아 주실래요? 저한테 여정 계획부터 준비까지 전부 떠넘기면서 고생만 시키고 발목을 잡아대는 녀석의 목소리는 듣기만 해도 귀가 썩어버릴 것 같거든요. 자기 행동에 책임도 지지 못하는 풋내기가 자유라는 말을 하니 우습기만 하네요. 애초에 저는 당신하고 이야기를 하고 싶지 않거든요?"

"흐으음~?"

그렇게 말을 주고받은 뒤, 말싸움의 공이 울렸다.

아카리와 모모. 두 사람의 눈동자에 적의가 드러났고, 날아간 눈빛이 공중에서 맞부딪히며 치지직, 소리를 내는 듯이 뒤얽혔다.

아카리는 메노우와 함께 지낼 때 보여주었던 밝고 싹싹한 모습과는 전혀 다르게 펑퍼짐한 하얀 블라우스 소매를 입가에 대고는 일부러 그러는 듯이 쿡쿡 웃었다.

"아하핫. 먼저 말을 걸어놓고 이야기하고 싶지 않다니, 모모는 참 이상하네. 방금 한 말과 모순되다니, 자그마한 외모에 비례해서 기억 용량까지 작은 거야? 아, 미안, 마음이 작은 거였지?"

"호오~."

평소 때 아카리답지 않은 행동이 비꼬는 듯한 느낌을 더욱 강하게 드러내고 있었다. 신경이 거슬린 모모는 입가가 일그러지면서도 귀여운 미소를 무너뜨리지 않았다.

아카리와 약간 떨어져서 벤치에 앉은 다음, 까만 타이츠를 입은 다리를 꼬았다. 곁눈질로 노려보는 듯이 눈을 마주친 모모는 방긋 웃으며 하얀 장갑을 낀 손가락 끝으로 자기 머리를 툭툭 건드리며 가리켰다.

"【힘】을 쓸 때마다 기억이 사라지는 인재 비스무리한 사람이 그런 걱정을 해줄 줄은 몰랐네요. 당신이야말로 그 머리, 괜찮으신가요오? ……뭐, 당신 같은 경우에는 원본이 지독하니 머릿속이 깨끗하게 비워지면 성격이 개선될 가능성이 있지만요. 선배의 마음고생도 좀 줄어들겠고요."

"아하~. 그런 의미로 따지면 모모는 불쌍하네. 그 삐뚤어진 성격은 고칠 여지가 없으니까. 그 안 좋은 성격하고 평생 같이 살아야만 하다니, 어긋난 인생이 될 것 같아서 정말 동정이 가네. 폐만 끼치는 모모가 메노우의 마음고생을 걱정하다니, 100년은 일러."

"능력하고 가슴밖에 존재가치가 없고 도움도 안 되는데 시끄럽기만 한 입으로 선배에 대해 말하지 말아 주실래요?"

"약삭빠르게 내숭만 떨면서 그런 말을 잘도 하는구나. 사실 메노우가 너를 귀엽다고 생각하지 않는다는 거 자각하고 있지?

그래서 메노우에게 애교를 떠는 거 아니야?"

"네에? 기억을 회귀시키면서까지 천진난만한 척하는 속이 시꺼먼 무능녀한테 그런 소릴 듣고 싶지 않거든요~. 이 겁쟁이!"

타악, 빠직, 그렇게 말을 통한 칼싸움이 벌어졌다. 평화로운 플랫폼에 험악한 분위기가 소용돌이쳤고, 지나가던 사람들이 두 소녀의 안 좋은 분위기를 눈치채고는 위험지대에서 멀어져 갔다.

적개심 때문에 모모의 혀가 평소보다 더 날카로웠지만, 아카리도 만만치 않았다.

"모모가 더 겁쟁이잖아? 어렸을 때부터 같이 있었던 주제에 아직까지도 자연스럽게 말하지 못하고 귀여운 척할 수밖에 없다니……, 모모, 너무 자신이 없는 거 아니야?"

"아하하하하, 몇 번이나 같은 시간을 반복했는데도 선배의 호감도를 제대로 따내지 못하는 어떤 덜렁녀 정도는 아니거든요~?"

모모와 아카리는 어떤 목적으로 함께 있을 뿐, 친구도 아니고 동료도 아니다. 그녀들은 소극적으로 표현해도 천적이다. 그런 두 사람이 함께 여행을 하고 있으니 험악해질 수밖에 없었다.

"휴우. 모모, 꼬맹이 주제에 악담은 잔뜩 담아두고 있구나."

"뚱보가 뱃속에 담아두고 있는 것하고는 비교가 안 되죠."

둘 다 숨을 돌리기 위해 퍼붓던 악담을 멈췄다.

혹시 말싸움이 아무런 소용도 없다는 걸 깨달은 걸까. 그녀들과 같은 열차를 기다리고 있던 주위 사람들이 품었던 희미한 기대는 겨울이라 공기가 건조한 곳에서 털실로 짠 스웨터를 비빈 것처럼 파직파직거리며 눈싸움을 벌이고 있는 두 사람을 보고 허무하게 사라졌다.

소녀들이 조용히 서로 노려본 시간은 짧았다.

팽팽하게 긴장된 분위기에서 다시 비꼬는 말을 꺼낸 쪽은 아카리였다.

우선 잽. 매우 일부러 그러는 듯이 크게 한숨을 쉬었다.

"에휴우~. 있지, 모모. 상성이 안 좋은 사람하고 단둘이서 여행하면 말이야. 즐기기는커녕, 피곤하기만 하네."

"우연이네요. 성격이 안 좋은 길동무가 있으니 정신적인 부담이 늘어난다는 건 저도 동의해요."

"맞아, 맞아, 무슨 말인지 알겠어~! 모모하고 처음으로 마음이 맞은 것 같아!"

말투는 꺅꺅대는 것 같은데, 옆에서 듣고 있자니 숨이 막힐 정도로 강한 조미료가 한마디 한마디에 빈틈없이 빽빽하게 들어차 있다. 살벌하면서도 밝은 목소리, 그렇게 절망적인 말을 신나게 떠들어대고 있던 아카리가 갑자기 목소리의 톤을 낮춰서 말했다.

"어쩐지 메노우가 항상 모모하고 따로 행동한다 싶었지."

투둑, 모모의 관자놀이에 핏줄이 드러났다.

말의 블로우가 모모의 멘탈에 파고들었다. 한순간이나마 숨기지 않고 드러낸 것은 분노가 아니라 살기였다. 이 녀석, 반드시 쳐죽인다, 그렇게 소리 내어 말하지 않고도 확실하게 느낄 수 있을 정도로 강한 살기를 뿜어내면서도 입가만큼은 미소를 드리우고 있었다.

　괴로운 수련을 마치고 처형인 보좌관으로서 수많은 수라장을 헤쳐나온 모모의 살기를 느끼고도 아카리는 시원스러운 표정을 짓고 있었다.

　아마 미소가 무너진 쪽이 패배라는 규칙이 있는 모양이었다. 그것도 암묵적으로. 어떻게 해볼 수도 없을 정도로 무의미한 자존심 대결이었다.

　"제가 선배와 따로 행동했던 건 어디 사는 누군가가 방해만 해대서 그런 거거든요오? 딱 달라붙으려 하는 성격 안 좋은 여자 몰래 만날 때는 선배도 숨을 돌렸을 것 같네요~."

　"그런가아? 후배라는 입장을 이용하는 도촬 스토커가 짜증나서 떼어내고 싶었다는 생각은 전혀 안 해봤어? 아니면 혹시 모모는 자기 성격이 안 좋다는 걸 자각하지 못한 거야? 괜찮겠어? 다른 사람에게 폐를 끼치고 있다는 걸 제대로 자각하는 게 좋을걸?"

　"성격이 안 좋다는 걸 자각해야 한다는 말은 그대로 돌려드리죠. 선배도 이렇게 안 좋은 태도만 보이고 성격이 썩은 녀석하고 같이 여행을 했으니 정말 고생을 많이 하셨을 것 같네요."

　좀 전까지 했던 시끌벅적한 매도 대결이 아니라 여기에 없는 사람의 이름을 방패, 창으로 삼아서 서로 쿡쿡 찔러대는 대결이 되었다. 이름이 언급된 본인이 두 사람의 말싸움을 들었다면 너무 하찮아서 두통을 견디는 시늉을 했을 것이다.

　하지만 슬프게도 지금 이곳에 두 사람을 중재할 수 있는 사람

은 없었다.

"참고로 당신이 말한 '도촬'을 한 결과, 어렸을 때부터 모아온 선배의 앨범이 있는데요————, 보고 싶으신가요?"

"……윽?!"

변화구가 파고들자 처음으로 아카리가 입을 다물었다.

신관이 가지고 다니는 교전에는 주위의 영상을 담아서 기록하는 마도가 있다. 모모는 몇 안 되는 특기 마도인 그것을 악용해서 경애하는 메노우가 어렸을 때부터 비밀 앨범(본인 비공인)을 만들고 있었다.

그 사실은 아카리도 알고 있었다. 상대방이 미끼를 내밀자 눈이 이리저리 움직이며 마음속 갈등이 드러났다.

보고 싶다. 하지만 모모에게 보여달라고 부탁하고 싶지는 않다. 아카리에게도 자존심이 있다. 아니, 하지만, 그렇게 상반되는 감정이 고뇌가 되어 분출되었다.

아카리가 알아보기 쉽게 당황하자 모모는 '푸읍', 웃음을 터뜨렸다.

"아하하하, 진짜 바보네요! 아무리 부탁해도 당신 따위에게 보여줄 리가 없잖아요오, 바보오~!"

"뭐어? 이, 게……!"

깔깔대며 어떤 의미로는 자기 나이에 맞게 웃어대는 모모에게 분노에 찬 눈초리를 보냈다. 말싸움으로 이겼다는 우월감 때문인지 모모는 어쩔 수 없다는 듯이 어깨를 으쓱이고는 여유로운 말투로 말했다.

"선배 컬렉션은 제가 오랫동안 쌓아온 성과의 결정이자 찬란하게 빛나는 보물이거든요? 애초에 말이죠. ……그건 얼마 전에 선배가 지워버려서 지금은 없어요."

떠올리고는 자신도 대미지를 받은 모양이었다. 모모는 묵직한 분위기를 드러내며 두 손으로 얼굴을 가렸다. 메노우의 수영복 차림이라는 보물 영상을 추구하던 나머지 빈틈을 드러냈고, 메노우가 직접 대량으로 지워버리게 된 것이다. 아카리도 '어, 어? 없다고?'라고 하면서 자신이 모르는 어린 시절의 메노우를 볼 수 있는 기회를 잃었다는 사실에 충격을 받고 있었다.

참고로 지워졌을 때, 모모는 너무 충격을 받은 나머지 확인하지 못했지만 메노우가 지운 것은 허가를 받지 않고 도촬한 것들뿐이었다. 그냥 찍은 영상은 자비롭게 남겨두었다.

"애초에———, 음."

두 사람이 자폭하며 대미지를 입은 상황에서도 계속 더 해보자며 쌓아두었던 악담을 쏟아내려 했을 때, 열차가 도착했다는 것을 알리는 종이 울렸다.

두 사람이 탈 예정인 열차였다. 묵직한 바퀴 소리를 내며 승강장으로 미끄러져 들어왔다. 말싸움 소리를 묻어버리는 열차의 구동음을 듣고 두 사람도 입을 다물었다.

상대방을 말싸움을 이기지 못한 미련이 뒤얽혀서 프로레슬링을 벌이기 시작했다. 두 소녀의 얼굴에는 '아직 더 할 수 있거든요'라는 아쉬움이 남아있긴 하지만, 말싸움을 다시 시작해서 열차를 놓칠 정도로 바보는 아니었다.

그렇기 때문에 아카리가 입을 열어 꺼낸 말은 매도가 아니었다.

"……모모. 오아시스를 떠나기 전에 했던 말, 사실이지?"

"사실이에요. 속일 이유도 없고요. 그러니까 일부러 당신 같은 걸 데리고 온 거니까."

두 사람은 지금 앞으로 어떻게 할 것인지에 대한 이야기를 나누고 있다.

아카리는 이 세계에서 가장 소중한 친구인 메노우의 곁을 떠났다. 모모도 마찬가지로 이 세계에서 유일하고 절대적이라 할 수 있을 정도의 감정을 품은 메노우의 뜻과 어긋난다는 것을 알면서도 아카리를 데리고 왔다.

열차를 타기 위해 일어선 그녀들이 메노우 곁을 떠난 이유는 단 한 가지.

메노우를 살리기 위해서다.

"선배가 우리를 쫓아오는 동안, 선배는 결코 제1신분을 배신하지 않아요."

단지 그것만을 위해 빈말로도 상성이 좋다 할 수 없는 두 사람이 메노우를 따돌리고 함께 행동하고 있다. 가장 중요한 것은 메노우와 떨어지는 것이다.

"메노우에게 따라잡히지 않을 수 있는 거야?"

"그건 굳이 말할 필요도 없고요. 선배가 우리를 쫓아오려면 사흘 정도는 있어야 할 테니까요."

"사흘이나?"

"제가 선배 곁을 떠날 때 아무런 대책도 안 세웠을 것 같아요?"

아카리의 불안한 마음을 달래주기 위해서, 그런 의도는 아니었지만 모모가 딱 잘라 말했다.

"오아시스를 떠날 때 선배의 여행 자금을 모조리 빼돌렸어요. 지금쯤은 돈을 마련하고 있을 테니 쫓아올 수가 없다고요."

"……우와."

발을 묶어두기 위해 사용한 자비심 없는 수단을 듣고 아카리는 정색했다.

"모모는 말이지, 역시 성격이 안 좋네."

"당연하잖아요."

성격이 안 좋다는 말을 듣고도 모모는 태연했다.

"성격이 좋은 처형인은 선배 말고 없다고요."

알 수 없는 설득력이 있는 말을 듣고 납득할 수밖에 없었다.

대륙 중앙 미개척 영역의 사막 지대.

바람이 불면 메마른 모래가 떠다니며 바싹 마른 공기. 햇살이 피부를 달구는 가혹한 환경이다.

그런 사막 안에 있는 오아시스는 사막에 촉촉함을 가져다주는 귀중한 휴식 공간이다. 목을 축일 수 있는 것은 물론이고 귀중한 수분은 사막의 대지에 식물을 키워준다. 사람이 모이니 건물이 늘어섰고, 중계지점으로 유용하게 쓰이게 되었다.

그렇게 생겨난 도시의 싸구려 여관방에 한 소녀가 있었다.

아직 10대 중반인데도 어른스러운 미모를 지닌 소녀였다. 입고 있는 옷은 정식 신관이라는 사실을 나타내는 감색 신관복이었다. 오른쪽 옷자락 부분에 대담하게 슬릿이 파여 있는 이유는 딱히 그녀의 아름다운 다리를 드러내기 위해서가 아니었다. 허벅지에 찬 벨트에 달린 단검을 재빠르게 꺼내기 위한 구조다.

제1신분인 신관이자 금기를 사냥하는 처형인, '아지랑이의 후계자'라고도 불리는 메노우다.

그녀의 온몸은 도력광으로 감싸여 있었다. 일정한 호흡 중에도 메노우의 정신이 흔들리지는 않았다.

혼으로부터【힘】을 끌어내 정신으로 다스려 육체의 온몸에 순환시킨다. 도력을 육체에 흘러넣다보니 부자연스럽게 뭉치고 삐걱대는 부분이 있었다. 문제가 있는 부분을 원래대로 되돌리는 것을 의식하며 천천히 도력을 순환시켜나갔다.

메노우는 얼마 전 전투 때 큰 대미지를 입었다.

'철쇄'라는 무장 집단. 수도녀였던 의수 소유자, 사하라와의 전투. 그리고 그녀의 소원에 부응하여 나타난 원망인형, 3원색의 마도병.

치열한 전투를 벌인 끝에 승리를 거두긴 했지만, 상처를 전혀 입지 않은 것은 아니었다.

특히 최후의 강적에게 입은 상처가 심했다. 거의 패배한 상태에서 이루어낸 역전이다. 연달아 벌인 전투로 인해 입은 상처를 치유하기 위해 메노우는 자기 치유에 전념하고 있었다.

도력 강화는 사람의 신체 기능을 강하게 만들어준다. 그것을 응용하여 몸의 치유 능력을 키워 상처 치료를 촉진하고 있는 것이다. 물론 한계가 있긴 하지만, 어지간한 상처라면 매우 빠르게 낫는다.

번쩍, 눈을 떴다.

메노우가 온몸에 두르고 있던 도력광이 흩어졌다. 휴우, 숨을 짧게 내뱉고 일어서서 온몸을 풀었다. 스트레칭 동작에 맞춰 까만 스카프 리본으로 묶어둔 연한 갈색 포니테일이 흔들렸다.

그 동작을 통해 통증이 남아있는지 여부를 확인하고는 문제가 없다고 스스로 진단을 내렸다.

"음, 이 정도면 되겠지."

완치되었다고 할 수는 없지만, 여차했을 때 전투를 벌이더라도 움직이는데 지장이 없는 정도까지는 회복했다. 대미지 중 대부분이 타박상이었기에 빠르게 나은 것이다. 만약에 뼈가 부러지거나 내장까지 베이는 상처를 입었다면 이렇게 간단히 치유되지는 않았을 것이다.

"자, 몸 상태는 됐고."

그렇게 말한 메노우는 목소리 톤을 낮췄다.

"……돈, 어떻게든 해야지."

그렇게 토해낸 목소리에는 비탄하는 감정이 담겨 있었다. 우울함이 담긴 시선은 여관의 침대로 향하고 있었다.

그곳에는 메노우의 짐이 있었다.

평소에는 허리띠에 묶고 다니는 튼튼한 가죽 가방이 내용물을 잃은 채 납작해져 있었다. 가지고 다니던 모든 짐을 침대에 늘어놓고 객관적으로 파악할 수 있게끔 했기 때문이다.

가지런히 늘어놓은 짐을 본 메노우의 표정은 침통했다.

늘어놓고 보니 한눈에 알 수 있었다. 짐 중에서도 중요한 것이 빠져 있었다.

단적으로 말하자면, 돈이 없어졌다.

"……어째서 이렇게 된 걸까."

살며시 빈 지갑을 집어서 바라보는 메노우의 표정은 슬퍼 보였다. 다만, 좀 신기한 슬픈 감정이 느껴진다. 돈이 없는 무상함을 잘 아는 자 특유의 우울한 감정이다.

때로는 상대방이 고압적으로 떠넘긴 임무를 수행하면서, 때로는 부조리한 처지에 처하면서 꾸준히 모았던 여행 자금이 사라졌다. 딱히 메노우가 사치를 부리며 자금을 마구 써버린 것도 아니다. 오히려 메노우는 성실하고 검소한 생활을 하고 있다. 이번에도 제1신분으로서의 활동 중 일환으로 사막의 유적을 아지트로 삼고 있던 무장 집단 '철쇄'를 괴멸시키는 공을 세웠다.

그런 사건에 휘말려서 여관을 비운 동안, 두고 갔던 돈을 도둑맞은 것이다.

메노우도 신관으로서 청렴하고자 하는 마음가짐이 있긴 하지만, 일부러 가난하게 살고 싶지는 않다. 이래 봬도 성직자로서 순조롭게 계급을 올리고 있는 엘리트일 텐데, 어째서 이렇게 자금 조달이 힘든 걸까. 현실도피를 하는 듯이 그런 생각을 해버리는 이유는 없어진 게 돈뿐만이 아니었기 때문이다.

자금 절도와 더불어 하나 더.

여기까지 여행을 함께 해온 일행, 토키토 아카리의 실종이라는 중대 사건까지 일어났다.

"머리가 아프네……."

웃어넘길 상황이 아니라는 사실을 새삼 인식하고는 불평을 늘어놓았다.

이쪽이 더 큰 문제다. 그녀가 사라진 것과 비교하면 돈이 없어진 것 정도는 사소한 문제라고 단언할 수 있다.

애초에 메노우의 역할은 아카리와 함께 여행을 하는 것이다.

이세계인 일본에서 소환된 '길 잃은 사람'이자 순수 개념【시간】의 보유자 토키토 아카리. 그녀의 감시, 대처가 바로 처형인인 메노우의 임무다. 그 대상인 그녀가 실종되었다.

어떻게 할까, 메노우가 그렇게 생각하며 팔짱을 꼈을 때였다.

『꼴 좋네.』

갑자기 뒤에서 목소리가 울렸다.

메노우가 돌아보았지만, 시선 끝에는 아무도 없었다. 테이블 위에 놓인 교전 두 권이 있을 뿐이었다. 교전 두 권 중 하나는 모모가 두고 간 것이다.

이변이 일어난 것은 다른 쪽.

메노우가 가지고 있는 교전에서 사람의 목소리가 들렸다.

『자기 후배한테 뒤통수를 맞은 기분은 어때?』

"딱히 어떻다고 따질 필요도 없어, 사하라."

메노우가 싸늘하게 그 목소리를 낸 사람의 이름을 말하자 교전이 도력광 입체영상을 만들어냈다.

공중에 모습을 드러낸 것은 수도복 차림인 소녀였다.

느슨하게 말린 은발을 어깨까지 늘어뜨렸고 힘이 빠진 눈동자가 나른한 인상을 풍겼다. 그냥 봐도 눈이 번쩍 뜨일만한 미소녀였지만, 가장 큰 특징은 크기였다.

손바닥 위에 올려놓을 수 있을 정도로 작기 때문이다.

원래 교회에 소속된 신분이었지만 메노우에 대한 질투와 선망 때문에 금기에 손을 댄 수도녀다. 그녀는 메노우와 전투를 벌이고 패배한 것과 동시에 육체를 잃고는 하필이면 메노우의 교전에 정신이 깃들어버린 특이한 상태가 되었다.

미처 죽지 못한 그녀는 좀 전까지 몸을 웅크린 채 '죽고 싶다'는 말만 하고 있었지만, 메노우가 모모에게 당한 모습을 보자마자 신이 나서 떠들기 시작했다.

『모모가 아카리를 데리고 갔구나. 신뢰하던 후배에게 배신당한 거야, 메노우.』

"……아직 모모가 아카리를 데리고 갔다는 게 확정된 건 아니야."

『꼴사나운 변명이네. 당신 자신이 모모가 배신했을 가능성이 가장 크다고 판단하고 있으면서.』

"……."

아무런 반론도 하지 못하고 입을 꾹 다물었다.

사하라가 한 말이 맞다. 모모가 자발적으로 아카리를 데리고 간 흔적은 확실하게 남겨져 있다. 여관에는 아카리의 카추샤와 모모의 교전이 놓여 있었다. 두고 간 메모까지 보면 그녀들은 분명히 자신의 의지로 이곳을 떠났을 것이다. 방금 한 말은 감싸기 위해 한 말에 불과했다.

『어떻게 할 거야? 처형인 보좌로서 있을 수 없는 독단. 그 열받는 꼬맹이 고릴라는 명령을 위반한 배신자로 고발하는 게 합당할 것 같은데?』

"안 그럴 거야. 모모도 그 애 나름대로 판단을 내리고 움직인 거겠지. 애초에 그 애는 내 보좌관이니까 내가 책임을 지는 게 당연하잖아."

『……모모에게는 물러터진 게 당신다워서 소름이 끼치네.』

"그래. 하지만 그래서 당신 일은 제쳐두어야만 하는 거야."

가시 돋힌 말을 은근슬쩍 나누었다.

모모가 한 행동은 내버려 둘 수 없는 문제다. 그렇기 때문에 수도녀 신분으로 금기를 저지른 사하라의 처분은 일단 제쳐두게 되었다.

집게손가락을 구부리고 교전을 살짝 두드렸다.

"사하라. 지금 당신은 금기 그 자체야. 안타깝지만 나는 당신을 구해줄 수가 없어. 수명이 늘어난 것에 대해 모모에게 고마워하는 게 나을지도 모르겠는데?"

비꼬는 말투로 말하자 이번에는 사하라가 입을 다물었다.

아무리 '꼭두각시 세상'의 영향 때문이라고는 하지만, 그녀가 한 행동은 용납될 수 없다.

메노우를 죽이려 한 것도 그렇지만, '꼭두각시 세상'의 성질을 받아들인 데다 메노우의 교전에 깃들기까지 한 그녀는 이제 존재 자체가 금기가 되었다.

인체의 도력 생명체화 현상.

육체를 잃었는데도 혼과 정신이 보전되고 있는 이상 사태다. 모모를 쫓아가서 잡은 뒤에는 사하라를 처리해야만 한다. 보고할 때는 증거로 사하라가 깃들어 있는 교전을 제출할 생각이었다.

"다음 도시의 교회에서 넘길 생각이었는데, 그럴 여유도 없어. 모모를 회수한 다음에 당신도 곧바로 성지까지 가지고 가게 되겠지."

메노우의 목적지인 '소금의 검'이 있는 곳으로 가려면 제1신분의 중심지인 성지를 경유할 필요가 있다. 그냥 죽여도 죽지 않는 능력을 지닌 아카리를 살해할 수단으로 '소금 검'을 선택한 시점에서 메노우는 여정에 성지를 포함해두고 있었다.

"그 이후에 당신이 어떤 취급을 받을지는 내가 관여할 일이 아니야. ……각오는 해두는 게 좋겠지."

메노우가 지금 당장 교전을 소각하는 등의 방법으로 사하라를 처분하려 하지 않는 것은 지금 그녀가 무엇인지 메노우 자신도 판단을 내리지 못했기 때문이다.

하지만 사하라가 깃들어 있는 교전을 사용하면 메노우의 마도 행사가 방해받게 된다. 한동안은 모모가 두고 간 교전을 대신 쓰게 될 것이다.

"그전까지는 다른 사람들 눈에 띄지 말아줘. 방금처럼 도력광으로 입체영상을 만드는 건 물론이고 이야기도 자제해."

『……만약에 따르지 않는다면?』

"곧바로 처분하는 것도 고려하고 있어."

인체의 도력 생명체화 현상은 희귀하기는 하지만 전혀 사례가 없는 건 아니다. 이해할 수 없는 것은 메노우의 교전에 깃들었다는 점이고, 더욱 우려해야 할 점은 사하라가 '꼭두각시 세상'의 영향을 받았다는 것이다.

메노우가 곧바로 교전을 태워버리지 않은 것도 상황이 지금보다 더욱 악화될 가능성을 부정할 수 없다는 이유가 크다. 자칫하다가는 그녀의 육체로서 다시 원망인형이 나타날지도 모른다는 생각이 들었다.

하지만 그 가능성은 만에 하나 정도다.

약간이긴 하지만 사하라에 대한 동정, 그리고 두 번째 살해를 망설이는 마음이 있었다.

『……아, 그러셔.』

사형 선고나 마찬가지인 선언을 듣고도 사하라의 목소리에는 동요한 느낌이 없었다.

『마음대로 해. 딱히 살아날 생각도 없고, 당신에게 살려달라고 할 생각도 없어. 나는 금기를 저지른 전 수도녀. 당신은 그걸 처리하는 처형인 신관. 그것뿐이니까.』

"……그래."

사하라가 그렇게 말하니 메노우가 해줄 수 있는 건 없었다. 그나마 말 상대를 해주는 것 정도다. 그것도 그녀가 사라지기 전까지 짧은 기간 동안.

"어찌 됐든, 우선 모모를 쫓아가는 건 마찬가지지만 말이지. 모모가 무슨 생각으로 아카리를 데리고 간 건지, 알아내야 하니까."

『어떻게? 지금 당신 상태로 쫓아갈 수 있을 것 같지는 않은데.』

그렇게 말한 사하라가 텅 빈 메노우의 지갑을 보며 비웃었다.

『돈이 없잖아.』

"뭐, 그렇긴 한데……."

근본적인 지적이다. 뭘 하든지 필요한 게 있다.

물론 그 점에 대해서도 전혀 방법이 없는 건 아니다. 메노우는 살며시 몸을 숙여서 장딴지를 감싸고 있던 부츠 안에 손을 넣었다.

손가락 끝에 부스럭거리는 종이 감촉이 느껴졌다. 손가락으로 집어서 꺼낸 것은 1만 인 지폐였다.

『……무일푼은 아니구나.』

"그렇지. 여행 초보도 아니고."

사하라의 목소리에는 왠지 분한 듯한 느낌이 담겨 있었지만, 흘려넘겼다.

지갑에 여비를 전부 넣어둘 정도로 부주의하진 않다. 이걸로 식량과 물을 사면 아슬아슬하게 사막을 넘어갈 수는 있을 것이다.

『그래도 자금이 부족하다는 건 마찬가지지.』

사하라의 지적은 정확했다.

지금 상태로는 사막을 넘어가봤자 자금이 바닥난다. 모모가 진심으로 메노우를 뿌리칠 생각이라면 사막을 넘어간 뒤에 열차를 타고 이동할 것이다. 여비를 조달하기 위해 일을 맡다 보면 모모와 아카리를 쫓아갈 시간이 없어진다.

메노우 같은 처형인이 임무비를 융통할 때는 그곳에서 일어난 골치 아픈 사건을 해결해달라고 떠넘기는 경우가 보통이다. 교구의 외부인에게 예산을 떼어주는 대신 일을 하라는 논리다.

사막을 넘어가서 다음 도시에 도착해봤자 그 교구의 교회가 쉽사리 자금을 넘겨줄 거라는 보장도 없다. 교섭하는데 시간을 쓰다가는 확실하게 모모와 아카리를 놓칠 것이다.

어떻게 할까, 메노우는 그렇게 생각하며 지폐를 입가에 가져다 댔다.

아카리를 데리고 간 모모의 목적은 무엇일까.

메노우가 '철쇄'와 싸우고 있던 동안 아카리를 데리고 떠났고, 발목을 잡아두기 위해 자금까지 빼돌린 채 자취를 감췄다. 모모의 갑작스러운 행동은 메노우에게 마른 하늘에 날벼락이었다.

메노우와 모모 사이는 양호했다. 수도원에 있었던 무렵부터 선후배로서 끈끈한 관계를 쌓아왔다는 것은 메노우의 착각이 아닐 것이다.

그런 모모가 메노우에게 등을 돌리면서까지 아카리를 데리고 간 이유.

갑작스럽다고 느껴지는 모모의 행동 원리를 추측하기 위한 근거가 될 만한 말과 행동이 있다.

──표적하고 오랫동안 접촉하는 임무는 선배에게 맞지 않는 것 같아요.

──들킨다거나, 그런 문제가 아니라고요오.

아카리를 데리고 가게 된 계기. 그리잘리카 왕국에서 처음 역할 분담을 정했을 때 나누었던 이야기다. 그때 모모는 이 임무에 대한 메노우의 적성을 의심하고 있었다.

그 이후로 약 두 달이 지났다.

"……모모에게는 그렇게 보였다는 거겠지."

살며시, 사하라에게도 들리지 않을 정도로 작은 목소리로 중얼거렸다.

모모가 독단을 내린 이유를 어렴풋이 짐작하면서, 말도 안 된다며 입술을 삐죽댔다.

모모는 실력이 좋다. 하지만 혼자서 결론을 내려버리는 경향이 있다. 어지간한 것들은 자신의 뛰어난 스펙으로 해결해버리기 때문일 것이다. 모모는 기본적으로 자신이 해낼 수 있는 방식으로 일을 처리한다. 반대로 말하자면 행동에서 버릇을 제거하지 못했기 때문에 자신이 생각하지 않는 쪽으로는 사고가 미치지 못하는 경우가 많다.

그 때문에 매우 알기 쉽다.

현장에서의 실력은 뛰어나지만, 계획을 짤 때는 호불호가 너무 강하다. 메노우의 감독을 받을 때는 순순히 지시에 따라주지만, 그것 이외에 문제가 많기 때문에 모모가 여전히 보좌관인 것이다.

그렇게 생각하니 여행 자금을 빼돌린 이유도 짐작이 간다. 그냥 메노우를 잡아두기 위해서다.

여행 초보에 가까운 아카리를 데리고 갔으니 혼자 행동할 때보다 수고가 두 배는 더 들 것이다. 모모는 메노우에게 따라잡히지 않기 위해 시간을 벌 필요가 있었던 것이다.

이렇게 발목을 잡힌 상황을 해소할 방법은 간단하다.

"아마 모모는 내가 그 사람에게 부탁한다는 발상 자체를 못했겠지."

『그 사람?』

누구 이야기를 하는 거냐고 의문을 던진 사하라에게 메노우는 여유롭게 대답했다.

"부자 중에 부탁할만한 사람이 있거든."

"돈 말이냐? 좋다."

메노우가 여비를 마련하기 위해 찾아간 곳에 있던 사람은 쉽사리 그렇게 말했다.

얼마나 필요한지 금액조차 물어보지 않고 받아들인 사람은 화려한 옷차림을 하고 있었다. 여자치고는 키가 크고 기복이 뚜렷하면서도 훌륭한 몸매를 드러내는 선진적인 디자인을 보이는 드레스를 입고 있었다. 장식품으로 장식할 필요도 없이 그녀라는 인간 자체가 화려하다. 자라오며 형성된 인격과 선천적으로 지니고 태어난 외모가 이 정도로 딱 들어맞는 사람은 별로 없다.

그리잘리카 왕국의 막내 공주이자 '공주 기사'로 유명한 실력자, 아슈나 그리잘리카다.

메노우와는 사막에 있던 무장 집단 '철쇄' 괴멸 작전 때 함께 싸운 사이이다. 그 사건 때 그녀도 적지 않게 부상을 입었을 텐데, 눈에 띄는 상처는 남아 있지 않았다. 메노우와 마찬가지로 도력 강화를 응용하여 자기 치유를 했을 것이다.

"얼마나 필요한지 금액도 말씀드리지 않았는데, 괜찮으신가요?"

"당연히 괜찮지."

아슈나는 다리를 꼬고 푸른 눈을 가늘게 뜨며 우아하게 웃었다.

"돈으로 자네에게 빚을 지울 수 있다면 싸게 먹히는 거다. 얼마나 필요한지 말해 보거라. 빌려줄 금액이 크면 클수록 좋겠군. 갚지 못할 정도라면 최고겠어."

"……한도 내에서 적은 금액을 빌릴 테니 신경 쓰지 마시죠. 최대한 빠르게 갚겠습니다."

"그런가? 그거 아쉽군."

정말로 아쉬워하는 듯한 목소리였다. 돈을 빌려달라는데 기뻐하는 이유는 돈에 흥미가 없기 때문이 아니라 담보가 확실한 투자라고 생각하기 때문일 것이다. 메노우에게 빌려주면 어떻게 되더라도 메노우에게 회수할 수 있다는 확신이 있기 때문에 밀어붙이는 것이기에 메노우도 정색을 했다.

아슈나는 딱히 신경 쓰지 않는 것 같았다. 자신의 지갑을 메노우에게 대충 던져서 넘겼다.

"자, 마음대로 가져가도록."

"……감사합니다."

배포가 큰 아슈나의 성격은 메노우도 잘 알고 있다. 너무 비굴하게 굴 필요는 없다고 생각하며 곧바로 수만 인을 빼냈다.

"그런데 지갑에 든 돈으로도 충분할 정도라면 그냥 빌려주는 건 재미가 없지. 모처럼 기회가 생겼으니 조건을 내세우도록 할까."

"딱히 재미로 돈을 빌리는 건 아닌데요……, 조건이란 말이죠. 이자라도 붙여드릴까요?"

"이자를 붙여서 뭐가 즐겁다는 거지?"

돈을 빌려줄 때의 조건 중 정석은 이자다. 폭리가 아닐까, 가난뱅이 정신이 몸에 밴 메노우가 그렇게 생각하며 마음속으로 불안해했지만, 지갑을 돌려받은 아슈나는 한층 더 악당 같은 미소를 지었다.

"흐음, 빌린 금액은 5만 인 정도인가? 그럼 돈은 갚지 않아도 된다. 그 대신 자네가 재미있는 걸 해줘야겠어."

돈을 갚지 않아도 된다는 말을 들었는데도 메노우의 불안한 마음이 더욱 커졌다.

무슨 말을 할 셈이냐고 경계하는 메노우를 아랑곳하지 않고, 아슈나가 일어섰다.

"알고 있을지 모르겠다만, 나는 옷을 꽤 즐기는 편이거든."

"그건 뭐, 이야기를 듣고 보니 납득이 되네요."

평소에 입고 다니는 드레스부터 디자인이 혁신적이다. 아슈나가 옷을 신경 쓴다는 건 금방 추측할 수 있다.

그녀가 옷을 즐기는 것과 돈을 빌리는 조건에 무슨 상관이 있을까. 연결고리가 보이지 않는 이야기를 듣고 당황하던 와중에 아슈나는 방 한켠에 놓여있던 옷장 쪽으로 다가갔다.

아슈나가 연 옷장 안에는 다양한 옷이 있었다.

드레스를 입고 다닌다는 인상이 강한 아슈나도 옷을 즐기는 사람이라고 자칭할 만큼 다양한 옷을 갖추고 있었다. 그중 한 벌을 든 아슈나는 심술궂은 미소를 지었다.

"자, 메노우. 자네는 한동안 이걸 입어줘야겠다. 아, 사이즈 조정은 하인에게 맡길 테니 안심하도록."

"……네? 이거, 요?"

그녀가 건넨 옷을 보고 메노우는 자기도 모르게 멍한 표정을 지어버렸다.

이 대륙에서 인류가 '나라'라 불릴 정도로 넓은 생존권을 획득한 영토는 그리 많지 않다.

흉악한 마물과 강력한 마도병, 무엇보다 예전에 존재했던 인재의 상처 자국이 인류가 생존권을 확립시키기 힘든 환경을 만들어내고 있다. 어떤 나라라 해도 국경 바깥에는 미개척 영역이 펼쳐져 있기에 이 세계의 주민 중 대다수는 다른 나라로 이동한다는 발상 자체를 하지 못했다.

일반 시민이 그렇게 매우 위험한 지역을 돌파할 기회가 있다면 대륙 서부에 있는 성지로 향하는 여행, 순례에 도전할 때뿐이다. 미개척 영역을 건너가는 건 큰 위험이 있기에 보통은 일생에 한 번 도전할까 말까 할 정도다.

그렇기 때문에 이 세계의 사람 중 대부분은 국내 이동에 대해 '여행'이라는 표현을 사용한다.

어느 정도 안전이 확립된 국내를 여행할 때 반드시 필요한 존재가 도력 열차다. 국내에 깔린 선로 위를 달리는 열차는 인류에게 있어서 가장 큰 이동수단이다.

대륙 중앙부에 있는 사막을 넘어서 펼쳐진 평야로부터 산을 향해 달리고 있는 열차고 국내 이동을 위해 운행되고 있는 차량 중 하나다.

내부는 간소했다. 가운데에 통로가 있고, 좌우에 마주보는 좌석이 늘어서 있다. 붉은 천이 깔린 좌석은 부드러워 보이지만, 실제로는 딱딱한 감촉을 전혀 줄여주지 못하는 눈속임이다. 완충재를 끼우지 않고 보기에만 그럴싸하게 만들었을 뿐이기에 오랫동안 앉아 있으면 열차가 흔들리는 것까지 겹쳐서 엉덩이가 아파진다는 불평으로 유명한 좌석이다.

그런 차량 안에서 모모와 아카리는 시간을 보내기 위해 메노우 이야기를 하고 있었다.

"메노우는 항상 신관복을 입고 다니는데, 뭘 입어도 어울리지. 멋있긴 하지만 말이야, 귀여운 계열 옷도 잘 어울리는 건 대단한 것 같아. 처음 만났을 때 입고 있었던 메이드복 같은 것도 인상에 남아있는데. 하늘하늘하면서도 그냥 귀여웠어! ……모모는 그런 메노우를 알고 있어?"

"그리잘리카 왕국에서 입었던 거요? 알고 있고 뭐고, 그 메이드복은 제가 만든 거거든요오~. 바느질 실력을 칭찬해주셔서 영광이네요오~, 바보!"

"말도 안 돼애?! 모모는 그런 것도 할 줄 알아? 크윽, 여자력이……."

"저는 예전부터 선배의 성장과 멋을 부리는 모습을 기록해 왔으니까요. 선배를 위한 노력은 게을리하지 않는다고요. 요리도,

바느질도, 잠입 수사도, 졸개들을 처리하는 것도 못할 것 같은 어디 사는 누군가와는 다르거든요~?"

"끄으으……!"

한쪽은 성지에 있는 수도원에서 자란 신관 보좌. 한쪽은 이세계에서 온 '길 잃은 사람'인 여자. 자라온 환경이나 성격이 다른 두 사람의 공통 화제가 될만한 건 메노우 말고는 없다. 아니, 애초에 이 두 사람의 가장 큰 관심사가 메노우다.

모모도, 아카리도 예상치 못하게 메노우가 화제로 나오자 두 사람은 매우 신나게 이야기를 하고 있었다.

"메노우가 멋을 부리는 모습이라고 하니 말이야, 열차를 타기 전에도 그러던데……, 정말로 기록이 남아있지 않은 거야? 교전은 영상을 남길 수 있는 마도가 있지? 메노우는 이러쿵저러쿵해도 자상하니까 추억을 전부 지우진 않았을 거야. 다시 말해서 나도 어린 메노우를 볼 기회가 있는 거지! 안 그래?"

"그러고 보니 그냥 찍은 건 남아있을지도 모르겠지만……, 제 교전은 선배에게 남겨두고 왔어요. 그러니까 어찌 됐든 당신한테 보여줄 선배의 영상은 없는 거죠."

"조금 정도는 괜찮잖아, 짠순이. 아니, 모모는 왜 자기 교전을 두고 온 거야? 그거 무기지?"

"저는 전투 때 교전을 거의 안 써요. 그리고 동기 통신이 가능한 교전들끼리는 어느 정도 거리 안에서는 서로 위치를 파악할 수 있거든요. 선배가 수색하다가 그 거리 안으로 들어오면 단번에 어디 있는지 들켜버릴 테니 가지고 올 수가 없었던 거예요."

"으으. 모모는 정말 도움이 안 되네!"

"입 닥치고 있어, 완전 무능녀."

어린 시절 메노우에 대해 알고 있는 건 모모뿐이라는 하찮은 기싸움에서 한판을 따낸 모모는 만족스러워하며 팔짱을 끼고 화제를 돌렸다.

"자, 시간이 좀 남았으니 이야기를 다시 정리해보죠."

"어어~? 메노우의 어린 시절 영상보다 중요한 이야기가 있어?"

"만약에 교전을 가지고 있었다 하더라도 당신한테는 절대로 보여주지 않을 테니 포기하라고요. 그럼 제가 이야기를 좀 하죠. 당신 기억에 대해서요."

모모와 아카리가 타고 있는 차량에는 손님이 드문드문 있었다. 시선만 움직여서 쓸데없이 엿듣는 사람이 없다는 걸 확인한 모모는 열차가 달리는 소리에 묻혀서 전달되지 못할 것까지 감안하며 두 사람 사이에서 험담 및 매도 다음으로 자주 되풀이되었던 화제를 꺼냈다.

"당신은 '선배의 죽음'을 방아쇠로 삼아서 순수 개념에서 유래된 마도를 써서 세계의 시간을 통째로 회귀시켰다. 이건 틀림없죠?"

"응."

토키토 아카리.

그녀는 순수 개념 【시간】이 혼에 정착된 인물이다.

순수 개념이란, 말 그대로 개념에 가까운 힘을 휘두를 수 있기에 인지를 초월한 마도이다. 아카리 같은 【시간】 말고도 여러 가지 종류가 있다.

자연 현상으로 나타나 버릴 경우도 있지만, 이 세계의 주민이 절대적인 【힘】을 원하며 이세계인을 소환하는 경우도 있다.

그런 금기를 처리하는 것이 모모나 메노우 같은 처형인의 역할인데, 이번만은 사정이 달랐다.

"당신이 시간 회귀를 반복한 목적은 '소금 검'으로 향하기 위한 여행 도중에 죽어버리는 선배를 구해낼 방법을 찾기 위해서였고요."

아카리가 말없이 힘차게 고개를 끄덕였다.

모모는 좌석 등받이에 몸을 기댔다. 보기에는 부드러울 것 같지만, 완전히 겉으로 보기에만 그럴 뿐이다. 딱딱한 나무에 천을 한 장 두르기만 한 좌석은 열차의 진동을 직접적으로 몸에 전달해주었다.

흔들리는 열차에 몸을 맡긴 모모는 다시 생각을 정리했다.

세계의 시간을 회귀시킨다.

그것이 어떤 현상인 건지 고찰하는 건 힘들다. 장대한 현상이고, 다른 사례가 없다. 회귀된 시간축이 어떻게 되었는지 지금 여기 있는 모모가 관측할 수 없는 이상, 생각해봤자 소용이 없다.

한 가지 확실하게 딱 잘라 말할 수 있는 건, 아카리에게 형편이 좋은 회귀 현상이 되고 있다는 것뿐이다.

순수 개념이 깃들었고, 행사하는 사람은 아카리다. 발현되는 마도는 그녀의 뜻에 따르고 있다.

"당신은 귀찮은 여자예요. 존재 자체가 진짜로 골치가 아파서 어떻게 해볼 방법도 없네요."

"시끄럽거든~? 애초에 모모도 메노우를 지키지 못하니까 내가 회귀하게 된 거잖아?"

"모르는 시간의 제 이야기를 해봤자 요만큼도 소용이 없거든요~."

모모는 아카리에게 이야기를 듣기 전까지 메노우를 보좌하기 위해 행동하고 있었다. 아카리를 죽이기 위해 '소금 검'을 사용한다는 결정에도 따랐다.

하지만 회귀한 시간 속에서 메노우가 아카리를 지키기 위해 제1신분을 배신한 적이 있다는 이야기를 들은 순간부터 모모의 목적은 바뀌었다.

혹시나, 그렇게 우려를 하고 있긴 했다.

메노우는 실력이 좋은 처형인이다. 단기간 접촉을 통해 목표를 확실하게 해치워 왔다. 그 실력은 모모와 메노우의 스승이자 전설의 처형인 '아지랑이'의 재래를 연상케할 정도였고, 실제로 메노우에게는 '아지랑이의 후계자'라는 별명이 암흑 세계에서 퍼지고 있다.

그래서 메노우는 실력이 너무 좋기 때문에 대상을 단기간에 확실하게 처리해왔다. 살해할 대상과 장기간에 걸쳐서 접촉한 경우가 아카리 이전에는 없었던 것이다.

그렇기 때문에 앞으로 일어날 수도 있는 메노우의 사망 원인에 대해 들었을 때는 크게 놀라지 않았다.

"선배는……, 너무 자상해요."

"응."

아카리도 진지하게 고개를 끄덕였다.

"처음 만났을 때부터 계속 그랬어. 메노우는 나한테 자상하단 말이지. ……에헤헤!"

"이런 얼간이 따위는 저버려도 되는데에……!"

쑥스러워하며 웃기 시작한 아카리를 보고 어째서 이런 녀석을 위해서, 그렇게 생각하며 이를 악물었다.

메노우가 제1신분을 배신하고 도사 '아지랑이'에게 살해당한다. 모모는 그런 사태가 일어나게 둘 바에는 아카리를 죽일 필요조차 없을 거라 판단했다. 그리고 독자적인 판단으로 아카리를 데리고 떠났다.

아카리를 살해하기 위한 여행에서 메노우의 목숨을 지키기 위한 여행으로 목적을 전환시킨 것이다.

"그런데 모모. 메노우에게서 떠났는데 메노우는 정말로 괜찮은 거야?"

메노우와 아카리가 친밀해지는 것이 사건의 방아쇠라면, 메노우의 곁에서 아카리가 멀어지면 메노우가 죽지 않는다. 누구나 금방 떠올릴 법한 대처법을 아카리가 실행하지 않았던 이유는 메노우가 죽는 원인이 도사 '아지랑이' 때문만이 아니었기 때문이다.

실제로 아카리가 메노우와 아예 만나지 않게끔 행동한 결과, 오히려 메노우가 죽는 시기를 앞당기기까지 했다.

그 이야기를 들은 모모는 쓸데없는 걱정이라며 인상을 찌푸렸다.

"괜찮아요. 저기 말이죠, 당신은 바보라서 눈치채지 못했겠지만——."

"모모, 다른 사람 험담을 하는 입은 지퍼를 채웠으면 하는데."

"바보 같은 당신은 눈치채지 못했겠지만요."

입을 삐죽대는 아카리의 요구 따위는 전혀 들어줄 생각이 없는 모모는 그녀의 얼빠진 구석을 강조하며 계속 말했다.

"이야기를 들어보니 선배가 사망하는 원인은 크게 나누어서 두 가지예요. 당신이 말한 검붉은 신관——, 도사 '아지랑이'에게 살해당하는 전개. 이건 선배가 제1신분을 배신했을 때 벌어지죠. 그리고 다른 한 가지 경우 말인데요……, 당신이 없으면 선배가 위기를 벗어나기 위한 전력이 부족하기 때문이에요. 가장 확실한 사례가 그리잘리카 왕국에서 오웰 대주교에게 붙잡혔을 때겠죠."

그건 아카리가 메노우와 만나지 않는다는 방법을 선택했을 때 확실해졌다.

대주교 오웰.

제1신분이면서도 금기에 손을 댄 그녀는 강적이었다. 단순한 스펙으로 메노우를 훨씬 뛰어넘었고, 성인의 가면을 계속 써온 책략가이기도 했다.

그녀의 거성이었던 고도 가름에서 메노우가 살아남을 수 있었던 것은 이세계인인 아카리의 순수 개념을 끌어낼 수 있었기 때문이다. 조커와도 같은 특이 전력이 없다면 이길 수 없었을 정도로 오웰은 엄청나게 강한 적이었다.

그 사건을 조사할 때 모모도 협력했기에 알 수 있다. 만약에 아카리가 없었을 경우, 메노우가 오웰을 이길 수 있었을까를 따지면 매우 힘들었을 거라고 할 수밖에 없다.

"선배의 사망 원인이 두 가지니까 당신은 선배와 함께 여행을 함으로써 선배를 구한다는 길을 선택한 거죠."

"응."

아카리가 고개를 끄덕였다.

아카리와 함께 있지 않으면 오웰의 함정을 벗어날 수가 없다. 이것은 확정된 사상이라고 생각해도 된다. 아무리 메노우의 실력이 뛰어나다 해도 제1신분인 대주교까지 올라간 인물은 적으로 삼기에 너무 힘든 상대다.

"이번에는 그 위기를 넘어섰죠. 우리가 지금 신경 써야 할 것은 대륙 중앙부를 넘어선 뒤에 선배가 도사에게 살해당하는 경우예요."

다시 말해 바랄 사막을 돌파한 이후. 현재 진행형인 문제다.

모모는 오아시스에서 아카리에게 루프 이야기를 들었다. 그 이후로 이동하는 도중에 아카리의 기억에 남아있는 것들을 전부 들었다고 할 수 있다.

이야기를 들어보니 대륙 서부에 들어선 뒤에는 좀 전에 언급했던 오웰과는 상황이 달랐다. 도사 '아지랑이'가 메노우를 죽이는 건 일정 기간 이상 아카리와 함께 지냈을 경우뿐이었다.

"아마도, 하지만 선배는……."

모모가 얼버무렸다. 메노우가 제1신분을 배신하는 이유를 말하고 싶지 않기 때문이다.

특히 아카리 앞에서는. 어차피 으스댈 게 뻔하다. 그걸 말하면 분명히 짜증 나게 될 것이다.

그래도 어쩔 수 없이 입을 열었다.

"……당신에게 우정을 느끼고, 죽일 수 없어서겠죠."

이야기를 듣고 보니 도사가 메노우를 살해하는 원인은 메노우가 제1신분을 배신하고 아카리를 살리려 한 결과로 보였다.

그 말을 듣자마자 아카리가 실실거리며 웃었다.

"어? 에헤헤……, 역시 그렇게 생각해? 역시? 역시 말이지~! 메노우도 참, 그렇게 나를——."

"모든 원흉, 여기서 죽어!"

"——어흡?!"

예상했던 것보다 짜증이 났다.

까불어댄 벌은 폭력으로 제재하겠다는 듯이 모모가 오른쪽 스트레이트를 날렸다. 알아보기 쉬운 예비 동작까지 취했기에 재빨리 좌석에서 굴러떨어진 아카리의 머리 위를 아슬아슬하게 모모의 주먹이 스쳤다.

"위험하잖아?! 갑자기 뭔데?!"

"아~, 죄송하네요오~. 원흉인 주제에 속 편하게 기뻐하길래 저도 모르게 살의를 억누를 수가 없었네요~."

"질투잖아! 메노우가 나를 모모보다 더 소중히 여긴다고 질투한 거지!"

"누~가~아~! 그렇게까지! 말했나요오?!"

째려보면서도 주먹을 거두었다. 여기서 머리를 날려봤자 아카리는【회귀】를 통해 부활한다. 어차피 죽일 수가 없는 것이다.

"뭐, 마음에 걸리는 부분도 많지만요. 아무튼, 가정해보면 그 정도예요."

몇 가지 드는 위화감 중에서도 뚜렷한 것이 메노우를 살해하는 도사 '아지랑이'가 현역 처형인이 아니라는 점이다.

그녀는 살아있는 전설이라고도 불리는 처형인이지만, 지금은 처형인을 육성하는 수도원을 총괄하는 입장이다. 살아있는 전설이라 불리긴 하지만, 원래는 현장에 나올 입장이 아니다.

배신한 메노우를 처리하기 위해서라고는 해도 어째서 일선에서 물러난 도사가 움직이는 걸까.

메노우가 실력이 뛰어나긴 하지만, 도사여야만 살해할 수 있을 정도로 강하진 않다. 모모의 편애가 섞인 눈으로 보더라도 성지에서 뛰어난 신관들로 부대를 꾸려서 싸우게 하면 메노우를 이길 수는 있다.

아무리 메노우가 수제자에 가까운 입장이라 해도 도사는 제자라서 직접 자기 손으로 해치워주겠다며 몸소 움직일 정도로 감상적인 사람이 아니다.

냉혹하고 무자비.

또는 감정이 없는 살육자.

그것이 도사에 대한 모모의 인상이다. 임무에 감정을 개입시키지 않는다. 자신의 목숨에도 큰 무게를 두지 않는다. 그럼에도 불구하고 어째서, 그런 의문이 남았다.

하지만 몇 번이나 도사와 마주친 아카리의 이야기를 들어보니 우연은 아니다. 특히 첫 번째는 아카리를 구하기 위해 메노우가 제1신분을 배신한 건 틀림없다.

정답에 도달하기 위한 조각이 부족하다. 결론이 나오지 않는 의문을 제쳐두고 이야기를 계속 해나갔다.

"그래서, 지금까지와 이번 상황의 가장 큰 차이가 '만마전(판데모니움)'인가요?"

"그렇단 말이지. 그건 정말 놀랐어."

항구 도시 리벨에서 마주친 인재 '만마전'. 최저 최악이라 불린 인재를 가두어둔 안개의 봉인에 균열이 생기는 이상 사태가 벌어진 것이다. 천년의 세월로 인해 열화된 것을 의심했는데, 아카리가 세계를 회귀시킨 것으로 인해 안개 결계가 일그러진 모양이었다.

그것만큼은 인상을 쓸 수밖에 없었다.

"민폐를 끼치는 것도 정도가 있죠. 간접적으로 세계를 멸망시킬 생각인가요?"

"그럴 생각은 없는데……."

말도 안 돼, 그녀가 그렇게 말하며 입술을 삐죽댔다.

실제로 아카리는 자신의 마도가 4대 인재를 해방할 수도 있는 원인이 될지도 모른다는 사실을 몰랐다.

"뭐, 그래도 메노우가 죽어버린다면 세계 따위는 멸망해도 상관없잖아?"

"그건 저도 이해가 되네요."

부정할 이유가 없었다. 모모도 매우 진지한 표정으로 맞장구를 쳤다. 어찌 됐든 메노우가 가장 우선이라는 건 마찬가지였다.

"선배를 구하기 위해 세계가 희생되는 건 어쩔 수 없죠. 하지만 세계가 멸망하는 과정에서 선배가 위험에 처하면 주객전도 잖아요. 선배가 없는 곳에서 '만마전'이 날뛰는 건 상관없지만, 선배가 가는 곳마다 '만마전'이 나타나게 됐고요."

"으윽, 그렇긴 하지……!"

메노우 과격파 소녀들은 다른 피해 따위는 알 바 아니라며 계속 이야기를 이어나갔다.

"어찌 됐든, 선배가 죽는 원인을 제거할 방법은 몇 가지 있어요. 첫 번째로는 당신이 죽는 거죠. 이세계인인 당신은 갈 곳도 없고 죽어도 따질 사람이 없죠. 당신이 일찌감치 죽으면 선배가 배신할 이유도 사라지고요. 안타깝게도 '만마전'의 새끼손가락 은 남겠지만, 더 이상 피해가 커지지 않는다고 생각하면 나쁘지 않겠네요."

"……모모."

터무니없는 의견을 듣고 아카리가 심각한 표정을 지었다.

"난 모모가 정말 싫으니까 모모에게 살해당하고 싶지는 않아. 역시 말이지, 살해당한다는 건 신뢰 관계가 필요하다고 생각하거든."

"당신, 무슨 소릴 하는 거죠"

이해할 수 없는 가치관이다.

보아하니 시간을 너무 많이 되풀이해서 머릿속이 이상한 아이가 되어버린 모양이다. 모모는 안타까운 바보를 보는 듯한 눈초리로 동정하는 감정을 드러냈다.

"뭐, 어찌 됐든 제가 당신을 죽이는 건 불가능하니 이 방법은 기각하겠지만요."

"그러고 보니까, 어째서 모모는 못 죽이는 거야? '소금 검'을 쓰면 모모도 나를 죽일 수 있잖아."

"지금 저는 사용 허가를 받을 수 없어요. '소금 검'이 있는 곳에는 성지를 경유해야만 갈 수 있게 되어 있는 모양이거든요. 상관인 선배의 곁을 무단으로 떠난 제가 성지에 간다는 건 자수하는 거나 마찬가지니까요."

"그렇구나아."

흐에~, 아카리가 그렇게 감탄하며 납득했다.

"역시 모모는 나를 죽일 수 없구나. 약간 안심했어."

"죽일 수만 있다면 그냥 죽였을 거예요. ······해충녀."

"흐으음? 나를 완전히 죽이지 못하는 모모는 싸구려 살충제쯤 되려나? 억지로 그렇게 폭언을 해봤자 전혀 아무렇지도 않거든!"

실제로 모모에게 아카리를 죽일 방법은 없다. 【시간】의 순수 개념에 보호되고 있는 아카리는 어지간한 방법으로 살해해봤자 아무렇지도 않게 부활한다.

"어찌 됐든, 여행의 전반과 중반 이후에 선배가 사망하는 이유가 확실히 달라진다는 건 이해하셨나요?"

"이해했습니다."

"좋아요. 바랄 사막을 넘어선 뒤에는 당신이 선배 곁을 떠난다 하더라도 선배의 대처 능력을 넘어서는 사건에 휘말리지 않는다고요. 그 안 좋은 머리에 확실하게 새겨두는 게 좋을 거예요."

"……그렇구나."

대주교가 금기를 저지를 정도로 큰 사건에 자주 휩쓸리지는 않는 것이다.

"시험해본 적은 없었나요? 어떤 시기에 자기가 떨어지면 선배가 죽지 않는 건지."

"……왜냐하면, 불안했거든."

아카리가 작고 떨리는 목소리로 말했다.

"세 번째 때, 였던가? 내가 못 본 곳에서 메노우가 죽어버렸거든? 죽지 않게끔 계속 함께 있고 싶은 게 당연하잖아."

그녀가 메노우 곁을 떠나지 않았던 가장 큰 이유가 그것이었다.

구하려 한 사람이 자신과는 상관없는 곳에서 죽었다. 그 사실이 확실하게 아카리의 마음을 깎아냈다.

"만약에 메노우가 죽어버려도 시간을 되돌릴 수 있어. 다시 시작할 수 있어. 하지만 메노우가 죽어버렸다는 걸 모르는 상태라면 나는 시간을 되돌리지도 못해. 무슨 일이 일어나고 있는지 모르는 건 싫었다고."

몇 번 반복하던 동안, 아카리는 소환 직후에 그리잘리카 왕성을 탈출해서 메노우와의 만남 그 자체를 없었던 일로 했던 적이

한 번 있었다.

그 결과는 혼자 정처 없이 떠돌아다니다 도사에게 따라잡혀서 메노우가 죽었다는 사실을 듣게 되는 결말이었다. 그때까지 자신과는 상관없는 곳에서 메노우가 살아있을 거라고 생각했던 아카리는 세계를 되돌리는 마도를 사용할 수 없었다.

애초에 아카리는 논리와는 거리가 멀고 감정적인 성격이다. 메노우 곁에 있어야만 한다는 강박관념이 분석에 필요한 객관성을 빼앗아갔다.

아카리가 한 말을 들은 모모는 팔짱을 꼈다.

짜증 나게도 그 마음을 이해해 버렸다. 메노우가 소중하다는 감정이 어쩔 수 없이 공감하게 만들고 있었다.

"이제부터 할 일이 많으니 각오하세요."

"알았어……, 그런데 말이지."

아카리가 한숨을 쉬었다.

"역시 모모하고 여행을 하는 건 별로네. 서로 이해하기 이전에 감동이 없어, 감동이. 모처럼 이세계 여행인데 심심하고."

"감동이라고요."

모모가 말없이 눈을 가늘게 떴다. 이미 여러 번 되풀이했다면 여행에도 익숙할 텐데. 이제 와서 계속 불평을 해대는 건 트집이라고 생각해야 한다.

하지만 시비를 걸었으니 받아주겠다고 생각하며 질문을 던졌다.

"그러고 보니 이쪽 산에 온 건 처음인가요?"

"응? 뭐, 그렇지."

"그렇군요. 지금까지 다녔던 경로로는 열차가 거의 평지만 달렸을 테니까요. 선배가 '소금 검'을 목표로 삼았다면 분명히 성지로 가는 루트를 선택했을 테고, 일부러 멀리 돌아가지도 않았겠고요."

그렇다면, 그렇게 생각하며 눈을 돌려 창밖을 확인했다. 산쪽으로 들어선 뒤로 선로의 궤도에 커브가 늘어나서 열차의 속도도 느려졌다. 그리고 산길이라면, 그렇게 생각하며 경치를 바라보고는 타이밍이 좋다고 생각하면서 입을 열었다.

"5, 4."

모모가 카운트다운을 하기 시작했다. 그렇게 갑작스러운 행동의 의도를 파악하지 못한 아카리가 수상쩍어하는 표정을 지었다.

"3, 2, 1——, 0."

열차가 터널로 돌입한 순간이었다.

차 안에 빛이 가득 찼다.

도력 기관에서 배출된 빛이 터널 안에 가득 차 창문을 통해 차 안으로 들어왔다. 그것은 아카리와 모모가 타고 있는 차량도 마찬가지였다. 모모가 열어둔 창문을 통해 도력광이 흘러들어왔다.

희미한 안개와도 같은 빛에 아카리가 넋이 나갔다.

터널을 벗어났다.

스며들어오는 햇살에 밀려나 희미하게 퍼진 도력광은 빛을 잃었다.

"……어때요?"

평야 쪽으로만 다녔다면 터널을 지나지는 않았을 것이다. 환상적인 광경에 말문이 막혀 입을 떡 벌리고 있던 아카리에게 모모가 으스대는 표정으로 물었다.

"감동했나요?"

"……으으!"

아카리가 입을 꾹 다물었다. 모모에게 발끈하는 마음으로 솔직한 감정을 숨기며 고개를 홱 돌리고 억지를 썼다.

"안 했거든!"

이겼다.

척 보기에도 억지를 쓰는 모습이었기에 모모는 씨익 웃으며 입가를 치켜올렸다.

모모와 아카리가 타고 가는 보통 열차 선로에서 멀리 떨어진 뒤쪽에서 열차가 달리고 있었다.

선두의 기관차부터 후방에 있는 전망차까지, 차량의 숫자는 10량. 구동되는 차륜을 선로에 맞춰 회전시키며 앞으로, 앞으로 나아가고 있다. 척 보기에도 보통 열차와는 달리 힘찬 느낌이 들었다.

호화 침대차의 세 번째 차량. 1등 차량의 객실에는 좋은 향기가 떠돌고 있었다.

내부가 모모와 아카리가 탄 열차와는 전혀 달랐다. 매표소에서 표를 한 장 사면 탈 수 있는 싸구려 일반 차량과는 비교도 되지 않았다. 테이블 옆에 있는 차창의 풍경이 흘러가지 않는다면 고급 호텔의 방으로 착각해버릴 것 같은 차량이었다.

그 개인실의 승객은 사치스럽게도 열차에서 코스 요리를 맛보고 있었다.

원래는 주방 차량과 인접해 있는 식당차에서 제공되는 요리지만, 시종에게 명령을 내려서 주방 차량에서 카트를 써서 자기가 있는 객실까지 가져와 고급 레스토랑처럼 대접을 받고 있는 것이다.

메뉴와 서비스 모두 사치스럽기 짝이 없는 식사를 하고 있는 사람은 아슈나 그리잘리카였다. 생선 요리를 다 먹고 숨을 돌린 타이밍에 다음 요리가 놓였다.

"전하. 다음 메뉴는 이겁니다."

"메인 요리는 뭐지?"

"생등심 푸알레라고 합니다. 그리고 디저트로는 로즈 샴페인 젤리, 식후에는 홍차면 될까요?"

"그렇군, 잘 알고 있어."

하인의 귀감이라고 할 만한 행동에 맞장구를 친 아슈나는 후후, 미소를 지었다.

요리를 가지고 온 사람은 집사복을 입은 사람이었다. 집사복을 입었다고 해서 남자냐면, 그렇지 않았다. 소녀라고 불러야 할 나이의 여자가 집사복을 입고 아슈나에게 요리를 내주고 있었다.

아슈나는 미소를 머금은 채 그녀에게 말을 걸었다.

"그런데 말이지. 시키고 있는 입장에서 이런 말을 하면 안 된다는 건 알고 있다만, 의외로 그림이 되는군."

"이런 걸 시키고 계신 전하께 그런 말을 듣고 싶지는 않습니다 만……, 다양한 상황을 상정해서 훈련을 해왔으니 어지간한 것들은 다른 사람들보다 잘 해낼 수 있다는 자부심이 있습니다."

"시중도 직무 범위 안에 있다는 건가? 자네 같은 사람이라면 어디에서나 활동할 수 있게끔 훈련을 받을 만도 하겠어."

의미심장하게 고개를 끄덕인 아슈나가 포크를 들고 맞은편 자리를 가리켰다. 숙녀로서는 있을 수 없는 행동인데도 불구하고 짜증 나게도 어울리는 건 그녀의 자신 있는 모습 때문일 것이다.

"이왕 왔으니 앉는 게 어떤가? 식사를 하며 말동무가 되어줘도 좋다만."

"……아직 내드릴 것이 남았으니 사양하겠습니다."

무뚝뚝하게 제안을 거절한 집사복 차림 소녀는 돌아섰다. 코스 요리처럼 쓸데없이 손이 많이 가는 식사를 제공하기 위해서는 주방 차량까지 요리를 받으러 몇 번이나 왕복해야만 한다. 놀리는 듯한 느낌이 잔뜩 담겨 있는 아슈나의 시선을 어깨너머로 받으며 객실에서 복도로 나왔다.

이 정도 차량이면 복도도 잘 꾸며져 있다. 바닥에는 발바닥을 부드럽게 받쳐주는 융단이 깔려 있고, 천장을 올려다보면 멋진 세공이 장식되어 있다. 벽에 장식된 드라이 플라워의 향기가 코를 살짝 간질였고, 우아한 인테리어까지 합쳐져 마음을 차분하게 만들어주는 구성이 이루어져 있다.

인기척이 없는 복도에서 크게 한숨을 쉰 소녀는 집사복 옷자락을 붙잡고는 절실한 감정을 담아 중얼거렸다.

"정말 싫구나, 빚이란."

집사복을 입고 아슈나의 시중을 들고 있던 사람은 바로 긍지 있는 제1신분 소속인 메노우였다.

신관인 메노우가 집사복을 입고 아슈나의 시중을 들고 있는 이유는 간단하다.

빚 때문이다.

돈을 빌릴 때 받았던 게 집사복이었다. 하인의 옷을 입는다는 건 아슈나의 시종이 되라는 조건이었다.

"돈을 빌려주는 대신 일정 기간 동안 시종이 되라는 것도 신기한 조건이지. 아슈나 전하답다고 할 수도 있는 장난이긴 하지만⋯⋯."

혼자서 불평을 늘어놓으며 주방 차량으로 향했다.

남자처럼 변장한 것이 아니라 어디까지나 소녀가 남자 옷을 입었다는 컨셉이었다. 집사복을 입었으면서도 여성스러운 라인을 숨기지도 않았고, 오히려 강조하는 디자인이었다.

참고로 돈을 빌리는 대신 메노우가 집사복을 입게 되었을 때 사하라의 반응은 정말 지독했다. 그대로 아슈나의 시종으로 전직하는 게 어떠냐면서 마구 놀려댔기에 짐 안쪽에 처박아서 조용하게끔 만들었다. 한동안 꺼내지 않을 예정이다.

애초에 지금 사하라의 상태는 매우 마음에 걸린다. 말로 표현하긴 힘들지만, 뭔가 중요한 것을 놓치고 있는 것 같기 때문이다.

"'꼭두각시 세상'이 얽혀 있으니까, 아니⋯⋯, 혼을 변용시키

는 마도이기 때문일까, 아니면 다른…….”

아무도 없는 복도에서 중얼중얼 가정을 하며 몇 번 왕복해서 풀 코스 식사를 마쳤다. 식후 홍차를 마시는 아슈나는 만족스럽다는 듯이 눈을 가늘게 뜨고 있었다. 사람이 매우 꼼꼼하게 돌봐주는 것에 익숙해진 고귀한 고양이 그 자체다.

“실력이 좋은 시종이 곁에 있으면 이렇게까지 쾌적해진다는 건 미처 몰랐군. 만족했다.”

집사복 차림인 메노우는 아슈나에게 홍차를 한 잔 더 따라주면서 말했다.

“즐거우신 것 같아 다행입니다.”

“으음, 즐겁군.”

말 그대로 진심으로 즐기고 있다. 메노우는 그녀처럼 인생을 만끽하고 있는 사람을 본 적이 없다. 하지만 부럽다는 생각이 전혀 들지 않는 걸 보니 메노우와는 성격이 너무나도 달랐다.

이 열차를 타고 가면서도 메노우는 껄끄러웠다. 식당차로 가면 그랜드 피아노를 연주하는 소리가 들리는 열차다. 잠입 임무도 아닌데 호화 열차의 1등 차량을 타다니, 너무 고급스러워서 적응이 안 되는 것이다.

“전하, 애초에 저를 하인처럼 대하실 거면 그냥 하인을 데리고 다니시는 게 나을 텐데요?”

“평범한 하인은 하인 일만 할 수 있다는 점이 문제라서 말이지.”

“그렇게 당연한 걸 문제라고 하셔도…….”

“어쩔 수 없잖나? 나는 일부러 위험한 곳에 뛰어드는 성격이라는 걸 자각하고 있다. 내 취미로 전투에 휘말리게 된다면 가엾으니까."

"……평범한 공주님처럼 자중하실 생각은 없으시군요."

"자중 같은 걸 하면 그건 이미 내가 아니지. 무엇보다 자신을 억눌러봤자 나 자신에게 아무런 이득도 없다. 그럴 거라면 차라리 홀로 여행을 즐겨야지."

아무렇지도 않게 자기 길을 나아가는 아슈나답게 억지스럽고 제멋대로인 논리다. 그녀는 홍차의 향기를 즐기며 계속 말했다.

"이번에는 자네에게 빚을 지워줄 수 있다는 것도 당연하지만, 모모를 추적할 수 있다는 것도 이유 중 하나겠지."

오히려 아슈나가 따라오는 걸 탐탁지 않아 했던 건 메노우다.

모모를 쫓아가고 있는 와중이다. 그런 와중에 아슈나를 데리고 가고 있으니 불안하기만 했다.

하지만 돈을 빌린 입장이기에 딱 잘라 거절할 수도 없었다. 돈이 부족해서 곧바로 움직이지 못하고 모모의 발자취를 알아내지 못하는 한심한 사태가 되는 것보다는 낫다고 생각하고는 일시적으로 아슈나의 시종이 되는 걸 받아들인 것이다.

"자, 모모를 쫓아가기 위한 자금을 마련해주기 위해 내가 자네의 후원자가 되었다만, 어디 있을지 짐작은 되나?"

"그렇습니다. 그 아이의 행동을 쫓아가는 것 자체는 어렵지 않아요."

실례, 그렇게 양해를 구하며 메노우가 지도를 꺼냈다.

"우선 대륙 중앙부의 사막을 벗어난 다음, 모모가 가장 먼저 갈 도시는 저희와 마찬가지입니다."

"응? 이유가 뭐지? 모모의 목적도 모르는데 행선지를 단정할 수 있는 정보가 있을 것 같지 않다만."

"모모의 움직임이라면 거의 전부 예측할 수 있습니다."

생각 없이 마구 움직이다가는 아슈나가 말한 대로 시간을 낭비할 뿐이다. 대륙은 넓다. 두 소녀의 정보를 모으려면 시간이 걸린다.

하지만 메노우는 모모가 움직이는 방식을 잘 알고 있었다.

"모모는 틀림없이 열차를 타고 이동하고 있을 겁니다. 지금은 그 선로를 마찬가지로 열차로 이동하고 있는데……, 감사하게도 이 열차는 평범한 열차보다 빠르니 그것만으로도 거리를 좁힐 수 있습니다."

"그녀들이 걸어서, 또는 마차로 이동할 가능성은 없는 건가? 그렇다면 우리가 지나쳤을지도 모르는데."

"그럴 리는 없을 겁니다. 젊은 여자 둘이서 도보로 여행하면 너무 눈에 띄고, 지금 모모는 걸리적거리는 일행을 데리고 있으니까요."

모모는 아카리를 데리고 있다. 메노우가 모모를 쫓아온다는 걸 감안하면 도보로 이동하지는 않을 것이다. 처형인이 되기 위해 훈련을 받은 메노우나 모모에 비해 아카리는 확실하게 걷는 속도가 느리기 때문이다.

무엇보다 젊은 여자가 둘이서 여행을 하게 되면 매우 눈에 띈다. 다른 사람들의 눈을 피해 여행하는 건 모모가 혼자라면 모를까, 아카리를 데리고 다니는 상태로는 불가능하다. 메노우가 신관복을 입고 당당하게 아카리를 데리고 다녔던 이유 중 대부분이 '나는 제1신분이다'라는 사실을 알아보기 쉽게 나타내서 주위 사람들이 수상쩍게 여기지 않게끔 하기 위해서였다.

"그렇군. 오아시스의 물가에서 본 그녀인가?"

아마 아카리가 이세계인이라는 사실도 짐작하고 있을 것이다. 끝까지 캐묻지는 않았지만, 한순간 눈을 가늘게 떴다.

"하지만 열차로 이동한다는 걸 안다고 해도 추적하긴 힘들 텐데? 아무리 도력 열차가 선로 위만 달릴 수 있다 해도 내릴 수 있는 중간역도 많고, 갈아타면 행선지가 제각각 나뉘게 된다. 그건 어떻게 할 생각이지?"

"딱히 어떻게 할 생각은 없습니다. 제일 먼저 잠복할 곳을 알아내면 흔적을 쫓아갈 필요도 없으니까요."

"호오?"

흥미가 생긴 건지 목소리에 기쁜 기색이 섞였다.

아슈나의 반응을 곁눈질하던 메노우는 모모의 사고를 떠올리며 지도를 손가락으로 그었다.

"아카리를 데리고 있는 모모는 계속 이동할 수가 없습니다. 어느 정도 거리를 벌린 뒤에는 사람들이 많이 드나드는 도시를 선택해서 잠복할 겁니다. 모모는 저를 잡아두는 걸 성공했다는 전제로 행동하고 있을 테니 터무니없는 루트를 선택하지도 않겠죠. 그걸 통해 제일 먼저 며칠 동안 머무를 거라 보이는 곳을 좁힐 수 있습니다."

메노우는 대륙에 있는 거의 모든 도시의 특징을 머릿속에 넣어두고 있다. 조건을 말하며 지도의 한 곳을 손가락으로 가리켰다.

"그렇게 된 이상, 우선 이 산 근처의 도시로 향하겠죠."

짝짝, 가벼운 박수 소리가 울렸다. 메노우의 추측을 듣고 아슈나가 칭찬한 것이다.

"역시 자네는 훌륭하군. 어떤가? 이대로 내 시종이 되더라도 좋겠다만."

"매우 영광이긴 합니다만, 정중히 사양하도록 하겠습니다."

겸손한 하인 같은 태도로 조용히 거절했다.

그 태도를 본 아슈나는 아랑곳하지 않고 장난기 어린 미소를 지었다.

"뭐, 무슨 일이 생기면 진짜로 그런 입장을 내세워도 된다. 나는 받아들일 게다. 자네를 손에 넣으면 모모도 따라올 테니."

"끈질기게 구셔도 거절할 겁니다."

보아하니 그쪽이 진짜 목적인 것 같지만, 대답은 마찬가지다. 적은 금액을 한 번 빌린 것 정도로 그만둘 수 있을 정도로 신관이라는 지위는 싸구려가 아니다. 게다가 모모까지 휘말리게 만드는 건 말도 안 된다.

"전하께서는 모모에게 고집이 있으신 모양인데, 이유를 여쭤봐도 될까요?"

"딱히 고집이 있다고 할 정도는 아니다만……, 그 실력은 물론이고, 모모는 보고 있으면 재미있는 데다 놀리는 보람이 있으니 말이다."

"……필요 이상으로 신경 쓰시니 미움을 사는 겁니다."

"'선배'의 조언인가? 미움을 사는 것도 좋지. 무관심하지만 않으면 마음에 남을 테니."

비꼬는 말이 통한 것 같지도 않았다. 뻔뻔하다는 말이 이 사람을 위해 있는 건가 하는 생각이 드는 대답이었다. 메노우는 집사복을 잡고 비꼬는 듯이 입가를 일그러뜨렸다.

"이 옷도 전하께서 '놀리기' 위해 입히신 겁니까?"

"배려해준 것이기도 하지. 신관복을 입은 채 시중을 들면 문제가 생길 테니까. 제1신분인 자네가 제2신분인 나를 모신다고 착각을 하게 되면 골치가 아파질 테고."

"그것 자체는 맞는 말씀입니다만, 옷을 선택하신 기준을 알 수가 없군요."

"하인의 옷은 두 가지뿐이지, 집사복 또는 메이드복. 둘 중 하나밖에 없다. 어차피 입힐 거라면 집사복을 입히는 게 재미있지 않은가."

시원스러울 정도로 자기중심적인 이유였다.

메노우를 바라보는 아슈나는 즐거워 보인다. 메노우도 복장이 바뀌는 것 정도로 수치심에 괴로워하는 섬세한 마음 따위는 예전에 버렸지만, 장난감 취급을 받고 유쾌할 리가 없었다.

"변장이라고 생각하면 딱히 대단한 것도 아닐 텐데. 변장을 할 거라면 내 평상복을 빌려줘도 된다만……."

"부디 집사복으로 부탁드리겠습니다."

아슈나의 옷은 아슈나에게만 어울린다. 그것은 절대로 입고 싫지 않다며 사양했다.

"정말, 전하께서는 인생을 즐기고 계시는군요."

"글쎄다. 이 여행도 어차피 심심풀이다."

어라, 메노우는 그렇게 말하며 눈을 치켜떴다.

방금 들은 목소리에는 메노우가 예상했던 것 이상으로, 그리고 아마 아슈나가 생각했던 것 이상으로 감정이 담겨 있었을 것이다.

그렇기 때문에 물어볼 생각도 없었던 질문이 입밖으로 나왔다.

"전하께서는 어째서 그리잘리카 왕국 밖으로 나오신 거죠?"

"알고 있을 텐데. 아버님께서 돌아가신 뒤에 일어날 왕위 계승권 문제에 휘말리고 싶지 않았다. 이게 첫 번째 이유다."

"그렇다면 두 번째 이후의 이유도 있는 거군요."

아슈나가 고개를 들었다. 의아하다는 듯이 메노우를 바라보았다.

"의외로 파고드는군. 왜 그러지?"

"앙갚음이죠. 이런 옷을 입힌 불만 때문에 입이 가벼워진 모양입니다."

"그런가."

비고는 말을 들은 그녀는 큭큭, 웃었다.

"솔직히 말하면 말이다, 메노우. 나는 언니를 싫어한다."

그 목소리는 방에 조용함을 가져왔다.

희미하게 들리는 진동음이 정적을 메꾸었다.

싫다고 하면서도 아슈나의 목소리에는 혐오하는 기색이 없었다. 분노도 아니었다. 두려움도 아니었다. 슬픔이라는 게 가장 가까운 감정이다. 시원스러운 그녀답지 않게 복잡한 마음이 뒤섞인 '싫음'이었다.

"아슈나 전하의 언니분이라면……."

그리잘리카 왕가에 아슈나 말고 다른 여자는 한 명뿐이다.

그리잘리카 왕가의 장녀.

이름이 널리 알려진 아슈나에 비해 그녀의 존재감은 희미하다. 이름을 알고 있는 사람조차 얼마 되지 않는다. 메노우도 이름만은 알고 있지만, 그게 전부다. 처형인인 메노우의 관점에서 그녀에게는 주목할 만한 실적이 좋은 의미로든 안 좋은 의미로든 존재하지 않았다.

"언니는 몸이 약해서 말이지. 매우 약한 사람이었다. 바람이 불면 그대로 쓰러져버릴 것 같은 사람이었지. 하루 중 대부분은 침상에 누워있고, 누군가가 부축해주지 않으면 걷지도 못한다. 태어날 때부터 그런 사람이었지."

그래서 어쨌다는 건가.

방금 이야기한 것들은 오히려 동정을 살 만한 내용이다. 아슈나와 대조적이라고 할 수도 있지만, 그녀가 싫어할 만한 요소는 전혀 없다. 아슈나는 힘을 신봉하는 사람이긴 하지만, 약자를 괴롭히진 않는다.

그렇다면 반대로 생각해야 하나, 그렇게 생각하며 물었다.

"태어날 때부터 튼튼했던 전하를 언니분께서 질투하셔서 괴롭히신다는 건가요?"

"오히려 총애를 받고 있지. 두려울 정도로 말이다. ······그래, 맞다. 이 세상에서 내가 두렵다고 생각하는 건 그 사람뿐이다. 나는 그 사람의 사랑이 두렵다."

몸이 약한 언니가 자신의 입장을 내세워서 아슈나를 박해하려 하는 것일까. 그 추측을 들은 아슈나는 어깨를 으쓱였다.

"내가 더 이상 그 나라에 있으면 그런 언니의 손바닥 위에서 왕으로 추대받게 될 것 같았다. 지금도 돌아가면 옥좌가 마련되어 있을 것 같아서 말이다. 솔직히 돌아가고 싶지 않구나. 허나, 그래도 언젠가는 돌아가야만 하겠지."

지배자 계층인 제2신분, 왕족으로 태어난 소녀의 목소리에는 말로 표현할 수 없이 비꼬는 듯한 마음이 담겨 있었다.

"이 여행은 심심풀이인 것과 동시에 마지막 유예기간을 즐기기 위한 현실도피에 불과하다. 어떻게 해야 할지, 나 자신도 답을 내놓지 못했으니."

"뭐든지 즉시 결단을 내리는 전하답지 않군요."

"그럴 수도 있지."

아슈나는 마음대로 행동하는 것처럼 보이지만, 책임감이 있는 사람이다. 그렇기 때문에 제2신분을 저버리지는 않을 것이다.

"일부러 자네에게 불평을 하자면, 이세계인 소환으로 인해 아버님께서 처형당하신 것. 내가 보기에 그건 정말 민폐 그 자체였다. 아버님께서 물러나셨기에 왕위 계승이 대폭 앞당겨졌다."

그리잘리카 왕국의 이세계인 소환은 아카리를 이 세계로 불러온 사건이다. 기억을 더듬어 보니 그때 아슈나는 제일 먼저 왕성에서 도망쳤다.

"……전하의 언니분은 대체 어떤 분이신가요?"

"글쎄다? 자네라면 알고 있을지도 모르겠다고 생각했다만, 그런 것도 아닌 모양이로군."

그렇게 말한 다음, 농담을 하는 듯이 미소를 지었다.

"이번 여행에서 그 답을 찾아낼 수 있다면 좋겠다고 생각한다."

"그러, 신가요."

아슈나가 결론을 얼버무리자 메노우는 어깨를 으쓱였다.

두 사람이 이야기를 나누는 동안에도 열차는 계속 달려갔다.

아슈나의 도움을 받은 메노우는 모모가 예상한 것보다 훨씬 빨리 두 사람을 따라잡으려 하고 있었다.

대륙 중앙부에 있는 대사막을 넘은 다음, 열차를 타고 한나절 정도. 모모가 정한 목적지에 도착한 아카리는 이상하다고 할 정도로 신이 나 있었다.

"진짜~, 모모도 참, 사람이 심술 궂다니까아."

목소리 톤을 한 옥타브 높여서 환호성을 지른 아카리는 모모에 대한 악감정조차 접어두고 등을 짝짝 때려댔다.

"아니이, 모모 성격이 안 좋다는 건 나도 알거든? 아는데 말이지이. 이건 아니잖아, 응! 처음부터 말해줬으면 했어!"

"그러세요? 자기 속이 시꺼먼 걸 제쳐두고 용케도 그렇게 남탓만 하시네요."

"그래도, 그래도 말이지이?"

아카리는 방금 도착한 거리를 등지고 호들갑을 떠는 듯이 두 팔을 벌리며 소리쳤다.

"목적지가 온천이라는 이야기는 미리 했어야지!"

짜잔, 그런 효과음이 들릴 것 같은 움직임이다. 모모는 아카리가 기뻐하는 게 짜증난다는 듯이 싸늘한 시선으로 바라보았지만, 일본인의 유전자에 새겨져 있는 온천 사랑은 그런 것 따위로 식지 않았다.

"멋진 서프라이즈라 모모에 대한 호감도가 조금 올라버렸잖아!"

"당신의 호감도가 오를 줄 알았다면 다른 곳을 골랐을 텐데요."

룰루랄라 콧노래를 부를 기세인 아카리에게 무뚝뚝한 대답이 돌아왔다.

모모가 억지로 루트를 변경했기 때문에 이 도시에 온 건 처음이다. 다시 말해 온건 거리로 유명한 이 도시에 아카리가 온 것은 수많은 루프 중에서도 처음인 것이다.

모모는 아카리를 기쁘게 만들어버렸다는 원통함 때문이 어깨를 축 늘어뜨렸다.

"예상하지 못한 실수였어요……, 어째서 겨우 지면에서 솟아나는 뜨거운 물 따위에 그렇게 기뻐하는 건가요."

"무슨 소릴 하는 거야! 당연히 기쁘지!! 모모는 일본인에 대해 잘 아는 처형인이 되기 위해 교육을 받은 거 아니었어?! 그런 것도 모르다니, 떽, 이야!"

아카리는 입에 거품을 물 기세로 온천의 매력을 주장했다.

이세계로 온 이후로는 계속 기본적으로 여행만 했다. 몸을 씻을 때도 잘해봐야 뜨거운 물이 나오는 샤워도 사치스럽게 느껴질 때가 많았다. 뜨거운 탕에 들어가는 건 항구 도시 리벨에서 메노우와 함께 씻었을 때 이후로 처음이다.

"모모는 온천이 얼마나 훌륭한지 모르니까 분위기가 처진 거겠지. 탕에 느긋하게 몸을 담글 수 있는 행복이란……! 그리고 온천이라면 피로 회복, 미백 효과, 불로불사에 온천 달걀! 온천의 효능은 만능인 데다 맛있거든?!"

"머리가 삶아진 와중에 죄송한데, 이곳에는 온천에 가려고 온 게 아니거든요."

"어?"

들떠서 떠들고 있던 아카리의 온몸이 완전히 굳었다. 온천으로 인해 돌아갔던 눈이 충격 때문에 크게 뜨였다.

"무, 무슨 소리야? 온천이 있는 지역에 왔으니 느긋하게 온천에 몸을 담그는 게 온천에 대한 예의라고 생각하는데. 온천이 있는 지역에 왔는데 온천에 가지 않는다니 온천에 대한 실례……, 아니. 온천을 다스리는 수많은 신들에게 벌을 받을 거라고. 온천 거리에서 온천에 가는 것 말고 할 일이 있다면 탱글탱글한 온천 달걀을 맛보는 것 정도밖에 없거든?"

"무슨 소리긴요. 이 도시에 온 건 추적해올 선배를 지나치게 만들기 위한 잠복, 그리고 근성이 없는 당신의 강화 훈련을 겸해서예요. 온천 같은 건 빌어먹게도 전혀 상관이 없거든요."

"훈련?"

모모는 머릿속에 온천의 원천이 솟구치고 있는 아카리의 주장은 고려할 가치도 없다며 일축하고는 담담히 예정에 대해 말했다. 딱히 휴양을 하러 온 게 아니기 때문이다.

"루프 때 이야기를 듣고 이것저것 하고 싶은 말이 많았는데요……, 당신, 거의 안 싸웠잖아요."

"어? 그야 딱히 싸우는 걸 좋아하지도 않고……."

"흥. 어쩐지 순수 개념 같은 걸 가지고 있는 주제에 빌어먹게도 약하다 싶었죠."

바보 취급을 받은 아카리가 발끈하며 입을 다물었다.

모모와 아카리는 둘이서 여행을 시작하기 전에 한 번 싸웠다. 아카리가 기습을 했는데도 불구하고 승부는 팽팽했다. 그대로 계속 싸웠다면 아카리의 마도에 익숙해지던 모모의 승산이 더 컸을 것이다.

애초에 아카리는 성격이 전투에 적합하지 않다. 그런 데다 궁지에 처했을 때는 메노우가 지켜줄 거라는 절대적인 신뢰와【시간】의 순수 개념이 깃들어 있기에 죽지 않는다는 장점도 있었다. 단적으로 말하자면 그녀는 싸울 필요가 없었던 것이다.

나는 죽지 않는다. 최악의 경우에는 다시 시작할 수 있다는 전제 조건에서 생겨난 너무나도 어설픈 의식이 능력의 상승을 억제하고 있었다.

"그래서 당신은 항상 선배의 발목을 붙잡고 있는 거군요. ……조심스럽게 표현해서 죽는 게 낫지 않나요?"

"……모모는 왜 그렇게 말버릇이 안 좋아? 지적할 거면 좀 더 돌려서 말하지."

"당신이 싫으니까 기분 나쁘게 만들고 싶은데요?"

이제 험담이 아니게 될 정도로 시원스러운 말투였다. 모모는 아카리를 싫어한다. 아카리도 모모를 싫어한다. 순수한 사실이 두 사람 사이에 놓여 있는 것이다.

그럼에도 불구하고 아카리는 모모가 한 말을 듣고 상처 입었다는 표정을 지었다.

"그렇구나, 모모는 내가 싫어서 그렇게 말했던 거구나……."

"이제 와서 무슨 소린가요."

"그럼 나한테 잘 대해주고 자상하게 대해준 메노우는 분명히 나를 정말 좋아했던 거겠지."

"손님처럼 대접해준다는 말을 알기나 해요?"

으스대며 자기 해석을 하기 시작한 아카리의 어깨를 모모가 붙잡고 되돌렸다.

"일을 할 때는 아무리 멍청한 상대라도 공손하게 대해야만 한다고요. 선배도 일 때문에 접대하느라 최근 두 달 동안은 힘들었을 거예요."

"……흐음. 그러니까, 일 때문에 나하고 같이 있는데도 말버릇이 안 좋은 모모는 아직 미숙한 어린애라고 생각해도 되는 거야?"

"……뭐, 네. 저는 아직 신관 보좌니까 선배처럼 프로페셔널한 대처는 할 수가 없어요. 아무리 애를 써도 바보를 보면 바보 취급해버리거든요, 바보."

여전히 틈만 나면 서로 상대의 급소를 찾아내서 파고들려고 말싸움을 벌인다. 딱히 얻을 것도 없는데 싸우는 방식만 무의미하게 세련된 걸 보니 두 사람 사이는 답이 없을 것 같았다.

결판이 나지 않는 말싸움을 계속해봤자 소용이 없다. 아카리는 어쩔 수 없이 모모에게 물었다.

"그래서, 모모가 말한 강화 훈련이라는 건 뭘 하는데?"

"간단한 거예요. 순수 개념을 전투 때 써서 익숙해지면 되는 거죠. 효과적인 사용 방법도 생각해보는 게 좋겠네요."

아카리는 모모의 제안을 듣고, 어라, 그렇게 말하며 뜻밖이라는 표정을 지었다.

"메노우는 최대한 순수 개념을 쓰지 말라고 잔소리를 하던데?"

"그거야말로 이제 와서 무슨 소린가 싶네요."

모모는 그렇게 지적하며 눈을 흘겼다.

"순수 개념에는 인재화라는 위험 요소가 있긴 하지만 이미 마구 써버렸잖아요."

"그야 그렇긴 한데……, 많이 썼으니까 오히려 안 쓰는 게 낫지 않아?"

"그거 말인데요, 당신은 분명히 다른 이세계인과 비교해서 순수 개념의 침식 속도가 느리단 말이죠."

"그래?"

"네. 제가 알고 있는 실제 사례와 비교하면 이상할 정도예요. 멘탈이 튼튼해서 잘 깎여나가지 않는 거 아닌가요?"

이세계인은 순수 개념의 힘을 사용할 때 기억을 소비한다.

예를 들어 아카리와 함께 소환된 【무】의 소년은 순수 개념을 한 번 사용한 것만으로도 성격이 변해버리는 수준으로 혼에 부여된 순수 개념의 영향을 받았다. 그에 비해 세계 규모의 마도를 아낌없이 쓰고 있는데도 불구하고 아직 인재화하지 않은 아카리는 이상할 정도로 자신을 유지하고 있다.

"순수 개념의 마도는 타의 추종을 불허할 정도로 강력한 마도예요. 전투를 벌일 때 확실하게 쓸 수 있게끔 해주세요. 순수 개념의 마도를 제대로 다루기만 해도 어지간한 인간은 상대가 안 될 테니까."

"뭐, 그럴지도 모르겠지만……, 내 마도도 공짜는 아니라서 기억이 깎여나가거든?"

"기억에 대해서는 알아보기 쉬운 기준이 있어요. 이세계의……,

일본의 기억부터 사라지기 시작하니까요. 대충 기준을 잡아보자면, 당신이 일본에 대해 전부 잊어버릴 정도까지는 사용해도 안전할 테고, 선배와의 추억도 사라지지 않을 거예요."

"음~, 그거 말인데……, 모모, 정말로 아무런 꿍꿍이도 없어?"

"호오~."

메노우가 단호하게 말리기도 했기에 중요한 때 말고 마구 써대는 것에 대한 기피감이 강하다. 꺼려하는 아카리를 모모가 완전히 깔보는 듯한 눈초리로 바라보았다.

"저는 선배에게 도움이 되는 제안을 하고 있는데, 당신은 최선을 다할 수 없다는 거군요. 이세계의 기억이 선배보다 소중하다면 그래도 상관없거든요오? 당신이 선배에 대해 집착하는 마음이 조금 더 강할 줄 알았는데요."

"뭐어?"

화가 치밀었다. 아카리의 눈동자에 분노가 깃들었다.

"무슨 소릴 하는 거야, 모모. 나는 모모가 생각하는 것보다 몇 배나 메노우가 소중하거든?"

"그럼 증명해 보시라고요. 아시겠어요? 능력을 썩히고 있는 여자! 여기서 단련만 하면 지금까지 도움만 받던 당신이 여차할 때 선배를 구해줄 수도 있을 거라고요!"

"할 거야! 하면 되잖아!"

메노우를 위해서라는 명분을 미끼로 던지자 아카리의 의욕이 급상승했다.

◆◆◆

그 산 근처에 있는 도시의 공기에는 유황 냄새가 많이 담겨 있었다.

솟아나는 온천을 명물로 삼아 목조 여관이나 음식점이 잔뜩 늘어선 온천 거리다. 주요 도시와 이어진 열차가 정차하는 역이 있어서 관광지 중 하나로 나름대로 번창하고 있었다.

이 지역의 치안 유지를 맡은 제2신분인 기사들의 주둔지와 제1신분의 존재를 나타내는 자그마한 교회가 하나. 그 밖에는 제3신분인 주민들로 구성되어 있다.

요양지와 관광지를 겸하고 있기에 외부 사람들도 많이 드나든다. 외부인이 들어오더라도 눈에 띄지 않는다는 점을 이용한 범죄자나 금기가 숨어들 경우도 있었다.

'수배꾼'이라 불리는 남자도 그런 어둠의 직업을 가지고 있는 사람 중 한 명이었다.

다른 사람에게 말하기 껄끄러운 직업을 지닌 사람은 때로 어떤 조직에도 소속될 수 없게 될 때가 있다. 일을 하다가 실패해서 추방되거나, 도망쳐 나와 머물 곳을 잃는 등, 갈곳을 잃은 사람들을 모아서 각자 맞는 일을 수배해준다. 그것이 '수배꾼'이 하는 일이었다.

'수배꾼'이라 불리는 남자는 원래 '제4'라는 사상 집단에 소속되어 있었다.

이 대륙의 인간들은 제1신분, 제2신분, 제3신분으로 나뉘어 생활하고 있다. 그 세 가지 신분제도는 세계를 관리하기 위해 결정된 것이며 기반이라고도 할 수 있다.

'제4'의 사상은 오래전부터 당연했던 신분제도에 대한 불만에 불을 붙였다.

제3신분의 감정을 자극하고, 제2신분의 열등감을 부추기고, 과거에 많은 사람들을 끌어들여 제1신분을 표적으로 삼음으로써 결속했다.

예전에는 폭발적으로 늘어나 제1신분의 성지조차 제압하기 직전까지 갈 정도로 커졌던 '제4'도 창시자인 '맹주'가 제1신분에게 붙잡힘으로써 기세가 약해지기 시작했다. 그 결과, '제4'의 활동자 중에서도 능력은 있지만 경력을 망친 사람들이 넘쳐나게 된 것이다.

그런 시기에 그 남자는 '제4' 사람들을 숨겨주는 역할을 맡아 사람들을 파견해주고 받는 수수료로 이익을 챙겼다. 다른 사람들을 속이기 위해 온천 여관을 경영하던 와중에 사업이 번창하게 되어버렸지만, 그 남자의 본업은 수배꾼이다.

요즘 정세는 '제4'에게 가혹하다. 참으며 견뎌야 하는 시기라며 모습을 드러내지 않았던 그에게 먹구름이 걷히는 듯한 좋은 소식이 흘러들어왔다.

'제4'의 창시자인 '맹주'가 해방되었다는 것이다.

'맹주'는 동쪽 대국인 그리잘리카 왕국에 붙잡혀 있었다. 대륙을 떠들썩하게 만든 정치범으로 사형될 날만 기다리던 그가 정규 수속을 밟아 석방될 리가 없다. 누군가가 손을 써서 탈옥시켰다는 소식이 퍼진 것이다.

하지만 정말로 해방되었는지에 대해 남자는 회의적인 입장이었다. 너무나도 '제4'에 형편이 좋은 정보였기 때문이다.

대륙 곳곳의 국가 중에서도 그리잘리카 왕국은 마굴이다. 얼마 전에 대주교인 오웰이 금기에 손을 댔다가 처형당했다는 이야기도 들었다. 괜히 기뻐했다가 실망하고 싶지 않다는 마음도 컸기에 신중하게 정보를 파악하고 있었을 때였다.

'맹주' 본인이 여관을 방문하고 싶다는 연락이 왔다.

그 연락을 전해준 사람은 기모노 차림인 소녀였다.

어둠 속에 녹아들 것 같을 정도로 진한 푸른색 머리카락을 땋은 소녀였다. 그녀는 얌전한 말투로 '맹주'가 무사하다는 것과 조만간 그가 찾아올 거라는 소식을 전해주었다.

그는 눈물을 흘리며 기뻐했다. '제4'의 부흥이 시작된다. 온 힘을 다해 '맹주'를 맞이할 준비를 해나가고 있었을 때였다.

흰색 옷을 입은 신관이 흑발 소녀를 데리고 이 도시로 찾아온 것이다.

오랫동안 암흑가에서 일해온 남자의 경계심이 자극되었다.

아무런 상관도 없이 관광을 하러 왔을지도 모른다는 생각은 너무 낙관적일 것이다. 우연이라고 할 수도 없는 타이밍이다. 성지 순례라면 모를까, 청렴한 척하는 제1신분이 느긋하게 관광을 할 것 같지는 않다. '맹주'를 쫓아온 걸까.

그냥 내버려 둘 수는 없다. 그는 수배꾼의 연줄을 동원해 전투 요원을 모아 지시를 내렸다.

우리를 떠보러 온 신관 소녀를 처치하라고.

지령을 받은 멤버들은 신속하게 계획을 세웠다.

실행 부대인 그들은 남에게 말하기 껄끄러운 일을 해온 사람들이다. 원래 모험가로 활동하다가 타락한 사람도 있고, 착실한 연구자였는데 지식욕 때문에 금기를 저지르고 타락한 사람도 있다. 공통점이 있다면 여자나 어린애가 상대라고 해서 봐줄 만한 양심은 옛날에 저버렸다는 점이다.

게다가 신관을 제거하는 건 간단한 일이 아니다.

굳이 정면으로 덤빌 필요는 없다. 지리적 이점은 이쪽에 있다. 방심했을 때를 노린다.

이곳은 온천 여관이다. 목욕할 때가 가장 노리기 쉽다.

실제로 신관의 일행인 흑발 소녀도 '온천! 온천!'이라고 하며 천진난만하게 떠들고 있었다. 체크인을 할 때는 일행인 신관에게 험악한 분위기를 보였는데, 온천을 정말 좋아하는지 척 보기에도 분명히 들떠 있었다.

신관 쪽도 젊었다. 자그마한 몸집에 어린 얼굴. 잘해봐야 열네 살 정도도. 어린이의 범주에 들어가는 나이이긴 하지만 수도복이 아니라 신관복을 착용하는 것을 허가받은 점을 볼 때 재능이 뛰어날 거라 판단된다. 하지만 하얀 옷이라는 점을 감안하면 아직 반푼이라고 보는 게 맞다.

이 정도라면 일도 쉽게 끝날 거라는 생각에 미소가 드리웠다.

종업원으로 일하는 멤버 중 한 명이 손님으로서 머물기로 한 두 소녀에게 낮부터 노천탕을 권했다. 원래는 영업하는 시간이 아니지만, 그녀들만 고립시키기 위해 일부러 준비해 두었다.

소녀들이 그 제안에 따라 전세 낸 상태가 된 온천에 들어간 것을 확인하고는 무장한 남자들이 탈의실로 침입했다.

신관은 뛰어난 마도를 사용하지만, 마도는 도기를 통해야만 발동시킬 수 있다.

문장 마도도 마찬가지다. 교전 마도도 마찬가지다. 마도란 소재학과 문장학이 지탱하는 기술이다. 도력은 혼으로부터 발생되는 위대한 【힘】이지만, 그 지향성을 지정해주는 도구가 없으면 충분한 효과를 발휘할 수 없다. 강력한 마도일수록, 복잡하고 규모가 큰 매체가 필요하다.

도력 강화만큼은 예외적으로 몸만 있어도 행사할 수 있지만, 그것은 남자도 마찬가지다.

인간은 무기를 가지고 있는 쪽이 강하다.

아무리 숙련된 마도사라 하더라도 알몸이라면 전투 능력이 현저하게 떨어진다.

알몸 상태에서 전투능력이 올라가는 인간 같은 게 존재할 리가 없기에 일부러 논리를 들이댈 필요는 없지만, 여탕에 남자가 침입하는 것이니 이론 무장을 확실히 해둬야만 한다. 무장 여부에 따른 우열은 명확했다.

그리고 10대 중반이라면 감수성이 풍부할 나이다. 목욕하던 도중에 기습적으로 전투를 시작하면 수치심 때문에 움직임이 둔해지고 제대로 반격하지도 못한 채 쓰러뜨릴 수도 있을 거라는 속셈이었다.

완벽한 이론 무장을 갖춘 끝에 탈의실로 침입한 남자는 표적의 얼굴을 머릿속에 떠올렸다. 어째서 신관과 함께 다니는지는 모르겠지만, 흑발 소녀는 분명히 문외한이었다. 노려야 할 상황은 흑발 소녀를 인질로 잡고 협박하는 것이다.

전투 계획을 생각하면서도 우선 만에 하나라도 무기를 되찾지 못하게끔 남자가 바구니에 담겨 있던 소녀들의 옷을 회수하려고 손을 뻗었을 때였다.

"어째서 선배가 아니라 당신 같은 사람하고 같이 온천에 와 있는 걸까요."

"그러지 마. 그런 말을 하면 모처럼 온천에 왔는데 분위기가 ──."

드르륵, 노천탕으로 이어지는 문이 열렸다.

탕에 들어갔다가 뭔가 두고 온 게 있다는 걸 눈치채고 가지러 온 모양이었다. 김이 피어오르는 욕탕에서 모습을 드러낸 흑발 소녀와 여자용 탈의실에 불법 침입한 남자의 시선이 마주쳤다.

"……."

"……."

조용히, 따가울 정도로 정적이 흘렀다.

흑발 소녀는 가슴 아래쪽에 타월을 걸치고 있었다.

쭉 뻗은 소녀의 팔다리. 얇은 천 하나로는 도저히 가리지 못할 장더로 풍만한 가슴 골짜기에 땀이 잠깐 맺혔다가 타월에 흡수되었고, 다리 안쪽의 곡선에 물방울이 흘러내렸다.

참방, 물방울이 바닥에 떨어지는 소리가 울렸다.

헉, 남자는 정신을 차렸다.

뜻밖의 사태에 사고가 정지된 건 한순간이다. 몇 번이나 사선을 넘어온 전사다. 색향에 사로잡혀 움직임이 둔해질 정도로 어설픈 훈련을 받지는 않았다. 이 타이밍에 표적이 탈의실로 돌아올 줄은 몰랐지만, 기회이기도 했다.

지금 흑발 소녀를 붙잡고 인질로 삼으면 목욕하고 있는 신관 소녀를 붙잡는 것도 쉬워진다. 정신을 차린 남자가 곧바로 제압에 나서려 했을 때였다.

"소."

흑발 소녀의 눈동자가 수치심으로 촉촉해지고, 분노로 타올랐다.

남자를 향해 손가락으로 총 모양을 만든 뒤 집게손가락을 겨누었다. 위협이라고 해도 부자연스러운 그 동작을 보고 대체 뭔가 싶어서 당황하고 있자니 그녀가 내민 손가락 끝에 도력광이 깃들고 마도가 구축되었다.

목소리도 내지 못할 정도의 경악이 남자를 덮쳤다. 도기도 없는데 어떻게 마도를 발동시킬 수 있을까. 게다가 남자가 마도 구성을 파악할 수도 없는 미지의 마도다. 있을 수 없는 마도 행사에 사고가 혼란스러워졌기에 제때 대처하지 못했다.

"속옷 도둑~!"

터무니없는 비명과 함께 터무니없는 위력을 지닌 마도가 발동되었다.

습격하기로 한 동료 중 한 명이 기사에게 연행당했다.

보아하니 노천탕에서 습격하다 실패한 모양이었다. 탈의실에 침입한 것을 들킨 것과 동시에 당한 데다 속옷 절도 현행범으로 기사에게 넘겨졌다.

수배꾼 곁으로 모여든 그들은 '제4'의 동료다. 언젠가 특권 계급에 소속된 신관들과 싸우기 위해 고도의 훈련을 받은 동료가 하필이면 저속한 성범죄자 취급을 받게 된 건 부아가 치밀었지만, 상대방에게 진짜 목적을 들키지 않기 위해서는 잘된 일이었다.

표적이 자신의 목숨이 위험하다고 경계하는 것보다는 한 번으로 그칠 성범죄 피해를 미연에 막아냈다는 달성감에 취하게 만드는 게 더 편하다. 상대방의 방심을 유도하기 위해 실패한 동료는 눈물을 머금고 '나는 속옷 도둑이자 성범죄자다'라는 자백을 남기고 기사에게 끌려갔다.

긍지 높은 전사를 일개 속옷 도둑으로 만든 소녀들은 지금 느긋하게 온천 거리를 걸어가고 있었다.

곧바로 온천 순례라도 할 생각인 건지, 그녀들은 둘 다 유카타를 입고 있었다. 목욕을 하고 나와서 여관에서 빌려주는 유카타를 입고 돌아다니는 것은 온천 거리의 전통이라며 종업원 행세를 하던 멤버가 외출하게끔 유도한 것이다.

"여관에서 갖추고 있는 이 유카타도 그렇고, 여긴 진짜 일본 같아. 여관 방도 다다미였고, 건물도 목조고, 거리의 고풍스러운 느낌 같은 건 정말 깜짝 놀랄 정도로 예전 일본 같은 느낌이네. 이렇게까지 일본 같은 곳은 처음일지도 모르겠어. 어떤 의미로 이곳은 현대 일본보다 더 일본스러워."

"흐음~. 이런 게 일본스러운 거군요. 이 지역은 문화적으로 '길 잃은 사람'의 영향이 컸을지도 모르겠어요. 이곳은 주위가 산이잖아요. 열차 선로가 깔리기 전까지 독자적인 커뮤니티를 대대로 이어받아서 그런지 이 도시는 의외로 역사가 오래된 모양이거든요. 말 그대로 고대 문명기 때의 거리가 남아있다네요."

"일본인은 온천을 좋아하니까. 좋아하는 사람은 특히 더 좋아하니 아마 열심히 만든 사람이 있었던 것 아닐까?"

"어떤 의미로는 이 거리 그 자체가 고대 문명기의 유산이겠네요."

두 소녀는 맥빠지는 이야기를 하며 거리를 걸어가고 있다.

여관 노천탕에서는 쉽사리 위기를 벗어났지만, 아직 다가오는 위협은 남아있었다.

머무르는 곳 욕탕에서의 습격은 실패했다. 방심하게 되는 곳에서 습격하긴 했지만 단독으로 덤빈 게 실수였던 것이다. 그래서 잡힌 계획이 많은 사람들을 동원한 습격이었다.

큰길에서 습격하면 다른 사람들 눈에 많이 띄게 된다. 그래서 준비한 것이 현지에서 고용한 기둥서방이었다. 이 근처에서는 여자를 홀리기로 유명한 청년에게는 꼬시는 걸 가장해서 소녀들을 인기척이 없는 뒷골목으로 데리고 오는 역할을 맡겼다.

시원스럽고 인상이 좋은 외모인 청년이 소녀들에게 다가갔다.

그가 유도하게 만들 예정인 뒷골목에는 열 명 가까운 실력자 동료들이 있다. 신관을 얕보는 건 아니지만, 충분히 여유롭게 승리를 거둘 수 있는 전력이었다.

"저기, 너희들———."

"죽어."

"죽어?!"

처음부터 사정없는 대답이었기에 고용한 청년은 경악을 금치 못했다.

이야기를 계속 나눌 생각이 전혀 없다는 걸 바로 알 수 있게끔 대답한 건 신관 소녀였다. 분홍색 머리카락을 양쪽으로 묶은 그녀는 노골적으로 불쾌한 듯한 표정을 지었다.

"됐으니까 죽어주세요. 졸개에게는 흥미가 없어요. 당신이라는 존재가 불쾌하거든요. 좀 더 경험치를 쌓을 수 있을 만한 녀석을 내놓으라는 걸 전하기 위해서 사라져 주세요."

처음 들었던 대답부터 너무 뜻밖이었기에 여자를 대하는 게 익숙한 청년은 딱딱하게 굳으려 하는 표정 근육을 필사적으로 억눌렀다. 말을 걸었을 뿐인데 죽어달라는 폭언을 내뱉다니, 무슨 세기말 인사인가 싶다.

애초에 나도 돈을 받지 않았다면 너 같은 꼬맹이에게 말을 걸지도 않았을 거라는 본심을 꾹 눌렀다.

그 반응을 안타깝다는 듯이 지켜보던 건 흑발 소녀였다.

"모모. 아무리 그래도 죽으라는 건 말이 너무 심하지……."

"그, 그렇지! 아하하, 정말 농담이 심——."

"기분 나쁘니까 어디론가 꺼지라는 정도로 봐줘야 할 거 아니야."

"——크흑."

흑발 소녀가 도와주려나 싶었더니 교묘한 함정이었다. '기분 나쁘다'는 말은 이성을 대하는 데 어느 정도 자신이 있었던 청년의 멘탈에 깊은 상처를 내고 자존심을 건드렸지만, 기둥서방으로 살아가는 남자는 그 정도로 무릎을 꿇을 만큼 연약하지 않았다.

꼬시는 건 실패하는 게 전제다. 무시를 당하는 게 당연하다. 시행착오 정신이 중요하다.

하지만 이번에는 돈이 걸린 의뢰다. 곧바로 물러나기에는 아까운 금액이었다.

아직 실패한 게 아니다. 기둥서방 청년은 마음을 굳게 먹었다.

계속 말을 걸려고 하는 기척을 느끼고 귀찮다는 표정을 지은 분홍색 머리카락 소녀가 문득 좋은 생각이 났다는 듯이 밝은 표정을 지었다. 혹시나 이야기가 잘 풀릴 것 같다는 생각에 기다리고 있자니 흑발 소녀의 등을 떠밀면서 앞으로 내밀었다.

"꼬시려는 목적이라면 이 살이 잘 오른 여자를 내드릴게요. 어딜 가든, 어떻게 써먹든 저는 상관하지 않을 테니 어디로든 데리고 가서 마음대로 해주세요."

"모모?!"

떠밀린 흑발 소녀가 경악하며 비명을 질렀다.

제일 먼저, 그리고 적극적으로 친구를 팔아먹으려 하는 건 산전수전 다 겪은 기둥서방도 처음 경험해본 일이었다. 어떻게 대

답해야 할지 망설였다.

하지만 팔린 쪽도 낯짝이 두꺼웠다. 일행 소녀에게 배신당했다는 걸 알자마자 곧바로 입을 꾹 다물고는 분홍색 머리카락 소녀를 노려보았다.

"아무리 자기가 납작하고 꼬맹이라 매력이 없다고 해도 그건 아니지. 이 사람이 로리콘일지도 모르잖아! 아니, 로리콘이 아니라면 애초에 모모에게 말을 걸지도 않았겠지. 오빠! 로리콘의 긍지를 걸고 이 애를 데리고 가주세요!"

난데없이 로리콘으로 불리자 연상을 좋아하는 기둥서방의 표정이 굳었다.

"저는 로리콘이 아닌데요."

"부끄러워할 필요는 없어요!"

이런 일을 받아들이는 게 아니었다.

변명할 틈도 없이 로리콘으로 몰린 청년은 마음속으로 욕설을 내뱉으면서도 서로 산 제물을 바치려고 추하게 다투고 있는 소녀들을 겨우 달래서 뒷골목으로 유도했다. 그 노력은 차마 이루 말할 수 있는 것이 아니었다.

지정된 곳으로 데리고 가자마자 골목을 막아서는 형태로 열 명 가까운 남자들이 나타났다.

"좋았어, 예정대로 왔구나──."

"죽으라고 했죠."

남자가 한 말은 얼굴에 박힌 주먹으로 인해 가로막혔다.

보는 사람이 없게 되자 모모가 곧바로 실력 행사에 나선 것이다. 피해를 입은 것은 유도하는 역할로 고용된 기둥서방 청년이었다. 우선 콧등에 한 방. 비틀거리자 소매를 붙잡고 땅바닥에 내동댕이쳤다. 모모는 땅바닥에 넘어진 충격으로 고통스러워하는 청년의 얼굴을 아무런 망설임도 없이 몇 번이나 짓밟았다.

신음 소리가 몇 번 들리다가 잠시 후에는 그것도 들리지 않게 되었다. 완전히 정신을 잃은 청년을 싸늘한 눈초리로 내려다보며 한 마디.

"……신발이 더러워졌네요."

이상이 사람의 얼굴을 망쳐버린 소녀의 감상이다.

영업 도구인 얼굴이 이렇게 되었으니 앞으로 기둥서방 일을 하는데 지장이 생길 것이다. 그의 앞날이 우려될 정도로 청년의 얼굴은 심하게 망가진 상태였다.

매우 익숙한 몸놀림으로 기절한 남자를 걷어차서 길가로 몰아낸 그녀는 주위를 둘러보았다.

"음, 그냥 꼬시는 건가 싶었더니……, 나쁘지 않은 상황이네요."

그렇게 중얼거린 것과 동시에 도력의 빛이 모모의 몸을 감쌌다.

오싹, 남자들의 등골에 공포가 스쳐 지나갔다.

도력 강화. 육체의 성능을 끌어올리는 도력 조작 기술이다.

제1신분인 신관은 강하다. 모든 신관이 고도의 도기인 교전을 다룰 수 있는 수준으로 도력 조작 기술을 익힌다. 그리고 미개척 영역에서 전투 훈련도 벌일 정도로 정식 신관으로 선출되기까지는 엄한 훈련을 겪는다는 소문이 있다.

암흑가에서 일하다 보면 자연스럽게 적인 제1신분의 사정에 대해 자세히 알게 된다. 그 정도는 남자들도 알고 있었다.

하지만 눈앞에 있는 소녀는 신체 능력을 강화하는 도력의 출력이 척 보기에도 평범한 수준이 아니었다. 신관 중에서도 뛰어난 전투 능력을 드러내고 있다.

이건 위험하다. 재빠르게 판단을 내린 남자들은 도망치려 했다. 많은 사람을 동원한 습격으로는 승리할 수 없다고 현명하게 판단한 것이다.

하지만 모모가 파고 들어버렸다.

상대방을 놓치지 않게끔 좁은 골목을 선택한 것이 잘못이었다. 단숨에 추월한 것과 동시에 땅바닥을 주먹으로 내리쳤다.

쿠우웅. 묵직한 파쇄음이 뒷골목에 울려 퍼졌다.

따끔따끔한 진동이 그곳에 있던 모두에게 소녀의 주먹에 담긴 힘을 확실하게 전달해주었다. 주먹이 부딪힌 곳을 중심으로 거미줄 모양 균열이 퍼져나갔다.

도력 강화란 이렇게 터무니없는 괴력을 발휘하는 것이 아닐 텐데. 몸집이 자그마한 소녀가 만들어낸 결과를 보고 남자들은 깜짝 놀라 멈춰 섰다.

"도망치려고 하는 녀석은 제가 직접 저기 있는 걸레짝처럼 만들어 드리죠."

아직 10대 중반 소녀인 주제에 어떻게 이렇게 무지막지한 걸까. 교회에서 명분으로 내세우는 '자비'라는 것이 어째서 이 소녀의 눈에서는 보이지 않는 걸까. 그리고 방금 한 행동은 상관이 없는 집을 파괴한 범죄 아닐까. 하고 싶은 말이 잔뜩 있긴 했지만, 아무도 소리 내어 그런 불평을 할 용기는 없었다.

"도, 도망치려고 하는 녀석이라니, 그게 무슨 뜻이지? 우리가 어떻게 하면 되는데."

멤버 중 한 명이 신중하게 물었다.

열 명이 한꺼번에 덤빈다고 하더라도 모모 한 명을 당해낼 수 없다는 건 분명했다. 좁은 골목의 출구가 막힌 상황에서는 도망치는 것조차 힘들다.

하지만 모모는 남자들을 괴롭히려 하지 않았다. 이곳에서 뭔가 시키고 싶은 게 있는 것이다.

그걸 해내면 살려주는 걸까. 한 줄기 희망에 기댄 남자에게 모모가 대답했다.

"저기 있는 얼간이에게 덤벼서 이기면 봐 드리죠."

물론 미리 이야기를 듣지 않았던 아카리가 이 애가 대체 무슨 소릴 하는 걸까, 머리는 괜찮은가? 그런 눈초리로 모모를 보았다.

"실전을 벌인다고 했었죠. 아니, 처음에는 진짜로 그냥 빌어먹게 꼬시나 싶어서 쫓아내려 했는데, 다행이네요. 꿍꿍이가 확실하게 있었어요."

"……혹시 일부러 바깥으로 나온 게 이걸 위해서였어?"

"그야 그렇죠. 경계하지 않는 척하면 걸려드는 바보가 있으니까요."

남자들 사이에 동요하는 마음이 퍼져나갔다. 습격 계획이 들통난 모양이라며 당황했다.

하지만 그들은 모모의 진심을 이해할 수 없었다. 습격하러 와

보니 목표 중 한 사람이 다른 일행을 습격하라고 재촉한다. 전혀 영문을 알 수가 없다.

"자, 실전이에요."

"어어······."

"싫어하는 표정 짓지 말고요. 얼른 하세요."

어떻게 된 걸까. 남자들의 의아한 시선이 아카리에게 꽂혔다. 모모가 말하는 논리는 평범한 사람들이 이해하기 힘든 것이었다.

"특히 당신 마도는 효과가 이상하니까 세밀하게 조작하지 못하더라도 어떻게든 될 거예요. 실전을 통해 이것저것 시험해보세요."

"음······, 아직 조정하는 법을 잘 모르겠단 말이지."

"괜찮아요, 도력을 마구 흘리게 되더라도 훈련만 계속하면 의외로 어떻게든 되는 법이니까."

"자, 잠깐만!"

기교보다 화력과 기세를 중시하는 이론이었다. 남자들은 급하게 말렸다.

"충분히 훈련을 거치지 않고 도력을 마구 사용하면 위험하다고! 게다가 도력을 마구 흘리다니, 말도 안 돼! 초보가 어설프게 써도 될만한 게 아니야!"

정론이었다.

터무니없이 올바른 의견이다. 도력 강화 기술의 교본에도 나와있는 기본적인 주의사항이다. 도력이란 혼으로부터 생성되는 【힘】. 그것을 다루는 마도는 섬세한 기술이다.

하지만 예외라는 건 어디에나 있는 법이다.

"그래?"

"범죄자의 의견은 듣지 않아도 돼요."

아카리의 안전 같은 걸 신경 쓰지 않는 모모는 무책임하게 하라고 지시를 내렸다.

남자들은 결심했다. 원래 예정과는 달라졌지만, 다른 방법이 없다. 악랄한 신관에게 속고 있는 흑발 소녀를 보호해서 이곳을 빠져나간다.

역시 제1신분 중에 제대로 된 녀석은 없다. 마음을 굳게 먹은 남자 중 한 명이 아카리를 구하기 위해 손을 뻗었다.

팔을 붙잡힌 아카리가 반사적으로 손을 빼냈다.

"꺄악."

살짝 비명을 지른 아카리가 만들어낸 결과는 전혀 귀엽지 않았다.

아카리의 온몸이 한순간 도력광으로 감싸인 것과 동시에 뭔가 본 적도 없는 마도의 기적 때문에 위화감이 든 순간이었다.

팔을 붙잡았던 남자가 하늘을 날고 있었다.

그곳에 있던 모두의 시선이 포물선을 그리는 그의 궤적으로 쏠렸다.

아카리가 작고 귀여운 비명을 지르며 인간의 동체 시력으로는 파악할 수 없는 속도로 팔을 휘두른 결과였다. 중력을 무시하는 속도로 휘둘린 남자는 공중에 붕 뜬 채 날아갔다.

철푸덕, 시끄러운 낙하음이 그곳에 있던 모두의 귀에 들렸다.

엄청나게 아플 것 같은 소리다. 다행히도 날아간 남자가 추락의 고통으로 인해 괴로워하지는 않았다. 낙법도 하지 못하고 지면에 낙하했기에 머리를 부딪쳐서 죽더라도 이상할 게 없었지만, 정말 운이 좋게도 그는 매우 안전한 곳을 부딪쳐서 정신을 잃고 땅바닥에 굴러갔다.

"아……."

흑발 소녀가 껄끄러운 듯한 표정을 지었다.

"죄, 죄송해요……. 【가속】 조절을 실수한 것……, 같은데?"

아카리는 확실하게 사과할 수 있는 아이였다. 그게 무슨 상관이냐는 상황이긴 했지만, 사과하지 않는 것보다는 하는 게 나은 건 분명하다.

"저, 저기, 모모. 역시 조절하는 법을 잘 모르겠어. 이거 괜찮은 거야? 뭐라고 해야 하나……, 범죄 같지 않아? 엄청 나쁜 짓을 하고 있는 것 같은 기분인데."

"조절 같은 건 상관없어요. 항상 최대 출력만으로 최대의 위력을 목표로 삼아주세요."

"그런 건가……?"

"그런 거예요. 자기 몸을 지키는 것과 정당방위는 일체화되어 있으니 범죄자에게는 무슨 짓을 해도 되거든요."

그녀에게는 과잉방위라는 개념이 없는 모양이다. 당당하게 딱잘라 말하는 걸 보니 진심으로 남자들이 어떻게 되든 상관이 없는 것 같았다.

"그런데 역시 출력만큼은 보통이 아니네요. 도력량으로 봐서 당연하다고는 해도……, 뭐, 마침 여기 실험체가 있으니 얼마든지 시험해봐도 돼요."

그녀가 실험체라고 하며 손가락으로 가리키자 그들은 몸을 움찔거리며 떨었다.

그들이 잠복해 있다가 습격하는 쪽이었을 텐데, 정신을 차리고 보니 인체 실험의 피험체가 되어 있다.

인체 실험을 권장하다니, 성직자라고 할 수도 없다. 하지만 이곳에서 모모를 제대로 된 성직자라고 생각하는 사람은 이미 아무도 없다. 평범한 신관과 비교해도 실력이 훨씬 뛰어난 게 분명한데도 보좌 입장에 머물러 있는 것은 아마 정신성 부분에서 평가가 매우 떨어지기 때문일 거라 단정 짓고 있었다.

슬프게도 그 예상은 정확했다.

"이, 이봐! 신관! 너, 자기가 하는 일에 죄책감 같은 것도 없냐?!"

"죄책, 감……?"

신관에게 윤리를 따지자 돌아온 것은 전혀 짐작 가는 게 없는 개념이라는 듯한 태도였다.

"어? 잘 모르겠는데요. 쓰레기를 없애는데 어째서 죄책감이 든다는 거죠? 죄책감이라는 건 나쁜 짓에 대한 죄의식인데요? 올바른 행동을 하는데 죄책감이 들 리가 없잖아요."

너무나도 괴리된 감각으로 인해 남자들은 말문이 막혔다.

남자들도 냉정함을 유지하는 훈련을 받았다. 인륜을 저버리는 행위, 냉혹해야만 하는 사태에 대처할 때는 인간적인 정이 걸리적거릴 때가 있다. 그렇기 때문에 비인간적으로 행동하는 정신

훈련을 받았다.

하지만 눈앞에 있는 소녀는 그렇지 않다. 사람을 다치게 만드는 행위를 망설이지 않는다. 간혹 드물게 폭력에 취해 쾌감을 느끼는 사람도 있지만, 그녀는 거기에 해당하지도 않는다. 호불호가 아니라 필요하기 때문에 필요한 만큼 폭력을 행사한다. 자신과 타인의 감정을 개입하지 않고 명령이 입력된 마도병과도 같이 무자비하게 움직이고 있다.

이것이 교회의 치우친 사상 교육의 결과인가. 너무나도 이상했기에 전율했다.

보통 사람은 사람을 다치게 만드는 것에 저항감이 있다. 모두가 마음이 없는 폭력 머신이 될 수는 없다. 가지고 태어난 것이 다르다. 자라난 환경이 격리되어 있다.

"그럼, 해볼까요."

"응…… 뭐, 메노우를 위해서니까, 어쩔 수 없겠지."

압도적인 폭력의 폭풍에 휘말린 그들은 제1신분의 부조리함을 몸소 깨닫게 되었다.

열 명 가까운 동료들이 기사들에게 연행되었다.

죄목은 꼬실 때 부녀자를 폭행하려 했고, 어린 소녀 두 명에게 오히려 당했다는 것이었다.

그냥 꼬시려고만 했다면 잡혀가진 않았겠지만, 신관에게 덤벼들었다는 사실이 문제였다. 이렇게 하찮은 일 때문에 제1신분에게 찍힐 수는 없다며 도시에 주둔해 있던 기사들이 신기할 정도로 성실하게 직무를 처리했기에 확실하게 제재를 받게 되었다. 유괴라는 죄목보다는 그나마 나으니 여자를 꾀려 한 녀석이라는 낙인을 감수하긴 했지만, 역전의 전사들이 껄렁거리고 머릿속에 든 게 없는 가벼운 녀석이라는 취급을 받았다.

수배꾼이 모은 전사 중에서 남은 건 여관에서 종업원으로 일하던 남자뿐이었다.

유치소에서 기사에게 취조를 받으며 '나이도 꽤 먹어서 말이야, 어린 여자애를 꾀다니 부끄럽지도 않아?'라고 잔소리를 듣는 동료의 원통함을 생각하며 남자는 이를 악물었다.

우리는 '제4'의 첨병이다. 자유를 쟁취하기 위한 전사다. 그런데 성욕에 정신이 나간 멍청이로 끝나는 건 너무나도 분하다. 성범죄자 취급을 받으며 끝날 거라면 아예 영예로운 전사로서 사라지는 게 낫다.

"왠지 요즘 모모의 폭력성이 옳은 것 같아."

"당신은 원래부터 폭력성을 지닌 위험한 여자라고요. 갑자기 기습을 가한 게 어디 사는 누구였죠?"

"그건 오히려 아프지 않게끔 끝내주려 했던 친절한 마음이자 자상한 마음이야."

"당신의 친절한 마음은 이상하네요. 괜찮으세요? 기억하고 같이 상식까지 버렸나요?"

"모모에게 그런 말을 듣다니……."

여관 일을 하면서 남자의 마음속에는 속 편한 소녀들에 대한 살의가 쌓여가고 있었다.

동료들에게 오명을 뒤집어씌워 놓고 그렇게 가벼운 태도를 보이다니. 명예를 만회하기 위해 불타오르던 마지막 한 명은 야습을 가하기로 결심했다.

　자잘한 작전 같은 건 필요 없다. 그는 정식 종업원으로 여관에서 일하고 있다. 오랫동안 근무하며 다른 직원들의 신뢰도 받고 있었기에 여관 안에서는 의심을 사지 않고 움직일 수 있었다.

　상대방이 잠든 사이에 방으로 침입해서 들키지 않게끔 암살한다.

　매우 단순한 계획이다. 단순하기 때문에 실수할 것도 없다.

　모두 조용히 잠든 밤. 관리실에서 여관의 방 열쇠를 훔쳐낸 남자는 소녀들의 방으로 소리 없이 침입했다.

　푸르스름한 달빛만이 비추고 있는 방 안에서 동료들을 궁지에 처하게 만든 소녀들이 조용히 숨소리를 내며 잠들어 있었다.

　신관 소녀는 매우 얌전히 자고 있다. 이불을 어깨까지 덮고 새근새근, 일정 간격으로 숨소리를 내고 있다. 그렇게 잠든 모습에 흐트러진 구석은 전혀 없었다.

　그에 비해 흑발 소녀는 잠버릇이 안 좋은 건지 이불을 걷어차고 시트를 마구 구겨서 들추고는 베개를 끌어안고 입가에 침을 흘리며 '으헤헤, 메노우가~'라고 잠꼬대를 하고 있었다.

　소극적으로 말해도 칠칠하지 못하다. 돌아누우면서 끈이 느슨해졌는지 풀어진 옷차림이 창문으로 스며드는 달빛을 받고 있었다. 하얀 속살이 희미하게 빛나는 요염한 모습. 평소였다면 군침을 삼켰을 정도로 선정적이었다.

하지만 지금 남자가 보기에는 어째서 이렇게 속 편한 녀석들에게 동료들이 당해야만 했냐며 더욱 짜증이 솟구치는 요소에 불과했다.

　남자는 흑발 소녀의 목덜미를 향해 손을 뻗었다. 도력 강화를 사용하여 강화한 악력으로 목을 단번에 부러뜨리면 끝난다.

　이걸로 끝이다. 죽어라.

　혼신의 살의를 담아 잠든 소녀의 목에 손을 댔다.

　다음 날 아침.

　상처 하나도 없이 멀쩡하게 눈을 뜬 아카리는 불만을 터뜨리고 있었다.

　"진짜, 이 여관은 대체 뭐냐고!"

　평소에는 잠을 잘 깨지 못하는 아카리가 졸음도 잊고 매우 화를 내고 있는 건 아침에 깨어난 그녀 곁에 조각처럼 굳은 남자가 있었기 때문이었다.

　"속옷 도둑에 치한처럼 꼬시는 남자, 게다가 보쌈까지 하려 들다니……, 아무리 그래도 성범죄자가 너무 많은 거 아니야? 이상하잖아."

　잠을 잘 깨지 못하는 아카리도 단번에 눈을 번쩍 뜨게 만든 사건이었다. 아침부터 범죄자를 넘기게 된 아카리는 화를 내며 볼을 부풀리고 있었다.

　"관광지 주제에 치안이 안 좋다니, 진짜 이상한 것 같아!"

　"그러게요~."

사실 대충 사정을 짐작하고 있던 모모는 하품을 하며 적당히 대답했다.

　동일 인물이 세 번째 성범죄자를 넘기자 기사들을 포함한 주위 사람들은 '미소녀 두 명 일행이라 노렸나 보네, 힘들겠어'라는 감상과 동정을 품었다.

　"당신이 범죄자를 끌어들이는 페로몬을 뿜어내는 거 아닌가요? 하루에 습격 세 번이라니, 저도 그런 적이 없다고요."

　"진심으로 나 때문이라 생각하는 건 아니지?"

　"당신이 트러블 메이커라고 생각하긴 하는데요?"

　모모는 습격해온 사람들이 '제4'에 소속된 사람들이라는 사실을 알고 있었다. 이 여관의 경영자가 '수배꾼'이라 불리는 암흑가 쪽 사람이라는 정보도 알고 있었다.

　어젯밤에도 모모는 남자가 방 앞으로 다가온 시점에서 깨어났다. 이왕 이렇게 되었으니 한 번 정도는 죽지 않을까 하는 생각에 실눈을 뜨고 보기만 했는데, 손이 피부에 닿을락 말락 하는 타이밍에 【정지】마도가 자동으로 발동되었기에 식은땀을 흘렸다.

　"그건 그렇고, 조건 기동식 마도로 함정 같은 걸 칠 수도 있었네요."

　"응. 일단은 말이지. 하고 싶다는 생각이 드는 건 대충 할 수 있으니까. 조건 기동식이라는 것도 할 수 있는데?"

　수수께끼를 밝히자면, 아카리는 마도로 함정을 파두었다. 자고 있는 자신을 건드리는 사람이 있으면 【정지】가 걸리게끔 해두었다.

참고로 제일 먼저 노린 사람은 모모였다. 자는 동안에 상대방이 덤벼들면 혼쭐을 내주기 위해 모모에게도 알려주지 않고 몰래 순수 개념으로 마도 함정을 파두었다.

"그러시군요."

모모는 신경 쓰지 않는 척하며 고개를 끄덕이면서도 경계심을 끌어올렸다. 아카리의 속 편한 모습을 보고 그냥 단순하게 눈앞에 있는 상대에게 마도를 날리는 것밖에 못 하는 줄 알았는데, 예상이 빗나갔다. 조건 기동식은 원래 사전에 꼼꼼하게 준비할 필요가 있는 고도의 마도 기술이다. 그것조차 무의식적으로 할 수 있다면 위험도가 올라간다.

"당신의 안 좋은 잠버릇 때문에 자기도 모르게 제가 있는 쪽으로 굴러오면 어떻게 할 생각이셨는데요?"

"……그, 그렇게 되면 그때 가서 생각해야지. 만약에 그렇게 되더라도 확실하게 해제할 테니까."

아카리도 자신의 잠버릇이 안 좋다는 건 자각하고 있다. 굳이 말하자면 미필적 고의로 인한 사고를 노렸다는 건 입이 찢어져도 말할 수 없었다.

"그, 그런데 오늘은 어떻게 할 거야?"

"그렇죠. 우선……."

"우선?"

모모는 어깨를 으쓱였다.

"아침 온천이라도 갈까요."

소녀들의 숙박은 순조롭게 이루어지고 있었다.

마논 리벨은 요양지로 유명한 산 근처의 온천 거리에 와 있었다.

하얀색 기반의 우아한 일본 전통복에 돌바닥 위에서 달그락거리며 울리는 여성용 나막신 소리. 목조 건물이 늘어서 있는 온천 거리에 유카타와는 다른 기모노 차림이 잘 어울렸다.

손을 잡고 함께 걸어가는 건 어린 소녀였다. 하얀 원피스 차림인 그 어린 소녀는 거리의 풍경을 두리번거리고 있었다.

"마, 마, 신기하네. 왠지 매우 정겨운 느낌이 들어."

"그러게요. 평온하고 차분해지는 분위기예요."

사이좋게 이야기를 나누는 그녀들은 나이 차이가 많이 나는 자매로 보였다. 그녀들의 정체를 알지 못한다면 훈훈한 광경일 것이다.

"그래서, 여기에서 뭐 할 건데?"

"여기는 숨을 돌리러 온 거예요."

"마?"

어린 소녀가 의아하다는 듯이 고개를 갸웃거렸지만, 이번에는 딱히 꿍꿍이가 없이 순수하게 쉬러 온 것이다.

도사 '아지랑이'와 일전을 벌이고 겨우 목숨만 건져서 도망친 뒤다. 만마전과 함께 대참사를 벌인 보람이 있었는지 노린 대로 '아지랑이'를 끌어내 알고 싶었던 것을 알아냈다.

"저번 도시에서 준비와 확인을 대부분 마쳤으니까요. 한동안 쉴 거예요."

원죄 개념 중 하나, 폭식의 폭주로 인한 판데믹.

그렇게 시끌벅적한 일을 벌였던 것은 새끼손가락인 그녀의 능력 최대치를 시험해볼 필요도 있었기 때문이다.

'만마전'의 본체는 무한에 가까울 정도로 강한 힘을 다룰 수 있었다. 완전했던 그녀는 이 세상의 모든 생명에 원죄 개념을 감염시킬 수 있을 정도의【힘】을 지니고 있었다.

하지만 본체의 새끼손가락에 불과한 그녀가 다룰 수 있는 힘은 그러지 못했다.

마논이 데리고 다니는 그녀에게는 퍼뜨릴 수 있는 원죄 개념의 인원수에 한계가 있었다. 그 수치가 중간 규모 도시 하나 정도의 인구다. 산 제물의 숫자가 발동시킬 수 있는 마도의 규모로 직결되기 때문에 마논이 데리고 다니는 만마전의 새끼손가락이 사용할 수 있는 마도의 한계도 거기까지다.

도시 하나를 원죄 개념에 감염시켜 산 제물로 바친다.

또는 단시간이나마 본체가 만들어낸 강력한 마물을 한 마리 소환한다.

혼돈을 추구한다면 전자, 살육을 추구한다면 후자가 효과적이다.

"쉰다, 쉰다……, 쉰다? 그래도 되는 거야?"

"가끔은 괜찮겠죠. 느긋하게, 편히 지내는 시간도 소중해요."

만마전의 새끼손가락이 지닌 능력을 알게 되었지만, 그 때문에 그녀가 힘을 발휘하기 위해 필요한 산 제물을 모조리 소비해 버렸다. 이 도시에서는 산 제물을 모으면서 느긋하게 지내기로

했다.

평화로운 시간을 보낸다는 말을 듣고 약간 불만스러운 것 같은 만마전과 따로 떨어지지 않게끔 손을 잡고 목적지인 여관으로 다가가자 왠지 모르겠지만 포박된 남자가 기사에게 연행되고 있었다.

무슨 일이 있었던 걸까. 그들을 바라보던 마논은 사정을 파악하기 위해 주위 사람들의 목소리에 귀를 기울였다.

"이 여관에서 한창 나이대인 소녀의 속옷을 훔치려 한 남자가——."

"온천 거리에서는 집단으로 손님에게 난폭한 짓을 하려고——."

"그뿐만이 아니라 종업원이 밤에 젊은 여자애가 있는 방에 숨어들어서——."

"이곳 경영자는 종업원 교육을——."

속닥거리는 소문의 내용은 매우 악질적인 것들뿐이었다.

"……."

마논은 말없이 만마전의 귀를 살며시 막았다.

갑작스러운 행동에 만마전이 의아해하는 듯이 바라보았지만, 마논은 말없이 고개를 저었다. 어린애는 들으면 안 된다는 의사표시다. 천년 가까이 존재한 그녀를 어린애라고 불러도 될지는 모르겠지만, 마논은 그녀를 외모에 맞게끔 어린애로 보기로 했다.

만마전의 양쪽 귀를 막은 마논은 천천히 돌아보았다. 그곳에는 이 여관에 묵으라며 추천해준 남자가 있었다.

50대 중반 정도의 남자다. 중산모에 J자 지팡이. 고급스러운

Illustrations copyright © nilitsu

턱시도를 입고 있어서 이곳 분위기와는 맞지 않는다는 게 그의 인상이다.

마논은 그를 매우 싫어했지만, 능력에 대해서는 신뢰하고 있었다. 자신보다 어른이고, 실적도 있고, 대륙 전토를 돌아다니며 활동해온 그의 인맥은 엄청나다.

"저기 말이죠, '맹주' 씨."

마논이 미소를 지으며 말을 건 남자, '맹주'는 어깨를 움찔 떨었다.

"저는 여기가 푹 쉴 수 있는 휴양지라고 들었는데요."

"으, 으음, 그렇지요."

"이 여관은 당신이 오랫동안 알고 지낸 친구가 경영하는 곳이라고 하셨죠. 저렴하고 안전하고 안심할 수 있다고요."

"하, 하하하……."

맹주는 메마른 웃음소리를 냈다. 그런 그에게 방긋 웃으며 미소를 보였다.

친족을 모두 산 제물로 바쳤더라도, 세계를 멸망시킬 수 있는 【마】를 데리고 있다 하더라도, 어머니의 고향이기도 한 이세계에 가고 싶다는 터무니없는 목적을 내세우고 있다 하더라도, 마논은 사춘기 소녀다. 지금 들리는 소문에 따르면 이 여관은 성에 대해 그녀의 나이에 맞게 소녀다운 감성을 지닌 그녀가 머무르고 싶다는 생각이 들지 않는 곳이었다.

"그래서, 뭔가 하실 말씀 있으신가요?"

"……면목이 없군! 하, 하지만 말이지요, 마논 공! 다른 여관에도 연줄이 있으니 안심하시길!"

"깜짝 놀랄 정도로 안심이 안 되네요."

당황한 '맹주'에게 공손한 말투로 신랄한 말을 내뱉은 마논.

두 사람이 이야기를 주고받는 모습을 귀가 막힌 만마전이 외모와 마찬가지로 어린아이처럼 의아하다는 듯이 번갈아 보고는 조용히 중얼거렸다.

"마, 마……, 처음 만났을 때와 전혀 달라진 게 없네?"

마논 일행과 '맹주'의 만남은 약 한 달 전으로 거슬러 올라간다.

만난 곳은 그리잘리카 왕국의 변경에 있는 어떤 탑이었다.

열차 선로는커녕, 근처 마을로 이어지는 길조차 없을 정도의 변경이다. 사람이 다가가지 않을 정도로 불편한 그곳에 언제, 무슨 목적으로 거대한 탑을 지은 것일까. 많은 사람들이 존재조차 모르는 탑의 정상, 달빛도 없는 흐린 밤에 새까만 마물이 기척도 드러내지 않고 달라붙었다.

마물이란 원죄 개념에 삼켜져 생존 욕구조차 능가하는 충동으로 인해 미쳐버린 생물이다.

그럼에도 불구하고 부자연스러울 정도로 얌전한 마물의 등 너머로 두 소녀가 고개를 내밀었다.

"그럭저럭 괜찮은 하늘 여행이었어. 그치? 마논."

"네, 멋진 체험이었네요."

마물의 등에서 내려와 탑으로 들어간 사람은 마논과 만마전이었다. 리벨에서 만마전의 권속이 된 마논의 제안으로 '맹주'가 유폐되어 있다고 하는 탑으로 온 것이다.

"자, 그럼 '맹주' 씨가 있는 방을 찾아볼까요."

쉽사리 내부로 침입한 두 사람은 인기척이 없는 탑을 내려갔다. 최상층부터 잔뜩 있는 방을 확인하고 계단을 내려갔고, 지상으로 튀어나와 있는 건물 부분에는 아무도 없다는 걸 확인했다.

그리고 1층을 탐색해보니 지하로 이어지는 계단을 발견했다.

"해냈어요!"

"그치!"

만마전의 작은 두 손과 하이파이브. 그리고 계단을 내려가보니 빙고였다.

지하에 만들어진 감옥은 그곳과 어울리지 않을 정도로 지내기 편한 환경이 갖춰져 있었다.

제2신분인 왕족조차 이렇게까지 좋은 대접은 받지 못할 것이다. 그런 방을 기모노 차림 소녀가 흥미롭다는 듯이 둘러보았다.

마치 손님을 맞이하는 귀빈실 같았다. 안에 있는 사람이 방에 어울리는 옷차림이었던 게 더욱 우스웠다.

신사복을 입은 그는 마논이 찾아온 것에 놀라지도 않고 쇠창살 너머에서 한쪽 손을 들었다.

"여, '만마전'의 권속이 된 소녀여. 안녕하신가."

감옥에 갇혀 있으면서 어떻게 마논에 대해 알고 있는 걸까. 처음부터 선수를 가로챈 남자가 살짝 웃으며 고개를 숙였다.

"내가 '맹주'다. 앞으로 잘 부탁——할 정도의 관계는 되지 않으려나."

"처음 뵙겠습니다, '맹주' 씨. 음……, 여기서 나가실 생각은 없으신가요?"

"있는 것처럼 보이나?"

그렇게 보이진 않는다.

지하 감옥이라고는 해도 쇠창살의 문에는 자물쇠가 채워져 있지 않았다. 밀면 열리는 구조다. 위쪽 탑을 전부 돌아다녀 보았기에 알고 있는데, 이 탑에는 경비병도 없다. 그는 나갈 마음만 먹으면 언제든 나갈 수 있다.

처음 여기 온 마논도 알 수 있었다.

그는 감옥에 갇혀 있는 게 아니다. 스스로 원해서 여기에 들어와 있는 것이다.

"당신을 구해내려고 테러까지 저지른 동료까지 있는 것 같은데, 괜찮으신가요?"

"그들 말인가? 정말 안타까운 일이지. 아무것도 모르는 자들이 가끔 그런 행동을 해버리니. 무지의 슬픔 때문이야."

이런, 이런, 그가 그렇게 말하며 고개를 저었다.

"무엇보다 그들을 이용한 오웰 경의 소행이 한탄스럽지. 그녀도 기어코 그런 짓을 해버리게 되었고——, 보게."

사람들이 사는 곳에서 격리된 탑에 있는 주제에 어떻게 손에 넣은 것인지. 책상에 놓아둔 신문을 들어 올렸다.

그것은 오웰의 장례식이 집행된 날짜의 기사였다.

"보게나. 그렇게 위대했던 성직자가 죽었어. 예전에는 미쳐 날뛰던 용해조차 평정해낸 그녀가 '아지랑이'의 제자 따위에게 살해당해버리다니……, 늙음이란 정말 무시무시하군."

"대주교 오웰요? 성직자로서 위대했는지 여부는 의문이네요. 금기를 저지르고 처형당했는데요."

"아……, 세대가 다른 거군."

마논이 이해하지 못하자 맹주는 가엾다는 듯한 눈초리로 바라보았다.

오웰이라는 위대한 대주교조차 불과 수십 년 만에 이렇게 잊혀버린다. 이세계인처럼 순수 개념으로 인해 기억이 깎여나가지 않더라도 사람은 다른 사람을 잊는 법이다.

"금기를 저질렀다 해도 오웰 경의 위대함에는 의문을 제기할 여지가 없지. 적어도 나는 그녀를 계속 칭송할 거라네. 그녀는 위대한 성직자였다고 말이지. 다른 누구보다 주의 가르침에 성실했기에 오웰 경은 금기에 손을 댄 것이야."

지금은 죽고 없는 대주교에 대해 말하는 그의 말투는 쓸쓸했다.

예전에 그는 '제4' 사상을 제창했다. 지금의 신분제도를 무너뜨리고 세계를 변혁시키기 위해 활동했다. 그렇기 때문에 많은 것들을 알고 있다.

"오웰 경은 대주교까지 올라갔지만, 말년에는 교전을 버렸다네. 그 이유가 무엇인지 알고 있나?"

"교전을 말인가요? 대체 어째서죠?"

"저버릴 필요가 있었기 때문이지. 교전이란 '주'의 눈이자 귀

──, 그리고 뭐, 때로는 입이 되기도 한다네. 그렇기 때문에 이상적인 '주'를 추구하며 【백】의 금기에 몰두한 오웰 경은 가장 익숙한 무기이기도 한 교전을 버릴 수밖에 없었던 게야. ……뭐, 오웰 경은 다른 사람들보다 훨씬 신앙에 성실했으니 교전을 버린 이유 중에는 죄책감도 있었을지 모르겠다만."

"교전과 '주'가 무슨 상관이 있나는 거죠? 아니……, 방금 하신 말씀이 사실이라면 '주'가 개념적인 것이 아니라 실제로 존재하는 것 같은데요."

"그렇게 말했네. 성지에 있는 【사도】들이 감싸고 있는 그것 말이지. 말 그대로 세계의 수호자가 그곳에 존재한다네. 정말 지긋지긋하게도 말이지. 이런 생각만큼은 '꼭두각시 세상'에게 맞장구를 칠 수밖에 없겠어. 아……, 지긋지긋하군."

"그렇군요."

의미심장한 말, 마논은 추임새를 넣었다.

"어째서 그런 이야기를 제게 하시는 거죠?"

"그런 이야기를 원해서 일부러 이런 곳까지 온 거겠지?"

그것도 정답이다. 마논이 '맹주'를 만나러 온 것은 그의 견식을 원했기 때문이다.

세계의 구조에 대해 물어보면 '만마전'은 뭐든지 대답해 준다. 하지만 '만마전'이 말하는 이치는 너무 파멸적이다. 무엇보다 마논은 정보를 단면만 있는 그대로 받아들일 생각이 없었다.

그렇기 때문에 다른 사람을 찾다가 '맹주'와 접촉했는데, 생각했던 것보다 더 흥미가 생긴다.

"그렇죠."

무심코 턱에 손가락을 대고는 생각에 잠겼다. 그리고 질문을 던졌다.

"마도란 무엇인가, 그것에 대해 여쭤보러 왔습니다."

"좋은 질문이야."

'맹주'가 기분 좋다는 듯이 고개를 끄덕였다.

"자네가 그 질문을 한다는 것 자체가 세계의 진실에 다가가고 있다는 증거지. 좋아. 여기까지 온 것을 봐서……, 아니, 자네 곁에 있는 작은 괴물의 공적에 보답하기 위해서라도 대답해 줄 생각이——."

"하지만, 마음이 바뀌었어요."

"——있는데, 으음?"

말을 하다가 중간에 가로막힌 '맹주'는 의아하다는 듯이 마논을 보았다.

그녀는 두 손을 마주 보고 멋대로 미소를 지었다.

"당신의 인맥, 명성, 그리고 예전에 활동하며 얻은 지식. '제4'의 유물을 전부 주실 수 없을까요?"

"하하하. 최소한의 지식만으로 만족하게나."

생각할 필요도 없다는 듯이 곧바로 나온 대답은 단호한 말투로 이어졌다.

"젊은이라면 공적과 성과를 자신의 손으로 얻어야 하네. 자신이 지닌 것을 대가도 없이 줄 만한 조건은 사랑밖에 없지. 안타깝게도 내가 사랑에 빠질 만한 상대로서 자네는 너무 젊고, 나는 자네의 파파도 아니지."

"말씀하신 대로 저는 평범한 소녀입니다."

자신의 주제를 파악하고 있던 마논은 자신이 내줄 수 있는 것을 제시했다.

"그러니 당신 같은 존재를 원합니다. 제게 부족한 것을 당신이 가지고 있고, 당신이 잃은 것을 제가 분명히 가지고 있을 겁니다."

"……호오? 세계는 자네가 생각하고 있는 것보다 어떻게 해볼 수도 없는 상태일 터인데?"

"아뇨, 있어요."

조용히 고개를 저은 마논은 사랑스럽다는 듯이 만마전의 머리를 쓰다듬었다.

"어떻게든 해야 하는 건 있어요. 그렇지 않다면 어떻게 저 같은 소녀가 이 아이를 데리고 다닐 수 있을까요?"

"……흐음."

마논이 하고 싶어 하는 것의 일부를 '맹주'는 방금 나눈 이야기를 통해 파악했다. 그것은 그의 공감을 크게 불러일으키는 것이었다.

"그런가……, 아니, 그렇군. 이보게, 마논 공."

"네, 왜 그러시나요?"

"사실 내게는 단 하나 미련이 있다네. 그걸 풀어준다면 자네를 따라가도록 하지."

"제가 할 수 있는 거라면 어떻게든 해보도록 하죠."

'맹주'의 후회. 예전에 품었던 연정을 질질 끌면서 독신으로 지낸 것만큼은 약간 후회하고 있었다.

그렇기 때문에 매우 진지한 표정으로 자신과 딸만큼 나이 차이가 나는 소녀에게 별 것 아닌 부탁을 했다.

"지금부터는 나를 파파라고 불러줄 수 있겠나?"

"알겠습니다."

'맹주'가 원하는 것을 듣고 사춘기 소녀는 방긋, 미소를 짓고 우아한 동작으로 고개를 숙였다.

그리고 망설임 없이 돌아섰다.

"당신처럼 위험한 인물은 평생 여기 계시죠. 그럼 실례하겠습니다."

"어, 어째서?!"

마논이 변심한 모습을 보고 매우 당황한 '맹주'의 의문에 대답할 가치가 느껴지지 않았다. 그를 내버려 두고 가기 위해 마논은 떠나려 했다.

그런 그녀의 소매를 만마전이 자그마한 손으로 꼬옥, 잡았다.

"마, 마논. 저 사람, 왠지 매우 당황하고 있는데 그냥 내버려둘 거야?"

"괜찮아요. 자, 가시죠. 저 사람은 이상한 사람이에요. 제가 당신에게 '맹주'와 만나자고 제안해놓고 이러는 건 좀 그렇지만……, 엮이지 않는 게 좋은 건 분명해요."

"자, 잠깐만 기다——, 기다려주시게!"

만마전의 등을 밀면서 성큼성큼 나가는 마논의 뒷모습을 보고 감옥 안에 있던 '맹주'가 그제야 일어섰다.

그 기척을 느낀 마논은 노골적으로 싫어하는 표정을 지으며 돌아보았다.

"어, 설마 스스로 나오실 생각이신가요? 오지 말아주시겠어요?"

"그럴 수는 없지요! 어떻게든 해보시겠다는 언질을 잡았으니!"

"어……, 이 사람은 대체 뭐죠……."

쓸쓸한 표정을 짓는 마논을 따라가기 위해.

그렇게 별 것 아닌 이야기를 주고받으며 '맹주'는 스스로 감옥 밖으로 나왔다.

마논 리벨은 이론보다 감정을 우선시하는 사람이다.

성격이 충동적이라는 뜻이 아니다. 머리에 피가 쏠려서 누군가에게 소리를 지르거나, 슬픈 일이 생겼을 때 울부짖거나, 그렇게 거친 감정에 휩쓸린 기억은 별로 없다. 억압된 어린 시절을 보낸 마논의 감정은 오히려 잔잔한 편이다.

단, 마논은 호불호로 모든 것의 우선도를 매긴다.

손해나 이익이 아니라 자신이 좋아하는지 싫어하는지.

리벨에서 금기가 된다는 소원을 이뤄 자유로워진 이후로는 어떤 것에 대한 기준은 그것을 지침으로 삼아왔다. 만마전과 함께 다니는 것도 되살아났을 때 그녀가 받은 제안을 유쾌하게 생각했기 때문이다.

그런 마논이 지금 생각하고 있는 것은 하나.

"——그래서 말이지요. 연달아 벌어졌다고 하는 범죄는 오히려 모모라는 신관 소녀의 흉폭한 행동이었던 겁니다. 그들은 우리를 안전하게 맞이하려 했던 것이지 결코 성범죄자 같은 게 아닙니다. 그 소녀는 여전히 날뛰고 있는 것 같으니 이대로 가다가——."

온천에 가고 싶다는 것이었다.

마논 앞에는 '맹주'가 있다. 아까부터 필사적으로 떠들어대고 있는 내용은 선택한 여관이 안전하며 결코 자신의 선택이 잘못되지 않았다는 변명이었다.

아무래도 이것저것 오해가 겹쳐서 '제4' 집단이 성범죄자로 착각 당해 잡혀간 모양이었다. 어떻게 오해가 겹치면 전사가 성범죄자로 탈바꿈하는 걸까. 이해가 잘 안 되었기에 마논은 '맹주'의 변명을 진지하게 듣지 않고 흘려보내고 있었다.

마논의 마음속에는 신념이라 할 만큼 강한 관념이 없다. 의무와 책무에 얽매이는 것을 싫어하기 때문이다. '맹주'를 해방한 것은 그와 만났을 때 우연히 그렇게 되었을 뿐, 지금 이렇게 그가 따라다니는 건 원하지 않았던 결과다.

이상한 아저씨가 아니라 귀여운 여자애 동료가 있었으면 좋겠다.

그렇게 절실히 바라던 마논은 주전자를 들고 찻잔에 차를 쪼르륵 따랐다. 간이 마도 문장으로 물을 끓이는 훌륭한 주전자다. 하지만 마도를 쓰지 못하면 그냥 주전자에 불과하기에 여관의 비품으로는 적합하지 않을 것 같았다.

차를 한 모금 마시고 숨을 돌렸다.

지금 마논이 있는 방은 다른 곳에서는 찾아보기 힘들 정도로 '이세계 분위기'였다.

복도는 이음매가 아름다운 나무가 깔려 있었고, 방마다 다다미가 있다. 몬조 건물은 신기하게도 현관부터 신발을 벗어야 했고, 목욕을 하고 나와서 입는 곳은 배스 로브가 아니라 유카타였다.

제2신분이었던 마논의 아버지도 이세계인이었던 어머니를 사랑한 영향으로 일본 문화에 빠져 있었다. 기모노를 평상시에 입고 다니는 마논의 옷차림도 그렇지만, 이곳 정도까지는 아니었다.

지금 이 방에 있는 사람은 마논까지 포함해서 세 사람이다.

계속 떠들어대고 있는 '맹주'. 그 이야기를 흘려듣고 있는 마논. 그리고 나머지 한 사람은 다다미에 드러누워 있는 만마전이다.

항상 입고 다니는 새하얀 원피스를 입은 채 데굴데굴 굴러다니고 있는 그녀의 모습은 사랑스러웠다.

다다미 위에서 마음껏 굴러다니고 있던 만마전이 갑자기 폴짝 일어섰다.

그 갑작스러운 행동에 마논과 '맹주'의 시선이 그녀에게 쏠렸다.

만마전은 아랑곳하지도 않고 허공을 올려다보고는 방긋 웃으며 입가를 치켜올렸다.

"볼일이 생기셨나요?"

"응. 재미있는 아이가 근처에 있어. 나, 잠깐 마를 끼워 넣으러 다녀올게."

만마전은 항상 갑작스럽게 행동한다.

그녀가 보고 있는 방향에 이 도시의 역이 있다는 게 떠올랐다.

말릴까 말까, 잠시 망설였다.

순수 개념 【마】의 화신이라고는 해도 그녀가 한없이 힘을 휘두를 수 있는 존재는 아니다.

우선 【힘】에 맞는 산 제물이 필요하다. 얼마 전, 도사 '아지랑이'와 전투를 벌였을 때 모조리 써버렸다. 지금 만마전이 저장해 두고 있는 산 제물은 열 명 정도. 자신을 산 제물로 바침으로써 자신을 소환할 수 있는 그녀가 죽을 일은 없겠지만, 전투력이라는 의미에서는 불안하다.

하지만.

"그럼……, 다녀오십시오."

"응. 분명히 선물을 가지고 올 거야."

결국, 마음대로 하게 내버려 두기로 했다.

마논은 진정한 의미로 그녀를 제어하고 있는 것이 아니다. 애초에 만마전에게 의도 같은 건 존재하지 않는다. 지금 그녀가 마논이라는 개인을 의식하고 있는 것도 세계의 【마】가 그럴 필요가 있다고 판단했기 때문이다.

'만마전'은 언젠가 분명히 마논을 지옥의 바닥에 떨어뜨릴 것이다.

지금 그러는 것처럼 천진난만한 미소를 지으면서, 마논이라는 존재를 깔끔하게 먹어치우고 요만큼도 기억에 남기지 않을 것이다.

그러면 된다.

마논 리벨은 그런 결말을 알고 있기에 만마전과 함께 다닐 수 있다.

"마논도 밖으로 나가보도록 해. 분명히 멋진 만남이 기다리고 있을 테니까!"

어디 사는 누군가에게 마를 끼워 넣으러 가는 만마전은 천진난만한 어린아이처럼 웃으며 나갔다.

열차가 정차하는 소리를 듣고 교전에 깃들어 있던 사하라는 무사히 목적지인 온천 거리에 도착했다는 사실을 알았다.

지금 사하라의 시야는 기능을 다 하지 못하고 있다. 정신이 깃들어 있는 교전과 함께 메노우가 허리에 차고 다니는 짐 안쪽에 넣어버렸기 때문이다.

다른 사람 눈에 띄지 않는 짐처럼 옮겨지고 있는 사하라는 역산을 통해 모모 일행보다 약 이틀 정도 늦었을 거라고 계산했다. 하지만 모모가 메노우에게 붙잡힐지는 사하라와 상관이 없었다.

아니, 전혀 상관이 없는 건 아니다. 모모가 붙잡히면 메노우는 아카리를 성지로 데리고 갈 것이다. 성지에 도착하면 사하라는 깃들어 있는 교전과 함께 넘겨지게 된다.

거기서 받게 될 처분은 잘해봐야 소각, 최악의 경우는 실험동물이다.

꿈쩍도 하지 못하는 상태로 처형당할 시각이 점점 다가오고 있다. 앞날을 생각하니 정신이 조금씩 마모되어간다. 이게 벌이라고 할 수도 있을 것이다.

사하라가 염세적인 기분이 취해 있던 동안, 역에서 내린 메노우 일행은 양쪽으로 갈라졌다.

아슈나가 메노우를 거리로 보내 여관 체크인을 시켰기 때문이다. 역 안에 있는 휴식 공간에서 쉬다가 여관이 확보되면 느긋하게 방으로 갈 예정인 모양이다. 다른 사람을 부리는 데 익숙한 여행 방식이다.

팔자도 좋지, 사하라는 그렇게 마음속으로 혀를 찼다.

한 번도 이야기를 나눠보진 않았지만, 아슈나 그리잘리카는 껄끄럽다. 자신만만한 구석이 마음에 들지 않고, 친한 척하는 말과 행동도 적응이 안 된다. 사하라가 원래 상태였다 하더라도 결코 친한 사람이라고 생각하지 않았을 타입이다.

자신의 존재를 알리지 않기 위해 도력을 조용히 가라앉혔다.

이대로 사라지면 좋을 텐데, 그런 생각이 들었다.

사하라는 그 누구도 되지 못했다는 사실을 견디지 못했다. 원망하고, 질투하고, 발버둥치다가 자신의 재능이 동경하던 것에 미치지 못했다는 사실을 알았을 때, 사하라의 인생은 망가졌다.

질투.

원죄로 꼽히며 금기의 마도의 기반이 된 감정이야말로 메노우가 되고 싶다고 원하다가 망가진 사하라의 죄다.

도력을 만들어내는 혼이 사라져버리면 된다. 생각하는 정신이 작동을 멈춰버리면 된다. 이대로 살해당할 거라면 차라리 스스로를 없애려다가——.

발끈했다.

어째서 내가 사라져야만 하는 걸까. 어차피 이렇게 된 거 마지막까지 폐를 끼치며 메노우의 기억에 가시와도 같은 기억을 남겨주겠다고 결심했다.

부정적인 행동 지침을 세우고 있자니 메노우가 돌아왔다.

생각했던 것보다 빨리 왔다. 아슈나도 비슷한 생각을 한 모양이었다.

"음, 일찍 왔군. 방은 잡았나?"

"네. 그런데 체크인을 하는데 시간이 좀 걸릴 것 같습니다. 여기서 기다려주실 수 있을까요?"

"그런가? 그럼 좀 더 자네의 시중을 즐기도록 할까."

"알겠습니다, 전하."

사용인 흉내도 자리를 잡은 모양이다. 방긋 웃은 집사복 차림 메노우가 가벼운 식사를 제공해주는 카운터 쪽으로 향했다. 아슈나의 취향에 맞는 홍차를 마련하고 있는 것 같다.

"드시죠."

"으음."

잠시 후 가져온 홍차를 아슈나가 거만한 태도로 받아들었다.

그녀는 주종 놀이를 즐기고 있는 모양이었다.

아슈나가 홍차를 즐기고 있는 와중에 메노우가 짐을 정리하기 시작했다. 여행에 익숙한 두 사람의 짐은 많지 않았다. 짐을 정리하는 메노우는 딱히 무언가를 의식하지도 않고 전혀 경계하지 않으며 사하라가 깃든 교전을 들었다.

『……?』

방금, 뭔가 위화감이 들었다.

지금 사하라에게는 인체의 감각 기관이 없다. 사하라의 정신과 혼에 정보를 가져다주고 있는 것은 교전의 기능이다. 교전이 외부의 기능을 수집하여 사하라에게 흘려보낸 것 중에 분명히 이상한 게 있었다.

아니, 그래도, 어째서 그렇게――.

『――……윽!』

위화감의 정체를 깨달은 사하라는 전율했다.

메노우에게 살해당하기 직전에도 이렇게까지 놀라진 않았다. 그와 동시에 자신의 존재를 들키지 않았던 기적에 감사했다.

메노우가 짐을 정리하고 떠날 때까지 사하라는 한마디도 하지 않고 침묵을 유지했다.

"생각보다 애를 먹었네."

여관 체크인을 하느라 예상보다 더 시간이 오래 걸린 메노우는 아슈나가 기다리고 있는 역으로 이어지는 큰길을 걸어가며 불평했다.

이곳은 처음 와본 도시다. 우선 아슈나가 좋아할 만한 고급 여관을 찾느라 애를 먹었고, 방을 잡을 때도 어떤 등급으로 할지 망설이느라 시간이 걸렸다.

아슈나는 기다리게 한 정도로 기분이 상하진 않겠지만, 놀림을 당할 가능성이 크다. 약간 우울해진 채 역에 도착해보니 뜻밖에도 플랫폼 입구에서 아슈나가 기다리고 있었다.

"아, 메노우. 수속은 끝났나?"

"전하?"

손을 들고 메노우를 맞이해준 그녀를 보고 눈을 동그랗게 떴다. 일부러 역 밖에서 기다려줄 줄은 몰랐기 때문이다.

호화 침대 열차는 허세가 아니다. 표의 가격도 차원이 다르지만, 제공해주는 서비스 또한 일반 승객과는 전혀 다르다.

호화 침대 열차의 표를 가지고 있는 사람에게는 선로 전체에 걸쳐 서비스가 제공된다. 당연히 역내도 그 서비스 범위에 포함되어 있다. 그 열차의 승객들은 역내에서 특별한 휴식 공간을 제공받을 수 있다.

거기서 쉬고 있을 줄 알았는데, 일부러 맞이하러 나와준 모양이었다.

"기다리기만 하는 것도 생각보다 따분해서 말이다. 자, 짐을 나르는 걸 부탁하지."

"아……, 네, 감사합니다."

아슈나답지 않다. 어째서 이렇게 친절하지? 고개를 갸웃거리면서도 받아들었다.

"자. 그럼 예상했던 것보다 시간이 왜 걸린 자네가 선택한 호텔 센스를 확인해보도록 할까."

"그러지 마세요……."

나와서 기다리고 있던 이유는 얼른 놀리고 싶었기 때문인 모양이었다. 질색하며 어깨를 늘어뜨리다가 눈치챘다.

교전에 깃들어 있는 사하라의 반응이 없다. 도력 반응을 전혀 보이지 않는다.

지금 메노우가 왼팔로 끼고 다니는 교전은 모모의 것이다. 사하라가 깃들어 있는 교전의 감촉은 짐 안쪽에 있다.

빈정거리려 하지도 않다니, 사하라답지 않다. 의문이 들었지만, 아슈나 앞에서 말을 걸 수는 없었다.

"자네가 추측한 대로 모모 일행이 이 도시에 있을까? 무슨 일이 생길지 기대되는군."

"그걸 확인하기 위해 이 도시에 온 겁니다. 놀러 온 게 아니니 기대하지 말아주세요……."

메노우 일행은 그런 이야기를 나누며 모모가 있을 것으로 짐작되는 온천 거리에 발을 내디뎠다.

"그래서?"

도시 변두리에 있는 저택에 침입한 모모는 발치에 있는 사람에게 물었다.

"어제 있었던 일에 대해 아직 털어놓을 생각이 안 드나요? 이미 다 알아냈는데 말이죠."

와이어 형태의 실톱으로 묶어서 걷어차고 있던 상대는 모모가 머무르고 있는 여관의 경영자였다. 어제는 성범죄자들이 연달아 덤벼들었다고만 생각했던 아카리와는 달리 모모는 상대방이 해치려 했다는 의도를 파악하고 있었다.

"당신이 '수배꾼'이죠? 그래서, 왜 수배꾼이 주도해서 덤벼든 거죠? 제가 하얀 옷을 입은 보좌라고는 해도 제1신분에 소속된 사람이라는 건 보면 알 수 있었을 텐데요. 그냥 보내지 못했던 이유가 뭐죠?"

"가, 가르쳐줄 리가, 없잖아⋯⋯!"

실제로 그들은 단순한 성범죄자가 아니었다. 모모를 습격한 것은 그녀가 제1신분이기 때문이다. 남자들의 시점으로 따지면 탈옥한 '맹주'를 맞이하려던 참에 하얀 옷이라고는 해도 신관복을 입은 소녀가 찾아온 것이다. 어딘가에서 계획을 알아낸 제1신분의 끄나풀이라고 생각하는 게 자연스러웠다.

그것은 불행한 착각이었고, 결과적으로 모모를 끌어들이게 되었다.

"그런가요? 그럼, 한 가지 더 질문하죠."

모모는 자신들을 습격한 이유에 대해서는 고집하지 않았다. 암흑가에서 살아가는 사람들이 '수배꾼'이라 부르는 남자를 붙잡은 가장 큰 이유를 말했다.

"당신의 고객 리스트를 내놓으세요."

수배꾼은 입을 다물었다.

암흑가 사람들을 모아서 파견하는 입장에 있는 사람이다. 고객의 정보는 죽어도 말할 수 없을 것이다.

고집스러운 태도를 본 모모는 재미있는 것을 보는 듯한 눈초리로 바라보았다. 죽어가는 생쥐를 괴롭힐 때 입을 핥으며 가학적으로 빛나는 고양이 같은 눈이었다.

프릴이 달린 옷자락에서 애용하는 무기를 꺼냈다.

남자를 묶어둔 것까지 포함해서 세 자루. 잘그락, 금속이 스치는 소리를 울린 것은 베거나 묶는 게 아니라 써는데 특화된 물건. 적을 괴롭히려는 목적으로 선택한 무기였다.

"부디 견딜 수 있다면 견뎌보시죠. 이래 봬도 저는——, 고문과 심문 성적이 상당히 좋았거든요."

죽음을 각오하더라도 아픔을 끝까지 참을 수 있는 사람은 별로 없다.

그 사실을 잘 알고 있는 소녀는 아무렇지도 않게 실톱을 움직였다.

"그렇게 되어서, 다음 상대를 찾아냈어요."

이러쿵저러쿵. 오전에 방을 비웠던 모모는 정오가 되기 전에 돌아온 것과 동시에 아카리에게 오늘 있었던 일에 대해 보고하고 있었다.

수배꾼에게 정보를 알아낸 수단에 대해 들은 아카리는 깜짝 놀라 입을 반쯤 벌렸다.

"……저기 말이지, 모모."

모모의 방식은 이 도시에 있는 범죄자 집단들도 새파랗게 질릴 수준이다. 아무리 생각해도 범죄 같은 이야기를 들은 아카리는 눈을 흘겼다.

"모모의 마음속에는 양심이라든가 양식, 그렇게 '양'자가 들어가는 개념이 없어? 조만간 밖을 제대로 돌아다니지 못하게 될걸?"

"무슨 소릴 하시는 거죠?"

그 말을 들은 모모는 자신이 한 행동에 무슨 문제가 있는지 모르겠다며 고개를 갸웃거렸다.

"먼저 덤벼든 범죄자 집단을 진압한다. 그리고 녀석들의 뿌리를 뽑기 위해 필요한 정보를 확보한다. 이 두 가지를 빠르게 달성해낸 유능한 사람에게 할 말이 아닌 것 같은데요."

"그런가아……?"

"그래요. 선배라면 머리를 쓰다듬으면서 칭찬해줄 게 분명하다고요."

"그런가아?"

결과만 놓고 보면 좋지만, 아카리는 아무래도 과정이 신경 쓰였다. 적어도 메노우가 두 손을 번쩍 들고 받아들일 만한 수단은 아닐 텐데.

하지만 아카리도 나름대로 모모의 피해자에 대한 흥미가 별로 없었다.

"그래서, 뭘 할 건데?"

"나머지 '제4' 쓰레기들을 당신의 훈련 삼아 제거할까 하는 데요."

은근슬쩍 살벌한 계획을 세우고 있었다.

목욕하고 나와서 산책하러 갈까요, 그런 식으로 가볍게 폭력적인 훈련 내용을 말하자 아카리는 씁쓸한 표정을 지었다.

"또 모모가 말한 실전 훈련이라는 거? 별로 내키지 않는데……"

애초에 아카리는 신이 나서 폭력을 휘두르는 성격이 아니다.

말 그대로 내키지 않아 하는 아카리를 보고 모모가 계략을 짜냈다.

"'제4'는 리벨에서 선배를 몰아붙인 일당이에요. 내버려 두면 선배에게 해를 끼칠 거라고요."

"절대로 용서할 수 없겠네! 뿌리를 뽑아야겠어!"

무시무시하게도 간단히 의욕을 끌어냈다. 내일부터 이 도시에 있는 '제4'의 멤버들의 안전이 불안하다.

"나머지 '제4'의 정보나 금기 연구소 같은 것에 대한 자세한 정보도 얻었으니 이제부터 차례대로 제압해나갈까 해요. 당신도 따라오세요."

"알겠어!"

힘껏 고개를 끄덕이는 아카리를 보고 모모는 자기가 노린 대로 순조롭게 나아가고 있다는 걸 확신했다.

메노우의 부담을 줄이기 위해 아카리를 단련시킨다. 그것은 아카리를 설득하기 위해 내세운 표면적인 명분에 불과했다.

모모가 진짜 노리는 것은 아카리가 순수 개념을 많이 사용하게 만드는 것이다.

모모는 아카리를 살해할 수단이 없다. 일반적인 수단으로는 아카리를 살해할 수 없다는 사실은 잘 알고 있고, 메노우가 상정했던 수단인 '소금 검'을 사용하려면 성지를 경유할 필요가 있다. 상관인 메노우로부터 도망치고 있는 지금 상황에서 쓸 수 있는 방법이 아니다.

그렇다면 어떻게 해야 할까.

모모는 메노우와는 다른 답을 독자적으로 내놓고 있었다.

아카리를 인재화시키면 되는 것이다.

모모가 실전 훈련이라고 하면서 아카리에게 순수 개념을 쓰게 만들고 있는 목적은 그녀의 기억을 전부 깎아내는 것이다.

메노우는 어디까지나 처형인으로서 주위에 피해를 내지 않는 데 온 힘을 다한다. 인재화는 가장 피해야만 하는 사태라고 생각했다.

모모도 메노우의 방침에 따라 움직이고 있었지만, 아카리가 해준 이야기를 듣고 완전히 바뀌었다.

토키토 아카리가 인재화 하면 인적 피해가 생길 것이다. 상황에 따라서는 도시 하나가 소멸할 가능성도 있다.

하지만 아카리가 순수 개념을 폭주시켜 인재가 되면 그녀의 자의식은 소실된다.

원래대로 돌아올 수단도 없는 이상, 구할 수 있을지도 모른다는 작은 희망도 사라진다. 인재를 토벌하게 되면 메노우 개인이 아니라 성지에서 부대가 파견될 가능성도 있다. 임무 자체가 메노우의 손을 떠나게 되기 때문에 아카리를 구하기 위해 제1신분을 배신한다는 동기도 완전히 사라지는 것이다.

임무 자체는 물론 실패라는 형태가 되겠지만, 책임을 목숨과 바꿀 수는 없다. 모모의 독단으로 인한 처벌도 최악의 경우 수도녀로 다시 돌아가는 정도로 끝난다.

적어도 아카리가 성공할지도 모르는 시간 회귀를 계속 쓰게 만드는 것보다는 훨씬 건설적이다. 시간 회귀도 위험 부담이 없는 건 아니다. 만약에 더 이상 되풀이하게 되면 '만마전'을 완전히 해방할 우려가 있다.

아카리의 인재화와 만마전의 봉인 해제 중 어느 쪽이 더 나은가라는 문제다.

아카리가 어떤 인재가 될지 알 수가 없다는 점이 걸리긴 하지만, '만마전'의 위협은 역사가 증명해주고 있다. 그 괴물은 과거에 고대 문명을 붕괴시킨 4대 인재 중 하나다.

새끼손가락만으로도 그 정도다.

만약에 안개의 봉인이 풀린다면 말 그대로 세계가 통째로 삼켜질지도 모른다. 실제로 남방 제도 연합은 영토가 통째로 먹혔다.

이 도시에서 일으킨 것처럼 소규모 전투를 벌여서 아카리에게 순수 개념 마도를 쓰게 만들다 보면 언젠가 그녀의 기억이 완전히 깎여나가게 된다. 세계 회귀를 할 수 없을 정도로 기억을 소비하게 만들면 지금 이상으로 안개의 봉인이 흔들릴 일도 없다. 모모가 첫 번째 잠복할 곳으로 이 도시를 선택한 것은 산 쪽에 있고 고립된 곳이기 때문이다. 관광객이 많긴 하지만 제3신분이 중심인 도시이기 때문에 중요한 시설은 없다. 모모는 아카리가 인재화해도 '도시가 하나 사라질 뿐'인 곳을 선택했다.

모모는 메노우처럼 착하지 않다. 메노우가 살아날 가능성이 높은 수단을 선택할 뿐이다.

아카리의 옆얼굴을 싸늘하게 바라보고 있던 모모는 문득 떠올렸다.

"……이세계인을 처리하는 건 처음이네요."

모모는 처형인의 보좌관이다.

적지 않은 사람들을 해쳐왔다.

그럼에도 불구하고 이세계인을 처리한 적은 없다. 애초에 숫자가 적다는 게 이유 중 하나. 모모가 '아무런 죄도 저지르지 않은 선인'을 죽이게 만들고 싶지 않다는 메노우의 방침 때문에 거리를 두게 한 것도 큰 이유다.

그래서 모모는 이단에 해당하지 않은 사람을 죽인 적이 없었다.

금기에 발을 들이게 되면 정도에 차이가 있긴 하지만 윤리에서 벗어나게 된다. 예전에 고도 가름에서 오웰이 많은 무고한 백성들을 실험체로 썼던 것처럼 추구하면 많은 희생이 생기기에 금기로 지정되는 것이기 때문이다.

하지만 이세계인은 그렇지 않다.

아카리는 그들과는 다르다. 모모는 짧은 기간동안 교류하며 그 사실을 알아버렸다.

호불호는 별개로 치더라도, 그녀는 '선한' 인간이다.

"모모, 방금 뭐라고 했어~?"

"아무 말도 안 했어요. 당신의 썩은 귀가 잘못 들은 거겠죠."

"안 썩었거든?!"

꺅꺅대며 따지는 말을 흘려들으며 머리를 굴렸다.

슬슬 메노우가 돈을 마련하고 본격적인 추적을 시작했을 시기다. 이곳에 머무를 수 있는 기간은 사흘 정도일 것이다. 상대할 수 있는 집단이 없어지면 다른 곳으로 다시 이동해야 한다.

가슴 속에서 솟구치는 죄책감을 억누르고 아카리의 기억을 소비시키기 위해 모모는 머릿속으로 다음 계획을 짜나갔다.

도착한 여관방에서 사하라는 짐과 함께 방치되어 있었다.

대우가 조잡하기 짝이 없었다. 마음속으로는 메노우에 대한 불평과 불만을 잔뜩 늘어놓았지만, 사하라의 불평을 들어주는 사람은 없었다. 사하라가 깃들어 있는 교전을 메노우가 가지고 다닐 필요는 없다. 모모가 두고 간 교전이 있으니 당연히 그걸 사용한다.

그 때문에 사하라는 완전히 짐짝 취급을 당하고 있었다.

메노우는 목적에 따라 모모 일행을 찾으러 나갔다. 메노우와 함께 이 호텔에 온 아슈나도 자취를 감추었다. 그 사실에 대해서는 진심으로 안심하고 있었다.

그때 본 메노우와 아슈나는 사하라를 겁먹게 만드는 존재였다.

혼자 남은 사하라는 생각에 잠겼다.

이 도시에 도착했을 때, 그 휴식 공간에서 자신이 본 것. 그녀에 대해 메노우에게 알려야 할까──, 그렇게 생각하다가 곧바로 그 선택지를 버렸다.

군이 메노우에게 도움이 되는 조언을 해줄 필요는 없다. 메노우가 곤란해진다면 부디 힘겨운 사태에 빠졌으면 하는 것이 사하라의 솔직한 심정이다. 메노우가 지금 아슈나에게 사하라의 존재를 숨겨준다면 오히려 형편이 좋다.

이제부터 어떻게 할 것인가.

첨벙, 사고의 바다에 정신을 가라앉혔다.

교전에 깃든다는 것은 신기한 감각이었다. 있어야 할 육체의 감각이 없는데도 의식이 존재한다. 교전에 깃들고 나서야 비로소 사하라는 교전이라는 것이 어떤 도기인지 깊게 알게 되었다.

지금 사하라에게는 육체가 없다. 원래는 오감도 존재하지 않고, 외부의 정보를 얻을 수가 없다. 교전 마도로 인한 도력광의 투영으로 자신의 모습을 비출 수는 있지만, 어차피 허상이다. 이야기하는 것도 그렇고 무언가를 보고 듣는 것조차 불가능해야 한다.

생명의 정의가 육체, 혼, 정신의 세 가지 요소를 갖춘 것이라는 이유가 바로 그것이다.

육체가 없는 사하라가 외부의 정보를 포착할 수 있는 것은 교전에 외부의 정보를 수집하는 기능이 딸려 있기 때문이다. 그리고 흥미롭게도 외부의 정보를 수집하는 것은 사하라의 의지가 아니었다.

교전이란 세계의 정보를 수집하기 위한 도기이기도 했던 것이다.

사하라는 그런 교전의 기능을 가로챔으로써 외부의 정보를 수집하고 있었다. 그런 의미에서는 사하라가 깃든 순간, 이 교전은 원래 기능을 잃었다.

교전이 고도의 마도서라는 사실은 모두가 알고 있다. 그와 동시에 고도의 도기이기 때문에 그 기능을 전부 알고 있는 사람은 신관 중에서도 거의 없다.

교전이 무엇을 위해 존재하는가. 혼과 정신을 보존할 수 있을 정도로 정보를 수집하는데 뛰어난 힘을 지닌 이유는 무엇일까.

물론 사하라와 같은 존재를 만들어내기 위해서는 아닐 것이다. 교전의 소지를 허가받을 수 있는 건 제1신분으로 인정받은 신관뿐이다. 도력 적성을 인정받고, 마도의 연찬을 쌓은 자만이 교전을 가지고 각지에 있는 교회에서 활동하고 있다.

대륙 곳곳에 흩어진 신관들이 자동적으로 정보를 수집하는 기능을 지닌 교전을 가지고 다니게 된 이유는 무엇일까.

사하라의 머릿속에는 지금 같은 상태가 되고서야 비로소 생각해본 적도 없는 의문이 떠오르게 되었다.

하지만 지금 사하라가 자유롭게 할 수 있는 건 아무것도 없다.

교전 마도를 어느 정도 쓸 수 있는 것 같긴 하지만, 애초에 움직이지 못하니 아무런 의미도 없다. 다른 사람들 눈에 띄지 않게끔 짐 안쪽에 담겨서 옮겨지는 존재다. 그리고 성지까지 끌려가게 되면 사하라는 메노우의 곁에서도 떠나게 된다.

마음에 들지 않는다.

매우 불쾌한 상황이다. 그럼에도 불구하고 벗어날 수 있는 요소가 없다.

아무리 고찰해봤자 헛수고로 끝난다. 그게 분하다.

아예 교전 마도를 발동시켜서 여관방을 부숴버릴까 하는 생각도 들었다. 딱히 의미는 없지만, 괴롭히는 것치고는 나쁘지 않을 것 같다.

쓸데없는 생각을 하고 있자니 방문이 열리는 소리가 들렸다.

메노우가 돌아온 걸까. 사하라가 의식을 그쪽으로 돌리자 방에 들어온 사람이 어린 소녀라는 걸 알 수 있었다.

자기 방으로 착각하고 들어온 것 같은 열 살이 될까 말까 한 소녀였다. 타박타박, 아무렇지도 않게 방으로 들어왔다.

어린아이가 방을 둘러보았다. 방을 잘못 찾아온 걸 눈치채지 못한 걸까. 후다닥, 가벼운 발소리를 내며 짐을 정리해둔 구석, 사하라 곁으로 다가왔다.

다른 방에 머무르는 사람일 텐데 어떻게 자물쇠를 열 수 있었던 걸까. 아슈나가 나갈 때 잠그는 걸 깜빡했을지도 모르겠다고 의심하면서도 상대방이 어린아이였기에 경계심이 들지는 않았다.

장난을 치려는 건지 어린아이가 망설임 없이 교전을 들어 올렸다. 짐이 다르니까 자기 방이 아니라는 걸 알 텐데, 나쁜 아이다.

어린아이가 장난을 치면서 가져가더라도 사하라는 곤란하다. 교전의 영상 마도를 기동시키면 유령인 척 할 수는 있다. 살짝 겁을 줄까 하는 생각을 실행하기도 전에 어린 소녀가 꺅꺅대며 천진난만한 환호성을 질렀다.

"찾았다~. 【그릇】의 기척이 느껴진다 싶었는데 역시 맞았네. 나도 아직 쓸만한 것 같지 않아?"

사하라의 사고가 멎었다.

순수 개념 【그릇】.

어린 소녀의 입에서 나온 말이 4대 인재 중 하나인 '꼭두각시 세상'을 나타낸다는 것을 사하라는 알고 있다. 그 이름을 말하는 자가 평범한 어린아이일 리가 없다.

처음 보는 어린아이가 천진난만하게 웃고 있다. 어리면서도 우아한 얼굴 생김새를 돋보이게 해주는 검은 머리카락과 검은 눈동자. 새하얀 원피스 가슴팍에는 동그란 구멍 세 개가 뚫려 있었다.

"이렇게 멋진 걸 두고 가버리다니, 그 언니도 경솔하네. 마, 언니도 이게 어떤 건지 잘 모르는 걸까? 아무리 교전이 【백】을 기반으로 삼고 있다 하더라도 혼의 형태에 간섭할 수 있는 개념은 나하고 【그릇】, 두 가지뿐인데 말이지?"

눈앞에 있는 어린 소녀는 분명히 사하라의 존재를 감지하고는 말을 걸고 있다. 사하라가 대답하지 않는데도 불구하고 그녀는 일방적으로 계속 말했다.

"누군지는 모르겠지만, 처음 뵙겠어요, 안녕하세요. 당신, 그 사람에게 빌었던 거지? 그 사람에게 부탁하지 않는 한, 이렇게 부자연스러운 상태가 될 리는 없으니까. 아무리 교전이 정신을 보완하기 위한 것이라 해도 혼까지 같이 봉인된 건 그 사람의 소행이겠네. 당신이 지금 그 상태가 된 건 그 사람 덕분이기도 해."

사하라를 침식한 '꼭두각시 세상'의 본질은 빈 소원을 이루어 주는 것이다. 육체로부터 정신, 정신으로부터 혼으로 파고들어 달라붙은 대상의 소원을 이루어줌으로써 동화한다.

사하라는 자신의 상태까지 맞추자 포기했다. 도력을 조종해서 교전 마도를 기동했다. 도력광이 입체 영상을 맺었다.

『……당신, 정체가 뭐야?』

"마! 깜짝 놀랐네."

손바닥 크기의 사하라를 보고 꿈에 그리던 요정을 만난 듯한 아이의 표본 같은 반응을 보였다. 일부러 그러는 듯한 시늉이 사하라의 신경을 건드렸다.

『장난치는 거야?』

"마, 마, 화내지 마. 내가 누군지 신경 쓸 필요는 없을 테니까. 모르는 사람이 나에 대해 알면 실망해버리거든."

『실망……?』

"응! 왜냐하면 나는 정말 약하니까. 【그릇】인 그 사람과 비교하면 약해빠졌다는 건 인정할게. 그래도, 그래도, 그래도 말이지. 나도 누군가의 소원을 이루어줄 수 있다는 걸 보여줄 테니까!"

대항심을 불태우고 있다는 걸 나타내려는 듯이 두 손으로 주먹을 꽉 쥐는 모습이 지나치게 연기 같았다. 그녀가 하는 이야기를 들은 사하라는 어린 소녀의 정체를 대충 짐작하게 되었다.

『당신이, 만마전이야?』

"그래, 정답이야!"

사하라가 묻자 어린 소녀는 쉽사리 고개를 끄덕였다. 많은 인재 중에서도 최저 최악. 이 세상에 넘쳐나는 만마의 주인은 성스러운 교전을 두 손으로 들어 올렸다.

"있지, 작디작은 요정님."

육체를 잃어버린 사하라에게 만마전이 티 없는 미소를 보이며 속삭였다.

"지금 당신이 원하는 걸 말해볼래?"

누군가가, 되고 싶었다.

세계를 시기하는 질투를 마음속에 품고 있던 사하라의 가슴에 원죄 개념의 화신이 불을 지폈다.

여관으로 아슈나를 안내한 메노우는 곧바로 신관복으로 갈아입었다.

아슈나는 우선 명물인 온천에 가고 싶다고 했다. 같이 가는 게 어떨까 하는 요망을 거절한 다음, 메노우는 모모를 찾기 위해 거리로 정보수집을 하러 나섰다.

제일 먼저 간 곳은 도시의 출입구인 역이었다.

내릴 때는 아슈나 곁에서 집사복을 입고 있었기에 물어보려 해도 의심을 살 것 같아 미뤄두고 있엇다.

그런 점에서 신관복은 신뢰도가 다르다.

게다가 지금 찾고 있는 상대는 신관 보좌 입장인 하얀 옷을 입은 모모다. 정식 신관인 감색 신관복을 입은 메노우가 '부하를 찾고 있다'는 이유를 대면 의심을 살 일도 없다.

"아, 그 사람이라면 봤습니다. 여자애 두 명 일행이죠? 사흘 정도 전에 이 역에서 내렸습니다. 사이가 안 좋은 게 인상적이라 기억하고 있었죠."

역무원에게 물어보자 두 번째 역무원에게 금방 목격 증언을 들을 수 있었다.

숨으려 하지 않으면 그 두 사람은 눈에 띈다. 복장 정도는 바뀠을 가능성도 있었지만, 모모는 신관이라는 입장의 신뢰도를 우선시한 모양이었다. 유력한 목격 정보를 얻은 메노우는 역무원에게 고맙다는 인사를 하고는 걸어가기 시작했다.

모모가 이 도시에 있다는 건 거의 확정되었다. 보아하니 모모는 메노우를 금전면으로 잡아두는 게 성공했다는 전제로 행동하고 있는 모양이었다. 추격에 대한 위장을 전혀 하지 않은 걸 보니 모모가 방심하고 있다는 게 뻔히 보였다.

"마무리가 어설프다니까……."

그런 면은 좀 더 제대로 다시 가르쳐야 할지도 모르겠다.

하지만 쫓아가는 입장인 메노우로서는 잘된 일이다. 모모의 자금을 고려해서 여관을 찾아다니다 보면 의외로 빠르게 찾아낼 수 있을지도 모르겠다.

역의 광장 근처에 있는 인기척이 없는 공터에서 다음에는 어디로 갈까 생각을 정리하고 있었을 때였다.

"실례합니다, 거기 멋진 아가씨."

뒤에서 말을 건 사람이 있었다.

공손한 말투이면서도 왠지 놀리는 기색이 담긴 목소리다. 어디선가 들어본 적이 있는데도 메노우치고는 신기하게 목소리와 얼굴을 금방 떠올리지 못했다.

기억을 더듬으며 돌아보자 숱이 많고 진한 푸른색 머리카락을 땋아서 늘어뜨린 기모노 차림 소녀가 있었다.

"당신……."

눈을 크게 뜨고 놀란 메노우의 반응을 보고 상대방은 애용하는 철선을 입가에 대고 장난기 어린 미소를 지었다.

"……마논."

"오랜만이에요, 메노우 양."

항구 도시 리벨에서 만났고, 메노우가 칼날을 박아넣었던 소녀. 마논 리벨이 있었다.

놀란 감정은 금방 사라졌다. 그다음에 솟구친 것은 경계심이었다.

"다시 말씀드리죠, 만나 뵙게 되어 기쁩니다. 마의 부정형, 마논이 바로 저입니다."

"……그게 뭐야. 만마전을 데리고 다니는 녀석이 할 소리야?"

"후후, 방금 그 자기소개는 마음에 들거든요."

의미를 알 수 없는 자기소개와 적의가 없는 태도 때문에 독기가 빠져나갔다. 언제든 단검을 뽑아들 수 있게끔 의식하며 메노우가 물었다.

"오랜만이네. 그리잘리카에서 일어난 '맹주' 탈옥 사건 이야기는 듣긴 했는데, 정말로 살아있었다니 아쉬워."

"네. 살아있었다기보다는 죽고 나서 부활했다는 표현이 더 정확하지만, 큰 차이는 없겠네요. 저, 마논 리벨은 죽음의 심연에서 되살아났습니다."

마논이 만마전으로 인해 악마로서 되살아났다는 이야기는 메노우도 모모에게 들었다. 말하자면 지금 사하라와 비슷한 상태다. 인간으로서의 육체는 사망했지만, 다른 그릇을 마련함으로써 혼과 정신을 보전시키고 있다.

만마전이 다루는 순수 개념 【마】. 원죄 개념 마도의 기반이 된 이단의 순수 개념은 생명의 육체, 정신, 혼을 점토처럼 주무르고, 뜯어내고, 합칠 수 있다.

"……당신을 부활시킨 건 '만마전'이지?"

"네, 그렇습니다."

메노우는 리벨에서 마논이 최후를 맞이했을 때를 떠올렸다. 만마전이 나타날 때 안쪽으로부터 두 쪽으로 쪼개지면서 마논은 확실하게 숨을 거두었다. 그리고 그 이후로 그녀의 시체는 마물들이 먹어치웠을 것이다.

지금 생각해보니 만마전이 그때 마논의 혼을 보호하고 있었을 것 같다.

"그녀는 어디 있어?"

"글쎄요?"

둘러대고 있는 건 아닌 모양이다. 만마전의 위치를 묻자 마논은 얌전히 볼에 손을 가져다 댔다.

"지금쯤은 마음대로 행동하고 있을 것 같네요. 제멋대로인 아이기도 하고요. 저는 그 아이를 속박하고 싶은 생각이 별로 없어서 자유롭게 내버려 두고 있거든요."

"……그렇구나. 그런데 용건은 뭐야?"

만마전을 자유롭게 내버려 두고 있다. 듣기에 따라서는 무시무시한 대답이다.

지금 마논은 금기의 표본 같은 인물이다. 그런데 처형인인 메노우의 눈앞에 나타났으니 설마 잡담을 하려는 건 아닐 거라고 생각하며 캐물었다.

"특히 정면으로 접촉해 온 이유를 물어봐도 될까? 죽었다고 생각하게 만드는 게 훨씬 더 유리할 텐데 일부러 모습을 드러내다니, 중요한 용건이라도 있는 거야?"

"어머, 대단한 이유는 없는데요. 이상한 사람과 함께 지내는 방에 있는 것도 싫어서 밖으로 나왔더니 우연히 만났을 뿐이에요."

"우연히……?"

"네. 말을 건 것도 정면으로 당당히 나타나는 게 메노우 양이 기분 나빠할 것 같아서였고요."

메노우가 불쾌하다는 듯이 눈살을 찌푸린 걸 보고 마논은 입가에 소매를 가져다 대며 쿡쿡 웃었다.

"메노우 양의 솔직한 구석, 좋아한답니다. 처형인으로서는 있을 수 없을 정도로 성격이 좋으시네요."

존재를 들키지 않게끔 암약하지 않고, 그저 메노우가 싫어하기 때문에 모습을 드러내며 어필한다. 얌전해 보이는 외모와는 달리 자기주장이 강한 그 행동은 '반항기라서'라는 한 마디로 자

신의 일족을 모조리 만마전에게 산 제물로 바친 마논답다고도
할 수 있다.

"그리고 제 존재는 이미 제1신분에게 포착당했으니 생사를 위
장하는 건 의미가 없죠."

"……이 도시에서 뭔가 하려는 거야? 리벨 때와는 움직임이
꽤 많이 다른데."

"아뇨, 아뇨, 이곳에는 정말로 휴양을 하러 왔을 뿐이에요. 뜻
밖일 정도로 신기한 손님들이 모여든 모양이긴 한데, 그것도 어
디까지나 우연이고요."

경계를 늦추지 않는 메노우에 비해 마논의 말투는 가벼웠다.

"모처럼 만났으니 부탁을 좀 드려도 될까요? 이 도시에 모모
양이 있다는 걸 메노우 양께서도 아시죠?"

"……알고 있어."

알고 있고 뭐고, 모모를 따라잡기 위해 이 도시까지 온 것이다.

마논이 모모의 행동에 대해 알고 있다는 말은, 아카리가 여기
있다는 것도 이미 파악하고 있다는 뜻이다. 그녀의 목적에 따라
서는 메노우가 그녀들과 따로 행동한 것이 치명적인 빈틈이 될
수도 있다.

최악의 경우, 모모 일행이 이미 마논의 수중에 떨어졌을 가능
성조차 있다. 그렇게 경계하고 있었기에 다음에 들은 말을 전혀
예상하지 못했다.

"모모 양이 이 도시의 '제4' 분들을 괴롭히고 있으니 말려주실
수 없을까요?"

"네?"

자기도 모르게 이상한 목소리를 내버렸다.

"모모, 가? 괴롭혀……? 무슨 소리야?"

"구체적으로는 눈으로 직접 확인해 주세요."

안 좋은 쪽으로만 예상하다 보니 이해보다 당황함이 앞섰다. 마논은 부탁하는 것치고는 이야기를 일방적으로 메노우에게 떠넘기고 있었다.

"저, 모모 양에게는 별로 흥미가 없으니 마찰을 일으키고 싶지 않아요. 아무래도 설득해봤자 귀를 기울여주실 분 같지도 않고, 그렇다고 해서 내버려 두면 제게도 찾아오실 것 같아서……, 싸워도 마음이 움직일 것 같은 상대라는 느낌도 들지 않으니 메노우 양에게 전부 떠넘기는 게 낫지 않을까 판단했습니다."

"보통은 흥미가 있는 상대와 싸움을 벌이고 싶지 않을 것 같은데?"

"그런가요? 좋아하는 분께서 신경 써주셨으면 하잖아요."

아무래도 공감하기 힘든 감성이다. 껄끄러워하면서도 정보를 끌어내기 위해 이야기를 계속 이어나갔다.

"하던 이야기를 마저 하자면, 이곳은 제1신분의 권세가 그리 강하지 않은 지역이랍니다. 그 특성상, '제4'의 지원자도 몇 분 계시죠. 가끔 회합 같은 용도로 쓰기도 한다는데요?"

"그런 정보를 흘리다니, 박살 내달라고 부탁하는 거야?"

"아뇨, 제가 왔을 때는 이미 반쯤 무너진 상태였으니 상관없을까 해서요."

메노우가 비꼬자 설마 그러겠냐며 고개를 저었다. 이야기의 흐름에 따르면 그렇게 반쯤 무너뜨린 사람이 모모일 것이다.

"이쯤 해서 메노우 양이 거두어가시는 게 제일 깔끔하게 정리될 것 같거든요. 일찌감치 회수해주셨으면 해서 모모 양에 대해 말씀드리러 왔습니다."

"……당신은 '제4' 동료들을 구하지 않을 거야?"

"애초에 동료라는 생각이 없네요. 저는 제 자유를 원할 뿐, 신분 구조의 변혁에는 흥미가 없답니다. 제1신분, 제2신분, 제3신분. 그런 구분이 없더라도 저 같은 인간이 생겨나니까요."

마논 같은 인간.

금기에 빠져 핏줄을 모조리 산 제물로 바친 소녀가 쿡쿡대며 웃었다.

"제가 온 힘을 다해서 하고 싶은 활동은……, 그래요. '길 잃은 사람'의 문제를 근본적으로 해결해줄 것 같은 분이 계신다면 따라가도 좋다고 생각하는데요?"

의미심장한 시선으로 바라본다. 마치 메노우가 그런 활동을 해주지 않을까 하고 기대하는 눈초리다.

메노우는 헛소리를 무시하고 이야기를 계속 이어나갔다.

"어찌 됐든, 모모는 거두어갈 거야. 단, 이곳에서 당신을 어떻게 할지는 다른 문제겠지."

"그렇다면 저도 제안할 게 있답니다."

적의를 드러내는 메노우의 시선을 받고 마논은 화려한 미소를 지으며 마침 잘됐다는 듯이 두 손을 마주쳤다.

"제 동료가 되어주실 수 없을까요? 메노우 양. 당신이라면 환영할게요."

전혀 맥락이 없는 잡담을 하는 듯한 말투로 권유했다.

한순간, 무슨 말을 들은 건지 이해하지 못하고 멍해졌다. 그 정도로 자연스러웠다.

"……진심이야?"

"네. 아카리 양하고 모모 양도 꼭 같이 와주셨으면 하는데요."

진심이다. 오히려 제정신인지 확인해보고 싶긴 하지만, 마논은 완전히 진심이었다.

허세 같은 것도 아니다. 마논은 다른 꿍꿍이가 없이 메노우에게 동료가 되라는 제안을 하고 있다.

수상하다는 생각을 넘어서서 어이가 없어졌다.

"'제4'에 들어오라는 거야?"

"아뇨. '제4'는 '맹주' 씨가 만들었고, 지금은 썩어버린 조직이에요. 이용할 가치는 있지만, 그들의 활동에 의의가 느껴지진 않네요. ……이 도시에 계신 분들은 성범죄자 집단이라는 모양이고요."

이해가 안 되는 말을 중얼거리며 이야기를 계속했다.

"그러니 '제4'는 신경 쓰지 마시고요. 메노우 양은 저와 뜻을 같이하는 개인적인 동료가 되어주셨으면 하는 거랍니다."

개인적인 동료.

동료가 필요하다는 건 충동적인 유쾌범이 아니라 뭔가 목적이 있다는 뜻이다.

그것을 알아낼 필요가 있다. 만마전을 데리고 다니는 마논은 결코 방심할 수 없는 존재다.

"어째서 나를 끌어들이려 하는 거야? 리벨에서 당신을 죽인 장본인인데."

"그 점에 대해 저는 메노우 양을 원망하지 않는답니다. 제가 메노우 양께 엉망진창으로 당하긴 했지만, 리벨에서도 목적은 달성했으니까요."

그녀가 한 말이 맞다.

메노우는 마논과 벌인 전투에서 승리했다. 하지만 그것은 마논이 자기 자신을 금기로 만든다는 목적을 달성한 뒤였다.

리벨 사건 때 그 이후로 벌어진 일은 그녀에게 기분 전환에 불과했다. 실제로 마논은 살해당해도 상관없다는 마음으로 메노우와 싸웠다.

그렇다 하더라도 원망하는 감정이 전혀 없다는 건 이상하다.

"어찌 됐든 사양하겠어. 나는 신관이니까."

"괜찮으시겠어요? 저 말고도 분명히 멋진 동료들이 기다리고 있을 텐데요?"

"끈질기네. 나는 처형인이야. 금기와 손을 잡을 정도로 타락하지도 않았고, 만약에 처형인이라는 입장을 배신하면 나 자신이 금기가 되어서 제1신분에게 추적당할 거야. 받아들일 리가 없잖아."

진심으로 메노우를 끌어들이려고 왔다면 교섭은 결렬이다. 애초에 성립할 여지가 없다.

메노우의 대답을 이미 예상하였는지, 마논은 기분이 상한 것 같지 않았다. '그러신가요……'라며 안타깝다는 듯이 중얼거린 다음, 아무렇지도 않게 이야기를 이어나갔다.

"그 아이가, 있다고 말한 모양이던데요."

"무슨 소리지?"

"아카리 양을 죽일 방법이 있다고요. 그게 '소금 검'이라고 메노우 양에게 속삭인 모양이던데요."

무슨 이야기를 하고 싶은 걸까. 화제가 갑자기 바뀌자 어떻게 될지 예측할 수 없어서 망설이며 침묵해버렸다.

그 침묵을 마논이 말로 잘라냈다.

"저도 한 가지만 말씀드릴게요."

"무슨 말을 해봤자——."

"있답니다. 이세계인을 폭주시키지 않는 방법이."

사고가 얼어붙었다.

나오던 목소리가 끊어졌다. 방금 들은 내용에 대해 표정을 관리할 수조차 없었다.

"……거짓말이지."

겨우 쥐어 짜낸 목소리는 자기 목소리라는 게 믿기지 않을 정도로 연약했다.

마논은 우아하게 쿡쿡 웃었다.

"거짓말이 아니에요. 잘 생각해보세요, 메노우 양. 천년 전, 이 세계의 문명은 순수 개념을 활용해서 발전했어요. 제거하기만 하는 지금과는 달리 이세계인을 받아들이고, 함께 나아갔죠. 고대 문명이 이세계인을 이용하지만 않았던 것은 명백해요. 왜냐하면, 이 세계의 언어는 그들의 언어가 되었잖아요?"

그게 무슨 뜻일까.

"정말 우호적으로 계속 접촉한 게 아니라면——, 이세계인이 상위에 선 게 아니라면 그들의 언어로 통일되는 현상도 일어나지 않았겠죠. 그렇다면 어째서 그런 일이 벌어진 걸까요?"

마논의 눈이 메노우의 눈을 똑바로 바라보았다.

"아니, 그렇잖아요? 이세계인은 순수 개념을 쓰면 기억이 깎여나가요. 자신의 이름조차 잊은 끝에 인격이 개념에 침식된 괴물이 되어버리죠. 그렇게 불안정한 존재가 세계의 지배층이 될 수 있을 리가 없어요. 그런데도 어째서 '이 세계의 언어가 일본어로 통일될' 정도로 예전의 세계는 이세계인을 계속 받아들일 수 있었을까요."

끼어들 수가 없다. 앞뒤가 맞는다. 반론할 실마리가 없다.

"있었던 거예요. 이세계인을 폭주하지 않게 만드는 시스템이, 확실하게 구축되었던 거라고요."

"단순한 가정에 불과해. 애초에 고대 문명기에 있었다고 해도 지금 없으면 마찬가지잖아."

"어째서 지금도 없다고 할 수 있죠?"

"있을 리가 없잖아."

마논이 말한 정보가 메노우에게 가져다준 것은 결코 희망 같은 것이 아니었다.

왜냐하면 마논이 한 말이 사실이라 해도 메노우는 아카리를 죽여야만 하기 때문이다.

이세계인을 죽이지 않아도 되는 방법이 있다면 제1신분 상층부가 그 존재를 모를 리가 없다. 메노우는 제1신분이다. 금기를 사냥하는 처형인이다. 이세계인을 죽인다는 규칙을 어길 권리 같은 건 없다.

만약에 살릴 수 있는 방법이 있다 하더라도 명령이 바뀌지 않는 한, 메노우는 아카리를 죽여야만 한다.

그것은 의무다.

아카리는 메노우의 첫 표적이 아니다. 지금까지 적지 않은 이세계인을 살해했다.

만약에 그런 시스템이 있고, 제1신분 상층부가 숨기고 있다면.

지금까지 메노우가 쌓아온 시체에 대체 무슨 의미가 있을까.

"그리고 저는 이쪽 세계에서 저쪽 세계로 가는 방법이 있을 거라 생각해요."

"그거야말로 있을 수 없는 일이야. 고대 문명기 때조차 이세계로 돌아간 이세계인의 기록은 없어."

"감정으로 부정하다니, 메노우 양답지 않네요. 마도가 어떻게 생겨난 것인지. 근본을 파고들다 보면 자연스럽게 알 수 있을 텐데요."

반사적으로 부정하자 마논이 완곡하게 밀쳐냈다.

"이유도 있거든요. 사회 시스템은 그것이 이익이 된다면 외적을 제거하는 것도 허용하죠. 예를 들자면, 그래요."

일부러 그러는 듯이 방긋 웃었다.

"제1신분 상층부이자 의사결정기관——, 【사도】가 이세계의 침입자를 적이라고 정의하면 제거하는 것이 바로 정의죠."

메노우는 마음을 가라앉혔다. 마논이 한 이야기를 듣고 매우 동요했던 감정을 원래대로 되돌리고, 입술을 혀로 축였다.

"말만으로는 뭐든 할 수 있지. 논리를 밀어붙이고 싶다면 물증을 가지고 와."

"그렇긴 하네요. 물증은 지금부터 확인할 예정이라 아직 없지만……, 그래도 말이죠, 메노우 양."

마논이 요염한 미소를 지었다.

"저기, 지킬 필요가 있을 것 같나요? 연줄도 없고 연결고리도 없고 그저 힘만 터무니없이 강한 '길 잃은 사람'을, 사회 시스템을 만들어낸 권력자가 말이에요. 이세계인을 죽여봤자 이 세계에는 그들과 인연이 있는 사람이 없잖아요."

이세계인은 기댈 곳이 없는 사람들이다.

가족도, 친구도, 이웃도. 얼굴을 아는 사람은 한 명도 없다. 그저 홀로 이 별에 찾아온 그들, 그녀들이 사라져버린다고 하더라도 누군가가 눈치채지도 않는다.

그렇기 때문에 처형인이 처형한다는 난폭한 대처도 통하게 되어버린다. 소환하는 것 자체가 죄이기 때문에 이세계인을 소환한 자도 입을 다문다. 그렇게 큰 소동도 벌어지지 않고 이 세계를 찾아온 '길 잃은 사람'을 계속 죽일 수 있었다.

"힌트를 드릴까요?"

"필요 없어."

"이세계인이 소비하는 것은 기억이자 인격——, 즉, 정신이에요. 그것을 모아둘 수 있는 게 있다면 어떨까요."

"그런 건——."

없다, 고 말하려던 메노우는 뭔가 떠올렸고, 전기가 흐른 듯이 온몸이 떨렸다.

있다.

있다. 짐작 가는 게 있다. 짐작 정도가 아니라 방금 마논이 말한 조건에 딱 들어맞는 것을 메노우가 가지고 있다.

육체가 사라졌는데도 기억과 인격이 남아있는 것.

즉, 지금 사하라의 상태다.

사고의 방향이 방금 떠오른 것에 집중되었다. 교전이 애초에 그런 것이라면.

"메노우 양. 리벨에서 제가 말씀드린 것, 기억하고 계신가요?"

"무슨, 소리야?"

"어린아이는 주위에 있는 어른들이 기대하는 행동을 해버리게 되죠."

머릿속을 가득 메우고 가정으로 인해 흐트러진 마음을 바로잡기도 전에 어른스럽고 조용한 말투로 마논이 말을 걸었다.

"조금 조사해 보았는데요……, 메노우 양은 기억을 잃은 뒤에 '아지랑이'와 만나신 모양이더군요. 역사상 가장 많은 금기를 사냥한 자. 살아있는 전설의 처형인. 당신은 그런 그녀의 살아가는 방식에 부응하고 싶었던 것 아닌가요? 어린아이가 가장 가까운 사람의 살아가는 방식을 모방하고 싶어하는 건 당연하잖아요."

"그 사람은!"

필요 이상으로 말투가 날카로워졌다.

그것을 자각하고는 말의 기세를 꾹 억눌렀다.

"나한테 무언가를 기대하지 않았어."

"기대를 하든, 하지 않든, 영향을 받지 않는 것과는 상관이 없답니다."

동정이 담긴 목소리였다. 마치 언젠가 자신이 체감했던 감정과 동조하는 것 같았다.

"보호자인 사람이 거기 있는 것만으로도 큰 영향을 끼치는 법이죠."

이세계인의 아이라며 멋대로 기대를 받고, 멋대로 실망을 산마논의 어린 시절과 메노우는 확실하게 다를 것이다.

그럼에도 불구하고 마논은 동병상련을 느꼈다.

"메노우 양. 당신은 자신의 정체를 알아야 할 것 같아요."

"정체?"

"네. 당신의 근본이죠. 그것은 당신이 살아갈 목적이 될 거예요. 제가 '만마전'과 함께 행동하는 이유도 당신의 출생과 밀접한 관련이 있으니까요."

마논은 이세계인의 피를 이어받았다. 리벨에서 일으킨 사건도 그렇고, 만마전을 풀어놓은 것도 그것과 큰 관련이 있다.

"다시 한번 여쭈어보도록 하죠."

슬쩍, 들여다본다.

"구해낼 방법이 있다는 걸 알면서도 메노우 양께서는 아카리 양을 죽이실 건가요?"

메노우는 입을 다물었다. 곧바로 대답할 수가 없었다. 냉철한 처형인의 얼굴이 아니었다. 그녀의 본질이 드러났다.

날카로운 칼날인 반면, 얄팍하고 물러터진 부분이.

마논의 눈가가 부드러워졌다. 메노우의 안쪽에 있는 물러터진 부분을 사랑스럽다는 듯이 유혹했다.

"메노우 양. 제 동료가 되어서 아카리 양을 구해낼 방법을 알아내죠. 메노우 양께서 말씀하셨잖아요. 자기가 악인이라고. 다시 말해 아카리 양을 죽이는 게 나쁜 짓이라는 걸 메노우 양은 알고 있는 거예요."

마논이 손을 내밀었다.

"동료가 되어주세요, 메노우 양."

두 사람 사이에 침묵이 흘렀다.

"……마논."

"네."

조용히 부르자 마논이 대답한 순간이었다.

"내가──, 그렇게 약하게 보였어?"

하얀 칼날이 반짝였다.

한걸음에 간격을 좁히고 허벅지에서 단검을 뽑아 든 메노우가 마논 위에 올라탔다.

숨을 토해낸 것과 동시에 도력 강화. 눈 깜짝할 새에 마논의 목덜미에 칼날을 들이댔다.

마논은 쓰러진 자세로 부채를 휘둘러 단검을 튕겨냈다. 그와 동시에 형태가 일그러지며 바뀌어 날아든 그림자 칼날을 메노우가 물러나며 피했다.

"바로 그거예요! 메노우 양! 여전히 망설이지 않으시네요."

"망설일 필요가 있어? 금기를 저지른 당신이 살아있다면——, 다시 죽이면 그만이야."

메노우에게 공격을 당한 마논은 왠지 기뻐 보였다. 자세를 바로잡는 동안 마논도 일어서서 품속에서 꺼낸 철선을 겨누었다.

그녀의 자세를 보고 메노우가 눈을 가늘게 떴다.

"그쪽은 변했네. 실력이 꽤 늘었잖아."

"네. 몸의 소재가 된 분들의 실력이 뛰어났거든요. 능력도 자연스럽게 올라갔답니다."

마논의 도력이 발치에서 지면으로 흘러갔다.

"기억하고 계신가요?"

『도력 : 접속——, 그림자 · 유사 개념【무】——, 발동【무영】.』

마논의 그림자가 메노우의【장벽】을 관통했다.

"그리잘리카에서 당신이 살해한 분들이에요."

유사 개념.

순수 개념을 지닌 자를 소재로 삼았을 때 얻을 수 있는 마도다. 그중에서도【무】라고 하면 그리잘리카 왕국에서 메노우가 살해한 소년밖에 없을 것이다.

메노우는 마논이 얻은 마도의 성질을 꿰뚫어 보고도 망설이지 않았다.

"그 정도로 나를 이길 수 있다고 생각해?"

【무】의 유사 개념이 깃든 그림자. 기교적으로 변한 몸놀림. 강적이 되긴 했다.

하지만 1대1로는 메노우가 질 상대가 아니었다.

"마논. 개인적으로 동료가 되어줬으면 한다고 했지. '제4'로서가 아닌 당신의 목적은 뭐야?"

"아, 그러고 보니 말씀드리지 않았네요."

사투를 벌이며 나누는 대화. 마논은 의외로 진지한 태도로 대답했다.

"바꾸고 싶거든요, '길 잃은 사람'의 존재 방식을. ……그 아이가 '만마전'이 되기 전의 모습을 알고 있는 건 이제 세상에 저밖에 없으니까요."

깊고 묵직한 말투였다.

무슨 뜻인가. 그렇게 묻는 메노우의 시선을 보고 마논은 부채로 입가를 가렸다.

"후훗. 그게, 뭐라고 할까요. 당분간은 이세계에 가보고 싶다는 게 목적이네요."

이세계에서 소환하는 것이 아니라 이세계로 가는 방법.

그것이 실현 가능한지 메노우도 확실하게 물어본 적이 있다.

"그게 당신이 말한 '길 잃은 사람'의 문제를 근본적으로 해결하기 위한 방법이야?"

"답 중의 하나라고는 생각해요."

"없어, 이 세계에서 이세계로 가는 방법은."

"거짓된 것만 배우셨군요. 있어요. 그 방법이."

정반대되는 의견이 정면으로 맞부딪혔다.

메노우는 예전에 물어본 적이 있다. 어린 시절 메노우가 한 질문에 도사는 확실하게 없다고 대답했다.

그럼에도 불구하고 마논은 방긋 웃으며 근거를 덧붙여 말했다.

"정확도가 높은 정보거든요. '만마전'과 '맹주', 그리고——, 도사 '아지랑이', 이 세 사람에게 똑같은 이야기를 들었으니까요."

"……만났어? 그 사람을."

"네. 얼마 전에 만났답니다. 모르시나요? 얼마 전에 괴멸된 도시가 있었잖아요."

마논이 도시를 하나 멸망시킨 것 자체는 놀랍지 않다. 새끼손가락이라 해도 만마전을 데리고 있다. 무방비한 상태에서 원죄 개념의 화신에게 습격을 당했다면 대처하기 힘들 것이다.

문제는 거기서 도사와 만났다는 사실이다.

금기와 마주쳤다면 도사는 처형을 집행했을 것이다. 그럼에도 불구하고 마논이 살아있다는 건 그녀가 도사 '아지랑이'로부터 도망칠 수 있는 힘을 갖추고 있다는 뜻이다.

"거기서 이것저것 흥미로운 이야기를 들었답니다. 도시를 하나 박살 낸 가치가 있었던 것 같아요."

"……."

메노우가 갑자기 도력 강화를 끊었다. 싸우는 도중에는 필수라고도 할 수 있는 도력 강화를 푸는 것은 분명한 악수다. 위협이 줄어든 당혹스러움 때문에 마논은 재빠르게 대처하지 못했다.

그 틈을 탄 메노우는 곧바로 덤벼들었다.

도력 강화를 발동시키지 않더라도 훈련받은 움직임은 날카롭다. 반사적인 움직임으로 마논의 그림자가 솟구쳤다. 육체가 연장되어 정신과 혼이 깃든 그림자는 그녀 마음대로 움직이는 무기가 된다.

수많은 검은 칼날이 된 그림자가 단검을 튕겨내려 했다.

공격이 많이 날아들더라도 메노우의 예상대로다.

『도력 : 접속——, 교전 · 3장 1절——, 발동【습격한 적대자는 들었도다, 울려 퍼지는 종소리를】.』

울려 퍼진【힘】의 종이 마논의 그림자를 날려버렸다.

앞을 가로막던 것이 사라지자 메노우가 단검을 내리쳤다. 마논은 부채로 받아내려고 자세를 취했다. 기습을 우선시한 메노우는 도력 강화도 걸지 않았다. 이 정도는 흘릴 수 있을 거라고 생각한 움직임이었다.

그것은 어설픈 생각이었다.

『도력 : 접속——, 단검 · 문장——, 발동【질풍】.』

두 사람의 무기가 부딪치기도 전에 메노우의 단검에서 발생한 돌풍이 위에서 아래로 마논을 덮쳤다. 바람에 휩쓸려 땅바닥에 내동댕이쳐진 마논 위로 재빨리 올라탄 메노우는 교전을 그녀에게 들이댔다.

해치울 수 있다.

승리를 확신한 일격을 날리는 순간에도 메노우는 전혀 방심하지 않았다.

왜냐하면 이곳에 '만마전'이 나타나지 않았기 때문이다. 숨통을 끊기 위해 교전 마도를 짜내면서 언제 누가 끼어들더라도 대처할 수 있게끔 주위를 경계하고 있었다.

그렇기 때문에 뒤에서 인기척이 나타났을 때도 곧바로 반응할 수 있었다.

허를 찔려서 놀란 것보다 역시 왔구나라는 반응. 재빨리 마논에게서 물러난 메노우는 한순간도 지체하지 않고 기세를 살려 칼날을 박아넣으려 했고——.

"——어?"

칼날 너머에는 사하라가 있었다.

수도복을 펄럭이며, 있을 수 없는 인물이 당연하다는 듯이 서 있었다. 손바닥 위에 올려놓을 수 있는 크기의 입체 영상이 아니었다. 실제 크기, 진짜 몸을 지닌 사하라였다.

눈을 의심했다. 예상할 수가 없었던 인물이 등장하자 칼끝이 놀라움 때문에 흔들렸다.

어째서, 지금 여기에 사하라가 육체를 지닌 채 움직이고 있는 걸까.

"인사가 과격하네, 메노우."

동요를 미처 처리하지 못한 메노우와는 달리 사하라는 졸린 듯한 눈으로 오른팔을 휘둘러 메노우의 칼날을 튕겨냈다. 충격으로 인해 메노우의 자세가 무너졌다. 철컥, 소리를 내며 사하라가 철완으로 주먹을 쥐었다.

"이건, 사람을 짐 안쪽에 처박아둔 보답이야."

메노우의 몸통에 사하라의 주먹이 박혔다.

교전에 깃들기 전에 그랬듯이, 그녀의 오른팔은 은빛 도력 의수였다. 철완으로 날린 일격은 팔이 몸을 움직이는 것처럼 부자연스러웠지만, 도력 강화를 한 모모의 주먹에 필적했다.

"끄윽······!"

고통 때문에 얼굴이 일그러졌다. 충격을 완화하기 위해 발을 공중으로 띄운 게 실수였는지도 모르겠다. 생각보다 강한 위력에 메노우의 몸이 자유롭게 움직일 수 없는 하늘 높이 날아갔다.

어째서 사하라가 여기에 자기 몸을 지니고 나타난 걸까. 공중에서 자세를 제어하며 메노우는 조금이라도 정보를 모으기 위해 내려다보았고, 원인을 발견했다.

사하라의 허리 근처에 만마전이 있었다. 메노우의 시선을 눈치챈 건지 방긋 웃는 어린 소녀가 손을 흔들었다.

잘도 그런 짓을.

사하라에게 육체를 준 방법을 짐작한 메노우의 얼굴이 굳었다. 마논과 마찬가지다. 아니, 엄밀하게 따지면 방법은 다를지도 모른다. 하지만 비슷한 소행이라는 건 분명하다.

만마전이 원죄 마도를 이용해 사하라에게 육체를 준 것이다.

"이거, 돌려줄게."

착지하기 직전에 사하라가 던진 것은 메노우의 교전이자 사하라가 깃들어 있던 것이었다.

"예전에는 '처형해줘'라고 부탁했는데, 지금은, 그래."

『도력 : 소재 병합──, 의수 · 내부 각인식 마도식──.』

사하라의 의수가 도력광의 빛을 띠었다. 전개된 마도에 따라 손바닥에 빛이 집중되었다.

"죽일 수 있다면 죽여보라는 기분이야."

『발동【스킬 : 도력포】.』

『도력 : 접속——, 신관복·문장——, 발동【장벽】.』

날아든 빛이 직격하기 직전에 메노우는 신관복에 새겨진 문장으로 장벽을 발생시켰다. 비스듬하게 전개한 장벽으로 인해 도력포는 하늘 위로 빗나갔다.

치명타는 겨우 피했지만, 착지했을 때는 만마전을 포함해서 세 사람이 메노우의 간격 밖에 있었다.

"처음 뵙겠습니다. 마논 리벨이에요. 멋진 팔이네요!"

"나는 사하라. 전 수도녀야. 싫어하는 건 메노우와 모모. 지금은 메노우에게 한 방 먹여줘서 기분이 매우 좋아."

두 사람은 느긋하게 자기소개를 하고 있었다. 초면인 주제에 마이페이스인 걸 보니 마음이 맞는 것 같다. 상황을 보아하니 예전부터 짜고 있었던 것도 아닌 모양이다.

"……사이가 꽤 좋으신 것 같네."

메노우가 그런 말을 내뱉었다. 이렇게 짧은 기간 동안 사하라가 어떻게 만마전과 접촉한 건지 알 수가 없다.

마논이 기모노 소매를 펄럭이며 손을 슬쩍 휘둘렀다.

"어때요? 지금부터라도 사이좋은 3인조가 되는 게."

고려할 가치도 없다. 마논이 한 말을 무시하고 사하라에게 말을 걸었다.

"사하라. 마논을 따라가봤자 제대로 살진 못할 거야."

"당신을 따라가면 좋은 일이 있을 것 같다는 말투네."

사하라가 허리에 의수를 대고 고개를 갸웃거렸다.

"얌전히 있어봤자 잘해봐야 소각 처분. 최악의 경우에는 실험 동물 취급. 애초에 나는 금기 취급이니까 이쪽에 붙는 게 정답 아닐까?"

받아칠 말이 나오지 않았다. 얌전히 메노우를 따라가봤자 사하라에게는 아무런 이득도 없다. 사하라는 혼자서 움직일 수가 없고, 그녀의 존재를 아는 사람이 없었기 때문에 나중으로 미뤄 두고 있었는데——, 만마전이 어떤 수단을 써서 사하라의 존재를 감지한 모양이었다.

두 사람.

메노우의 처형에서 벗어난 소녀들을 노려보았다.

이길 수 없는 상대는 아니다.

냉정하게 전력을 분석했다.

사하라의 실력은 알고 있다. 마논도 방금 싸운 직후다. 두 사람을 합쳐도 메노우가 더 강하다. 불확정 요소로 만마전이 있지만, 그녀는 원래 힘의 극히 일부——, 새끼손가락에 불과하다.

순수 개념【마】는 산 제물을 바치지 않으면 진가를 발휘할 수 없는 특성이 있다. 마논은 좀 전에 도사와 마주쳤을 때 '도시를 하나 박살 냈다'라고 했다. 그리고 '이 도시에는 휴양하러 왔다'고도 했다.

도사와 벌인 전투로 인해 산 제물을 소비했다면 이곳에서 힘을 모을 예정이었을 가능성도 있다. 그렇다면 지금 상황은 만마전의 새끼손가락을 붙잡을 수 있는 천재일우의 기회라고도 할 수 있다.

신중하게 숨을 들이마셨다. 집중력을 끌어올린다.

이길 수 있다. 망설임을 버리고 승산을 생각하며 숨을 내쉰 순간이었다.

툭, 메노우의 등에 딱딱한 무언가를 들이댄 사람이 있었다.

"여, 내 딸에게 무슨 짓을 하고 있는 건가?"

오싹, 소름이 돋았다.

뒤에 누군가가 있다. 아무리 앞에 있는 세 사람에게 집중하고 있었다고 해도 등에 무언가를 들이댈 때까지 상대방의 존재를 눈치채지 못했다. 그 사실로 인해 전율했다.

등에 닿은 감촉은 통 형태의 무언가였다. 아마도 도력총. 이렇게 가까운 거리에서 발포한다면 막는 건 힘들다.

메노우는 모든 신경을 등에 쏟으면서도 애써서 아무렇지도 않게 말투를 유지하며 마논에게 말을 걸었다.

"……마논. 당신 아버지가 살아있었어?"

"아뇨, 그 이상한 사람이 한 말은 흘려넘겨주세요."

항상 온화한 미소를 머금고 있던 마논이 신기하게도 진지한 표정으로 대답했다. 하지만 뒤를 잡힌 지금 같은 상황에서 메노우는 남자가 하는 말을 무시할 수가 없었다.

메노우 뒤에서 남자가 입을 열었다.

"자네가 '아지랑이의 후계자'인가? 그녀의 제자를 만나게 되어 영광이군."

"……당신은?"

"하하하. 자네에게 정체를 밝힐 이유는——."

"그 사람은 '맹주'예요."

마논이 방긋 웃으며 폭로했다. 아군이 끼어들자 틈을 들이던 남자가 입을 다물었다.

"……마논 공. 저기, 뭐라고 해야 하나, 제게도 입장이라는 것이 있습니다. 폼을 잡게 해줬으면 좋겠다고 해야 하나, 뭐라 해야 하나……."

"몰라요. 적어도 당신의 입장이 제 아버지라 아니라는 건 분명하죠."

간절히 애원하는 남자를 매몰차게 내쳤다.

그렇게 장난기 어린 대화와는 달리, 메노우는 거의 죽음을 각오하고 있었다. 앞에는 얕볼 수 없는 적이 세 명. 그리고 뒤를 잡힌 채 흉기로 보이는 무언가가 등에 닿은 상태다.

쓰러질 것을 각오하고 움직일 수밖에 없겠다고 생각한 메노우를 아랑곳하지 않고 '맹주'가 어흠, 헛기침을 했다.

"자, '아지랑이의 후계자'. 자네와 싸울 생각도 없고, 목숨을 빼앗을 생각도 없다네. 사실 '아지랑이'의 제자인 자네와 한번 차근차근 이야기를 해보고 싶었다만……, 첫 만남이 이렇게 되다니 지극히 안타깝군. 얌전히 물러나 주면 좋겠어."

"그렇게는 못 한다면?"

"하하."

남자가 웃었다. 어둠 속에서 기어드는 뱀처럼 조용히 얽혀드는 듯한 웃음소리였다.

"그건 아니지. 자네는 내가 어떤 사람인지 알고 있을 텐데?"

뒤에서 큭큭, 웃는 소리가 울렸다.

그가 말한 대로 메노우는 '맹주'에 대해 잘 알고 있었다. 지금 상황은 치명적이다.

뒤에서 들이댄 도력총 같은 감촉. 기척을 들키지 않은 실력. 그리고 무엇보다 경계하게 만드는 것은 '맹주'가 오랫동안 마스터와 싸워왔던 인물이라는 사실이다.

"나를 잘 알고 있는 사람일수록 내 말을 무시할 수 없지. 알고 있다는 것이 때로는 족쇄가 된다네. 그렇게 똑똑한 사람일수록 움직일 수 없게 되지. 무지는 죄이지만, 현명한 사람은 때로는 어리석은 자보다 잘못된 선택을 하기도 해. 그런 경우도 있겠지?"

그냥 협박일지도 모른다. 무언가 준비할 시간 같은 건 없었을지도 모른다.

하지만 메노우는 알고 있다. 이 남자의 소행을 너무나도 잘 알고 있다. 도사와 맞붙었던 악랄함을 전해 들었다. 그렇기 때문에 경계하면서도 무시할 수가 없다.

"자, 우리를 보내주겠나?"

혀를 차려다가 꾹 참고는 고개를 끄덕였다. 여기서 목숨을 걸어봤자 쓸데없이 잃을 뿐이다. 앞에 있는 사하라의 불만스러운 표정을 보아하니 상대방이 물러나 줘서 다행이라고도 할 수 있다.

"그거 고맙군! 아, 안심하게나. 등에 들이대고 있는 건 그냥 지팡이니까. 도력총 같은 촌스러운 걸 가지고 다닌 적이 없으니 말이지."

그렇게 둘러대는 목소리를 듣고 이번에는 혀를 찼지만, 그 말조차 믿을 수가 없다. '맹주'는 여전히 메노우의 뒤를 잡고 있다. 멍하니 서 있던 메노우에게 마논이 마음 편히 작별인사를 건넸다.

"이번에는 일단 헤어져야겠네요. 또 놀아주세요, 메노우 양."

"꼴 좋구나, 메노우. ……아, 그렇지, 친절하게 충고해줄게."

자유를 되찾은 사하라가 지금까지 쌓인 울분을 풀려는 듯이 비꼬는 말을 던졌다.

"이 도시에는 분명히 당신 마음대로 풀리는 일이 한 가지도 없을 거야."

제각각 제멋대로 떠들면서 떠나는 그녀들을 그냥 보낼 수밖에 없었다.

모모 일행이 머무르고 있는 온천 거리는 산으로 둘러싸여 있다.

사람들이 휴식을 취하는 온천 거리에서 산을 하나 넘은 곳. 길도 제대로 나 있지 않은 산속에 수상쩍은 건물이 있었다. 다른 사람들의 눈을 피해 존재하는 듯한 그 건물은 금기의 마도를 연구하기 위한 곳이다. 연구소에 모인 그들은 기존과는 다른 새로운 마도를 개발, 연구하고 있었다.

도를 넘어선 마도 연구는 제1신분이 금지하고 있다. 그렇기 때문에 연구에 깊게 빠지고 호기심이 왕성한 연구자일수록 금기에 다가가게 된다. 제1신분이 정한 범주 안에서는 탐구심을 만족시키지 못하고 빠져나온 사람들이 모여 몰래 이 지역에서 시행착오를 거듭하고 있었다.

그곳이 두 소녀에게 괴멸당했다.

"진짜. 바보 아닌가요? 새로운 마도를 성립시키려 하다니, 제1신분이 아닌 사람이 성공시켰다는 이야기를 들어본 적이 없다고요. 그런데도 이런 곳에 애를 써서 틀어박혀 있다니, 괴짜인 것도 정도가 있죠."

최근 며칠 동안 수배꾼에게 알아낸 정보를 토대로 악당들이 있는 곳에 전부 쳐들어간 모모의 목소리는 시원스러웠다. '제4'의 집회소였던 곳은 거의 다 박살 냈고, 이번에는 그들이 지원하던 금기 연구소가 산속에 있다는 사실을 알고 현장을 급습해 연구원들을 피로 물들게 만들고 있었다.

그들의 연구 데이터를 대충 훑어본 모모는 사랑스러운 얼굴이 밉살스럽게 보일 정도로 비웃는 표정을 짓고 있었다.

"이런 연구를 하려 했던 시점에서 연구자로서도 꼬리 내린 개라는 걸 알 수 있겠네요. 진짜, 졸개들이 쓸데없는 연구에 시간을 허비하느라 정말 애썼다는 느낌이에요."

"흐음? 이 사람들이 쓸데없는 연구를 하고 있었던 거야?"

"그래요. 떠돌이 연구자가 어떻게 해볼 수 있는 게 아니라고요. 실현하지도 못할 것을 필사적으로 해보다 인생을 망치다니, 진짜 바보라니까요오."

육체를 두들겨 팬 것만으로는 부족해서 귀여운 미소와 함께 매도하며 마음을 뚝뚝 부러뜨렸다. 잔혹한 대화로 인해 연구소에 있던 그들은 정신적으로도 궁지에 몰려갔다.

"자, 이제 기사들에게 신고하면 끝나겠죠. 이 근처도 꽤 평화로워졌네요. 저도 제1신분으로서 자랑스러울 뿐이에요."

마치 선행을 했다는 듯한 표정을 지으며 걸레짝이 된 피해자를 내던졌다. 연구소를 떠난 모모의 발걸음은 시원스럽고 가벼웠다. 그 옆을 걸어가는 아카리는 복잡한 심정이었다.

아카리와 함께 지낼 때, 모모는 불쾌해하고 태도도 거칠지만, 날뛴 뒤에는 기분이 좋아진다는 특징이 있다는 걸 눈치채게 되었다.

특훈이라는 이름의 실전 수행인데, 아카리보다 모모가 두들겨 패서 날려버린 사람이 훨씬 많았다. 모모의 분풀이에 이용당하고 있는 것 아닐까 하는 생각이 들었다.

"날뛰는 건 모모의 취미니까 상관없는데 말이지……, 좀 더 배려해줄 수는 없어?"

"이건 일이거든요? 그리고 당신을 훈련하기 위해서 하는 거예요. 배려 덩어리라 할 수 있죠."

"거짓말. 분명히 모모가 제일 즐기고 있는데."

아무렇지도 않게 자신의 정당성을 꾸며대는 모모에게 눈을 흘겼다.

양쪽으로 묶은 분홍색 머리카락. 아카리가 태어난 세계에서는 염색을 하지 않으면 볼 수가 없는 색이지만, 이 세계 사람들의 머리카락 색은 정말 다양하다. 유전자가 아니라 혼에서 발생하는 도력의 영향인 모양이다. 머리카락 색을 보면 성격의 경향을 알 수 있다는 간이 진단도 있을 정도다.

실제로는 일본에서 유행하는 혈액형 성격 진단 이상의 의미는 없는 모양이지만, 의외로 잘 맞는 것 아닐까, 아카리는 그렇게 생각하며 모모를 슬쩍 보았다.

붉은색 계통의 따뜻한 색은 제멋대로 굴며 감정의 기복이 크다.

언젠가 루프 중에 메노우에게 들은 토막상식이다. 다른 색은 어떤지 모르겠지만, 적어도 모모에게는 딱 들어맞는다.

"그건 그렇고, 마도 연구가 그렇게 어려운 거야?"

"지금 존재하고 있는 계통을 발전시키는 것도 힘든데 새로운 마도 형태라니, 거의 불가능하죠. 적어도 최근 십몇 년 동안은 들어본 적도 없어요. 20년 정도 전에 생겨서 교전에도 들어간 영상 마도가 최신 아닐까요."

"흐음? 그럼 가끔은 새로운 것도 생기는구나."

전문적인 이야기는 잘 모르는데다 애초에 흥미가 없다. 그렇기 때문에 아카리는 별 생각 없이 잡담을 하는 것처럼 물었다.

"그런 새로운 마도는 어떻게 생긴 거야?"

"어떻게라니, 그야……."

문외한의 질문에 대답하려던 모모의 말문이 막혔다.

직감으로 마도를 발동시킬 수 있는 아카리와는 달리 모모는 문장학과 소재학 같은 '마도의 기초'로 불리는 학문을 배워서 문장 마도와 교전 마도를 다루고 있다.

하지만 어디까지나 실전적인 지식을 주입받은 것이기 때문에 그런 학문의 역사에 대해서는 배운 기억이 없었다.

아카리는 모모의 지식이 부족하다는 걸 눈치 빠르게 알아챘다.

"아, 모모도 모르는구나~. 그렇게 잘난 척을 해놓고, 공부를 더 해야겠네."

"……시끄러워요."

"아하하, 모모도 참, 볼을 부풀리면 알아보기 쉽──, 아얏?!"

토라진 모모의 볼을 찌르려다 손을 맞았다. 아카리는 맞은 손을 문지르면서 모모를 곁눈질로 관찰했다.

이 도시에서 함께 지내는 동안 아카리는 모모에 대한 인상이 약간 바뀌었다.

원래는 쓸데없는 방해꾼이라고 생각했다. 메노우에게 딱 달라붙어서 아카리를 적대시하는 소녀. 그것 말고 다른 인상이 없었다. 애초에 아카리와 모모는 접촉한 경우가 별로 없다. 어떤 상황에서도 기본적으로 모모가 아카리를 피해 숨어서 따라왔기 때문이다.

그래서 이렇게까지 교류한 기간이 길어진 건 처음이었다.

"모모."

"왜 그러시죠?"

모모는 뜻밖일 정도로 아카리를 제대로 대해주었다.

엉망진창인 것 같으면서도 완전히 폭주하진 않는다. 아카리에 대한 적개심은 진짜이긴 하지만, 말을 걸면 대답해 준다. 지금까지 아카리의 이름을 한 번도 부르지 않았다는 건 약간 발끈하지만, 진짜 악의와 비교하면 모모의 태도는 귀엽다고도 할 수있다.

아카리는 메노우의 목숨만 구할 수 있다면 상관없다며 주위를 둘러보려 하지 않았다. 모모도 마찬가지다.

필요하지 않을 거라 생각했던 부분 중에 놓친 게 많았다.

그 사실을 알아버렸기에 아카리는 불만을 집어삼키고는 그녀가 알지 못할지도 모르는 정보를 말했다.

"저기 말이지……, 내가 이세계로 돌아갈 수 있는 방법이 있을지도 모른다고 하면 어떻게 할 거야?"

"네?"

모모가 수상쩍어하는 표정을 지었다.

"그런 헛소문을 누구에게 들은 거죠? 제가 알고 있는 한, 이세계 송환 마도는 없어요. 방금도 말씀드렸지만, 새로운 마도 같은 건 쉽사리 만들 수 있는 게 아니거든요?"

"저기, 리벨 사건 때 말이지. 나, 만마전하고 잠깐 이야기를 한 적이 있어. 그때 '이세계로 돌아갈 방법이 있다'는 말을 들었거든."

"……'만마전'이 그랬단 말이죠."

이야기를 하긴커녕, 배틀을 벌여서 일방적으로 졌지만, 비꼬아댈 것 같으니 생략한다.

아카리의 정보를 듣고 모모의 눈이 동요로 인해 흔들렸다.

"그렇다면 그건……, 진짜로 있을지도 모르겠네요."

만마전은 천년 가까이 멀쩡했던 봉인으로 인해 바깥 세계와 차단되어 있었다. 그런 그녀가 있다고 한다면 이세계 송환 마도가 확립된 건 최근이 아니다.

천년 전부터 계속 있었던 기술이다.

"내가 이런 말을 하는 건 좀 그렇긴 한데, '만마전'이 거짓말을 하거나 그러진 않았을까?"

"인재는 거짓말을 하지 않아요. 꼭 인재만 그런 건 아니지만, 정신이 마모되면 거짓말을 한다는 이성적인 사고를 못 하게 되거든요."

인재란 인간의 형태를 지닌 개념이다. 척 보기에 인격이 있는 것 같지만, 그것은 표면적인 것에 불과하다.

인재를 움직이는 충동은 혼을 모조리 범하고 정신을 모조리 갉아낸 끝에 육체를 지배한 개념이다.

"돌아갈 수 있을지 모른다는 수단에 대해 선배에게 말할 생각이 없었나요?"

"알게 된 게 이번이 처음이었거든. 그전까지는 그냥 메노우에게 살해당하는 것 말고 다른 방법이 있을 거라는 생각도 못했고, 억지로 돌아갈 필요도 없겠다 싶었는데……, 생각해보니 내가 이 세계에서 사라진다는 것도 메노우가 살아남는 방법이 되잖아."

만마전이 해방된 것은 이번이 처음이었다. 그녀가 준 정보가 다른 루프에 있을 리가 없다.

"당신은 돌아가고 싶나요?"

"응? 딱히 돌아가고 싶진 않은데? 거의 기억나지 않는 세계에 돌아가봤자 전혀 기쁘지 않으니까. 그럴 거라면 차라리 메노우에게 살해당해서 메노우의 기억에 남는 게 훨씬 더 낫겠지만……, 메노우가 살아남을 수 있다면 내가 일본으로 돌아가는 것도 괜찮겠다 싶어서."

"……그렇게 해도, 된다고요?"

"그야 당연히 되지."

이미 아카리는 일본이 소중하지 않았다. 메노우가 사망할 때마다 기억을 소비해서 시간을 되돌려 온 그녀의 주관으로는 이미 이쪽에서 지낸 시간이 더 길다.

모모는 자신의 계획이 잘 돌아가고 있다는 걸 깨달았다.

아카리의 기억은 확실하게 깎여나가고 있고, 파멸을 향해 다가가고 있다. 사라져버린 기억에 대한 집착조차 없다. 집착이 생겨날 정도의 추억은 이미 예전에 깎여나갔다. 토키토 아카리는——, 조만간 순수 개념을 폭주시킨다.

하지만 왠지 기쁘다는 감정은 솟구치지 않았다.

뭔가 말하려고 입가가 떨렸지만, 결국 한마디도 하지 못한 채 다물었다.

그러면 된다. 아무런 문제도 없다. 계획대로라고 자신을 타이른 모모는 무뚝뚝한 말투로 질문했다.

"그런데 어째서 그걸 저한테 말하려 한 거죠? 당신은 돌아가고 싶은 게 아니잖아요."

"모모는 건방지고 말버릇도 안 좋지만, 이러쿵저러쿵해도 열심히 해주고 있고, 의외로 귀여운 구석도 있으니까."

"갑자기 왜 그러시죠? 기분 나쁘게."

모모가 인상을 찌푸렸다. 그 반응을 보고 아카리는 쿡쿡 웃었다.

모모를 좋아하지는 않는다. 연하인 주제에 건방지고, 말버릇도 안 좋고, 태도도 불쾌하다. 메노우에게 귀여움받는 것도 치사하게 보여서 질투심이 샘솟는다.

하지만 아카리와 모모는 같은 사람을 소중히 여기고 있다. 지금까지 여정에서 적지 않게 공감해버렸다.

그래서 그녀에게 맡길 수 있다면 딱히 상관없지 않을까 하는 마음도 생겼다.

아카리는 애초에 메노우에게 살해당하고 싶었다. 자신의 죽임이 메노우를 살리게 되는 것과 동시에 반드시 메노우의 기억에 남게 되기 때문이다. 메노우는 분명히 자신의 손으로 죽인 사람을 잊지 않을 것이다. 그녀가 자신의 마음에 새긴 묘비 사이에 끼고 싶었다.

하지만.

"내가 사라져도 메노우가 혼자 남지 않는다면, 다른 방법으로도 괜찮지 않을까, 그런 생각이 좀 들었어."

말 그대로. 그렇게 생각했다. 그래서 솔직하게 말했다.

"메노우뿐만이 아니라 모모도 있다면, 둘이서 내 추억 이야기를 할 수 있잖아?"

어째서, 모모의 입이 그렇게 말하며 살짝 움직였다.

"당신, 은……."

"응? 왜 그래?"

"……아뇨."

갈등이 드러났다 사라졌다. 뭔가 하려던 말은 끊어진 채 나오지 않았다.

곧바로 감정을 추스른 모모는 아무렇지도 않은 듯한 말투로 대답했다.

"좀……, 진지하게 생각해보죠."

"그렇구나. 응……, 그렇구나아."

빤히 바라보는 아카리의 시선을 느낀 모모가 껄끄러워했다.

"……왜 그러시죠?"

"으응~? 딱히이~?"

왠지 모르겠지만 싱글싱글 웃기 시작한 아카리를 기분 나쁜 것을 보는 듯한 눈으로 보았지만, 그녀의 표정은 변하지 않았다.

"모모는 말이지, 지금까지 친구 없었지? 성격이 안 좋으니까."

"그래서 어쨌다는 거죠?"

"응~? 별 것 아니야. 그냥."

아카리가 입가에 손을 대고 크흐흐, 웃었다. 목적이 도발이라는 걸 한눈에 알아볼 수 있는 동작이 짜증 난다고 밖에 표현할 길이 없었다.

"다른 사람하고 교류한 경험이 별로 없으니까 쉽게 넘어올지도 모르겠다고 생각한 것뿐이야."

"……제가 선배처럼 당신을 죽이지 못할 것 같나요? 당신 바보예요?"

"어~? 딱히 그렇게까지 말한 건 아닌데에~? 모모도 참, 그런 생각을 해버린 거야아?"

얄밉게 놀려대는 게 모모 뺨치는 수준이었다. 모모는 주먹을 떨면서도 지금 두들겨 패면 자신의 패배라고 생각하며 분노를 집어삼켰다. 화제 자체가 불쾌하다는 생각에 인상을 찌푸리고 고개를 돌렸다.

그 반응을 보고 자기도 모르게 메노우가 모모를 후배로서 귀여워하는 마음을 이해했다.

모모는 연하고, 아직 열네 살 소녀다.

"그렇구나아……, 아직 중학생이구나."

그 사실을 실감해버렸기에 아카리는 약간 후회하며 중얼거렸다.

"리본은 너무 심했나아……."

아카리는 모모를 형편 좋게 움직이기 위해, 당시에 그녀의 머리에 묶여 있던 리본을 사라지게 만든 적이 있다. 참고로 그것이 과거에 메노우가 모모에게 선물해준 것이라는 사실도 알고 있었다.

물론 방금 한 말을 들려줄 생각은 없었다.

하지만 아카리가 무의식적으로 중얼거린 말을 알아들은 모모가 딱 멈췄다.

"……리본?"

아, 이런, 아카리는 그렇게 생각하며 재빨리 입을 막았다. 말하지 않으면 절대로 알 수 없을 말을 해버렸다. 모모가 머리를 묶은 게 리본에서 슈슈로 바뀐 것은 그리잘리카 왕국에 있던 동안에 일어난 일이다. 어떤 사정으로 인해 관여하지 않은 한, 아카리가 모모의 리본에 대해 알 수 있을 리가 없다.

반대로 말하자면 아카리가 모모의 리본에 대해 알고 있다는 발언은 그 리본의 소실에 아카리가 관여했다는 걸 자백한 것이나 마찬가지였다.

"다, 당신, 방금, 뭐라고, 했죠? 리본을, 뭐요? 너무 심했, 다고? 뭐가……, 요?"

모모의 목소리가 띄엄띄엄, 그러면서도 조곤조곤한 건 필사적으로 감정을 억누르고 있다는 증거다.

다그치는 눈동자에는 터져버릴 듯한 감정이 가득 차 있다. 언제 격발하더라도 이상할 게 없는 밀도를 지닌 분노다. 아카리가 지금까지 살면서 본 적이 없을 정도로 거센 분노였다.

폭발 직전인 모모를 보고 방긋, 억지웃음을 보이며 둘러댔다.

"아, 아무것도 아니야! 딱히 대단한 일도 아니라고 해야 하나,

응. 모모가 빨간 리본을 달고 다녔다는 건 난 모르는 일이거든?"

"당신이, 어떻게, 리본에 대해, 알고 있는 거죠?"

모모는 아카리의 서투른 변명을 완전히 무시했다. 멱살을 잡고 마구 흔들어댔다.

모모가 메노우에게 받은 리본을 잃은 건 아카리가 소환된 그리잘리카 왕국에서 사건이 연달아 벌어졌을 때다. 고도 가름에서 대주교 오웰이 파놓은 함정에 빠져 용을 본떠 만든 마도병과 싸웠을 때, 예상치 못한 일이 벌어졌다.

리본을 지키고 있던 장벽이 부자연스럽게 붕괴한 것이다.

어렸을 때 메노우가 준 선물을 잃은 분노로 폭주한 모모는 마구 날뛰며 역사적인 건물을 날려버렸다.

"어쩐지, 어쩐지 그때, 불꽃이 장벽을 뚫었단 말이죠……! 절대로 있을 수 없는 일이었다고요! 제가 선배에게 받은 리본을 지키는 장벽을 제대로 전개하지 못하다니. 분명히 이상하다 싶었어요! 당신이 뭔가 한 거죠?!"

"미, 미안해?"

역시 자기가 잘못했다고 반성한 아카리는 두 손을 들고 사과했다.

하지만 싸구려 사과로 추억이 담긴 물건이 불타버린 모모가 납득할 리는 없었다.

"그게, 얼마나, 소중한 물건이었는지, 알아요? 무엇보다 당신, 저하고 똑같은 입장이 되면 용서할 수 있어요?"

똑같은 입장.

아카리는 상상해 보았다.

만약에 메노우가 꽃을 장식해준 카추샤가 망가진다면. 그 범인이 '미안해'라고 사과했을 때 관대하게 용서할 수 있을까.

"……힘들 것 같네에."

"그런 거죠."

결론은 나왔다.

모모가 눈에 보이지 않는 속도로 와이어 형태의 실톱을 휘둘렀다. 최근에 본 것 중에서는 가장 빠른 속도였다.

하지만 목표에 명중하지는 않았고, 허공을 가른 실톱은 땅바닥만 가르게 되는 결과를 낳았다.

한순간에 자취를 감춘 아카리를 보고 모모는 혀를 찼다. 【시간】의 순수 개념으로 전이한 것이다. 쓸데없이 재주만 늘어서, 그렇게 생각하며 주위의 기척을 감지했다.

뒤다. 기척을 포착하고 돌아보자 모모에게서 벗어난 아카리가 메롱, 혀를 내밀고 있었다.

"그렇게 아파 보이는 걸 맞을 리가 없잖아. 메롱이다!"

투욱, 모모의 얼굴에서 감정이 흘러내렸다.

"죽입니다."

감정이 풍부한 모모치고는 신기할 정도로 무표정하게 주먹을 쉬었다. 살의가 가득 찬 눈동자는 맑아보일 정도로 투명해졌다.

"역시 동정 같은 건 필요가 없네요. 아니, 제가 당신에게 베풀 동정 같은 건 처음부터 없었지만요. 그래도 일단은 말해두죠. ……괴로워하다 죽어."

"엄청난 집념이네. 상관없잖아, 모모도 지금 머리에 달고 다니는 슈슈를 받았지? 타이밍으로 보면 내 덕분에 받은 거라고도 할 수 있거든. 오히려 모모가 내게 '고맙다'고 하면서 감사해야 하지 않을까?"

"잘도 그런 말을 나불거리시네요! 선배라면 어찌 됐든 선물로 줬을 거라고요. 당신의 공적 같은 건 존재하지도 않아요! 죽어!"

"애초에 추억의 물건 같은 건 치사하잖아! 보란 듯이 자랑하고 다니는 게 계속 눈에 거슬렸다고!"

"그게 진심인가요오!"

이제 계획 같은 건 알 바 아니다. 아카리를 여기서 100번 죽여서 기억이 전부 깎여나갈 때까지 【회귀】를 쓰게 만들어 인재화시키겠다며 살의를 담아 주먹을 쥐었다.

다른 사람이 보기에는 바보 같고, 두 사람이 보기에는 진지하며 본격적인 싸움과 함께 추격극이 개최되었다.

실수했다.

마논 일행을 놓친 다음, 아슈나가 있는 여관으로 돌아가는 길을 걸어가던 메노우는 억누를 수 없을 정도로 강한 짜증과 분노를 떠안고 있었다.

터무니없는 실수다. 완전히 저질렀다. 최근 며칠 동안 처형인으로서 한 일이 완전히 헛돌기만 했다.

마논과 사하라.

둘 다 메노우가 숨통을 끊어 처형했을 텐데 새로운 몸을 얻어

되살아났다.

특히 마논. 만마전을 데리고 다닌다는 것만으로도 문제인데, 그녀 자신이 골치 아픈 상대로 성장해 나가고 있다.

그것 말고도 생각해야 할 것들이 많다.

"마도가, 생겨난 과정⋯⋯."

마도의 연구에 대해 메노우도 어느 정도 파악하고 있다. 대다수의 마도는 현재의 기술 체계로부터 발전해 나간다. 하나의 근원인 마도가 있고, 그곳으로부터 가지를 뻗어나가는 듯이 기술이 퍼져간다.

하지만 때로는 척 보기에도 기존의 계통수에서 비약된 새로운 마도라고 할 수밖에 없는 것이 생겨나는 경우가 있다.

새로운 계통의 마도를 만들어내는 연구 시설은 성지에도 없다.

그럼에도 불구하고 수십 년에 한 번, 새로운 마도가 생겨난다. 연구조차 하지 않는데 마도가 생겨나는 이유는 뭘까.

메노우도 확실하게 알고 있는 '마도가 생겨난 순간'이 있다.

원죄 개념 마도다.

원죄 개념은 한 소녀의 망상으로부터 생겨나 피와 살이 흘러내려 퍼져나갔다.

실제로 만마전이 생겨나기 전에는 원죄 개념이 존재하지 않았다.

다른 말로 하자면, 순수 개념 【마】를 지닌 천진난만한 소녀가 인재가 되고 '만마전'이 되었을 때 원죄 개념 마도가 생겨난 것이다.

'꼭두각시 세상'도 마찬가지다.

이쪽은 세계 각지에서 계속 자립 가동하는 마도병의 주인이자 세계를 유사 구축하는 원색 개념의 시조다. 순수 개념【그릇】이 폭주하고 나서야 비로소 3원색의 이치가 이 세계에 정착되었다. 메노우는 소재학을 깊게 파고들었기에 알고 있다. 도력을 흘려서 반응하는 것이 아니라 혼을 지닌 것 이외에 도력을 생성하는 소재 같은 건 3원색의 휘석 말고는 존재하지 않는다.

이 두 가지는 너무 특수했기에 깊게 고찰해보지 않았다. 그럴 만도 한 것이 4대 인재다. 양쪽 다 금기로 지정된 존재다.

하지만.

새로운 마도라는 사실은 분명하다.

동부 미개척 영역이 어떤 세계일까. 사하라가 어떤 상태였을까. 3원색이 어째서 세계를 유사 구축하고 사람의 소원에 호응하는 것일까. 4대 인재가 어째서 같은 시기에 생겨나 별에 상처 자국을 남긴 걸까.

그 정도로 심각할 리가 없다며 메노우의 뇌가 가설을 거부하려 했다.

더 자세히 말하자면, 이세계인이 그렇게까지 피해자라는 생각을 하고 싶지 않았고, 제1신분이 가해자라는 생각도 하고 싶지 않았다.

하지만 떠올라버린 가설이 맞다면.

순수 개념의 존재는 '마도라는 것이 무엇인가'라는 근원적인 질문에 대한 대답이기까지 했고, 무엇보다 처형인의 의의에도 관여하게 된다.

이것을 알고 있는 사람이 있다면, 메노우가 아는 사람 중에 답을 얻을 수 있는 사람은 한 명뿐이다.

"성지로 돌아가면 도사에게 물어봐야겠어……."

아무리 생각해도 메노우 혼자서는 답을 확정시킬 수가 없다. 쓸데없는 생각을 너무 깊게 하고 있다. 일단 머리를 식혀야 한다.

숨을 크게 들이마셨다. 입에서 폐로 공기를 넣고 가슴을 부풀린 다음, 숨을 크게 내뱉었다.

"……좋아."

억지스럽게나마 마음을 다잡았다. 차분한 마음으로 여관에 돌아가려던 때였다.

뒷골목에서 말다툼을 하는 소리가 들렸다.

"이제야 잡았네요!"

"꽝, 이, 야! 아직 못 잡았어!"

귀에 익은 듯한 목소리다. 메노우의 발걸음이 딱 멈췄다.

아니, 설마, 메노우는 그렇게 생각하며 자신의 귀가 너무 형편 좋은 것만 들으려 하는 것에 쓴웃음을 지었다. 메노우는 모모와 아카리를 찾으러 이 도시에 오긴 했지만, 아직 그녀들의 수색을 시작조차 하지 않았다. 그저 돌아가는 길일 뿐이다.

그런데 지나가다가 발견하다니, 그런 행운이 있을 리 없다. 그 두 사람도 도망 중인 신세다. 단순히 생각하면 눈에 띄게 행동할 리가 없다.

십중팔구 잘못 들은 거겠지만, 그래도 일단 확인해보자는 생각에 메노우는 목소리가 들린 골목으로 들어갔다.

"역시 죽여야겠어요. 잠깐이나마 자비심을 보인 제 어설픈 구석이 증오스러워서 견딜 수가 없네요……!"

"죽일 수 있다면 죽여보지 그래? 나를 죽이지 못해서 고생하고 있는데 말이지! 모모는 그런 것도 모르게 되어버린 거야?"

"뭐어어어?!"

잘못 들은 게 아니었다. 모모와 아카리가 크게 소리를 질러대며 싸우고 있었다.

시선 끝에서 벌어지고 있는 믿기지 않는 수준의 싸움으로 인해 메노우는 잠시 눈을 깜빡이고 있었다.

우연치고는 수준이 너무 떨어진다. 눈알이 너무 피곤한 걸까. 눈과 눈 사이를 손가락으로 주무르면서 다시 바라보았다.

"죽이지는 못하겠지만, 괴롭히는 것만 놓고 보면 세상에는 고문이라는 수단이 있으니까요! 죽여달라고 부탁하게끔 해드리죠! 우선 그 거슬리는 가슴을 잡아 뜯는 것부터 시작해볼까요!"

"모모! 자신의 성장을 포기하면 거기서 끝이야! 이것저것 작은 채로 모모의 성장기가 끝나버리거든?!"

"누가 그런 이야기를 했는데요! 이 빌어먹을 바보가아아아아아아아!"

슬프게도, 현실이었다.

싸우느라 정신이 팔린 두 사람은 메노우를 눈치채지 못했다. 메노우에게 말로 표현할 수 없는 피로가 몰려왔다.

그래도 발견은 발견이다.

"……모모, 아카리."

싸우던 두 사람이 갑자기 멈췄다.

모모와 아카리가 끼이익, 녹슨 소리가 들릴 것 같은 움직임으로 메노우를 돌아보았다.

"……뭐하고 있는 거야, 너희들."

메노우가 쫓아온 두 사람은 맥이 빠질 정도로 쉽사리 발견되었다.

뭐라 말할 수 없는 침묵이 깔려 있었다.

큰길에서 벗어난 뒷골목. 인기척이 없는 길에서 세 소녀가 마주하고 있었다.

모모, 아카리, 메노우. 쫓기고 쫓는 상태라는 건 세 사람 다 알고 있었지만, 이렇게 어이없게 만나게 될 줄은 아무도 예상하지 못했다. 좀 더 진지한 표정을 짓고 긴장된 상황에서 마주치지 않을까, 그런 기대와도 같은 예감을 품고 있었기 때문이다.

모모는 원통해하며 이를 악물었다. 우발적이라고는 해도 소동을 피우다가 발견되었다.

방심했다고 하면 변명의 여지가 없지만, 애초에 지금 단계에서 메노우가 이 도시에 있을 것은 예상하지 못했다. 아무리 그래도 너무 빠르게 쫓아왔다. 2~3일은 더 시간을 벌었을 텐데.

하지만 실제로 메노우는 여기 있다.

"모, 모모……."

아카리가 동요하며 떨리는 목소리로 말했다. 어떻게 할 거야,

눈빛으로 그렇게 말하고 있었다.

꾸욱, 주먹을 쥐었다.

솔직히 바로 옆에 있는 이 속 편한 여자를 때려죽여 버리고 싶은 마음은 전혀 줄어들지 않았다. 쥐고 있는 주먹을 얼굴에 때려 박고 싶다. 소중한 리본을 태워버린 원흉에게 자신의 살의가 얼마나 강한지 몸소 느끼게 해주고 싶다.

하지만 우선순위라는 것이 있다. 발목만 잡는 아카리를 데리고 메노우를 상대하는 건 불가능하다. 그리고 순수 개념의 소유자라고는 해도 이 슈퍼 얼간이녀가 메노우를 상대할 수 있을 것 같지는 않았다.

일단 아카리를 어떻게든 해야만 한다.

아카리에 대한 살의를 집어삼킨 모모는 재빨리 주위를 확인했다. 뒷골목에 솟아있는 담장 너머에서 활로를 찾아냈다.

모모는 말없이 온몸에 도력광을 둘렀다. 도력 강화를 한 모모를 보고 메노우가 경계하는 눈초리를 보였다.

하지만 지금 모모의 힘이 향할 곳은 메노우가 아니었다. 두 손으로 아카리의 허리를 잡고는 속삭였다.

"지금 바로 선배의 시야에서 당신을 없앨 테니까──, 온 힘을 다해 도망치라고요."

"어?"

아카리가 맥빠지는 목소리를 냈다. 모모가 무슨 짓을 할 셈인지 예측하지 못했을 것이다.

모모는 아카리가 당황하는 것도 아랑곳하지 않고 그녀를 들어

올렸다. 도력 강화를 한 모모라면 사람 한 명의 체중 따위는 가볍다. 있는 힘껏 팔을 뻗은 다음, 기합을 넣기 위해 소리를 질렀다.

"날아가버려, 바보야아아아아아아!"

"어어어어어어어어어어어?!"

내던졌다.

모모가 실행한 인간 투척으로 인해 아카리가 절규하며 하늘로 날아갔다.

완전히 울상을 지으며 멀리 던져진 아카리는 놀랍게도 골목을 가로막고 있던 벽돌담을 넘어 그곳에서 사라졌다.

휴우, 모모는 일을 하나 마친 달성감을 느끼며 이마에 난 땀을 닦았다. 기세가 그렇게 강했으니 착지한 충격으로 인해 죽을지도 모르겠지만, 문제는 없다. 아카리는 불사신이다. 죽을 정도로 무섭더라도 죽지는 않는다.

사람이 날아간 광경을 보고 멍하게 서 있던 메노우가 정신을 차리고는 다시 모모를 보았다.

"저기……, 방금 그렇게 도망치게 한 건 예상하지 못하긴 했는데, 모모. 너는 어떻게 할 거야?"

화를 내고 있다. 목소리를 듣고 메노우의 속마음을 파악한 모모는 등골에 식은땀을 흘리며 애교를 부리는 미소를 지었다.

"저기이……, 오랜만에 뵙네요, 선배~. 귀여운 후배를 봐서 이번에는 그냥 보내주시면 안 될까요~?"

"기각이야."

"그렇겠죠~!"

이야기를 좀 더 들어줄 줄 알았는데, 메노우는 말이 필요 없다는 듯이 무기를 뽑아 들었다.

이유는 모르겠지만, 메노우가 평소보다 호전적이다. 모모는 곧바로 전투 모드로 전환했다.

발을 묶어두겠다고 했으니 시간을 벌어야만 한다. 이야기를 질질 끌 수 있었다면 좋았겠지만, 메노우는 모모의 시간 벌이에 어울려줄 생각이 없는 모양이었다.

"지금은 좀 짜증이 나거든. 저항한다면 귀여운 후배라 해도 쓴맛을 보게 해주겠어."

"봐주세요! 제발 좀 봐주세요~!"

처형인으로서 종합적으로 따지면 모모는 메노우보다 떨어진다.

하지만 전투에만 초점을 맞춘다면 모모는 자신이 메노우보다 뒤처진다고 생각하지 않는다.

특히 근거리전이라면 승산이 크다. 도사가 총괄하던 수도원에서도 전투 훈련 승률은 모모가 더 높았다.

전투 기술에 관한 능력 중에 메노우보다 크게 못 미치는 것은 도력의 조작 기술이다.

까불어대는 분위기를 풍기던 모모에게 메노우가 재빠르게 마도를 발동시켰다.

『도력 : 접속──, 단검 · 문장──, 발동【도사】.』

메노우가 언더 스로우로 단검을 투척했다. 명중시키기 위해서라기보다는 모모의 움직임을 제한시키기 위한 견제다.

단검 자루에서 발생한 도력의 실은 메노우의 손과 이어져 있다. 단검을 거두어들이기 전에, 모모는 그렇게 생각하며 앞으로 나섰다.

도사 '아지랑이'에게 직접 가르침을 받은 메노우는 마도의 구축으로부터 발동될 때까지 속도가 무시무시하게 빠르다. 문장 마도라면 한 호흡만으로, 교전 마도라 해도 3초 이내에 마도를 구축하여 발동시킬 수 있다. 모모와는 천지차이다.

모모는 전투를 벌일 때 교전 마도를 거의 쓰지 않는다. 쓸 필요가 없다고 생각한다. 도사 직할 수도원에서 도력 강화로 끌어올린 신체 능력을 쓰는 게 훨씬 간단하다.

모모의 교전 마도 숙련도는 어지간한 신관과 비슷하거나 그 이하다. 도사 '아지랑이'와도 비슷한 수준인 메노우와 교전 마도로 맞붙는 것은 어리석은 짓에 불과하다.

자신이 유리한 근접전을 벌이기 위해 내디딘 다리에 체중을 실은 것과 동시였다.

『도력 : 접속(경유 · 도사)──, 단검 · 문장──, 원격 발동【질풍】.』

뒤에서 돌풍이 불어왔다.

"으흡?!"

헛발질을 하려다 겨우 버텼다. 자세가 무너져 생긴 빈틈을 메노우가 놓칠 리는 없었고, 그녀의 무릎이 가슴 쪽으로 날아들었다.

아슬아슬하게 두 팔로 막아낼 수 있었다.

상반신으로 충격이 퍼져나갔다. 모모의 양쪽 다리가 공중에 떴고, 내장이 둥실 떠오르는 부유감에 사로잡혔다.

"위, 험하네에……."

한순간 뒤에 착지. 대미지를 입지는 않았지만, 처음부터 기선제압을 당했다. 주눅이 들면 눈 깜짝할 새에 패배한다. 모모는 흐름을 자기 쪽으로 끌어오기 위해 억지로 웃었다.

"역시 선배. 모모가 놀아나고 있네요오. 반해버릴 것 같은 실력이긴 한데……, 짜증을 내고 계시네요. 무슨 일 있으셨나요오?"

"이런저런 일이 있었어. 바랄 사막에서는 후배가 돈을 가지고 도망쳤고, 여기에 오는 도중에는 하인 행세를 해야만 했고, 이 도시에서는 실수만 연달아 저질러서 스트레스가 쌓이기만 했거든. 그러니까, 모모."

메노우가 방긋 웃었다. 매력적인 미소로 인해 전투 중인데도 불구하고 무심코 넋이 나갈 것만 같았다.

"아카리와 네 문제는 바로 해결하고 싶어. 얼른 투항하고 전부 털어놓도록 해."

"에헤헤~, 제게도 이런저런 사정이 좀 있어서요~. 지금 당장 선배의 품속에 뛰어들어서 머리를 쓰다듬어달라고 할 수는 없거든요오……."

볼을 벅벅 긁고는 빈틈을 만들지 않게끔 눈을 피했다.

"그건 그렇고, 어떻게 이렇게 빠르게 쫓아오신 건가요오? 돈이 없으면 쫓아오기 힘든 경로로 왔을 텐데요~."

"돈을 빌렸어. 아슈나 전하에게."

"어어……."

항상 돈이 부족해서 고민하는 선배가 기어코 빚까지 져버리게 되었다. 모모의 가슴에 선배를 안타까워하는 연민의 감정이 솟구쳤다.

"선배, 괜찮으신가요오? 빛을 지시다니⋯⋯, 여차할 때는 모모에게 의논해주세요~. 선배에게 바치는 것 정도는 아무것도 아니니까요~! 오히려 모모는 바치고 싶어 하는 파예요오!"

"모모? 너 때문이거든? 네가 멋대로 내 자금을 가지고 가지만 않았어도 쓸데없는 수고를 들이진 않았을 거야."

"그건 그거, 이건 이거예요오. 그 꽁쭈님이 돈을 빌려주면서 이상한 요구를 하지 않던가요~?"

"⋯⋯."

대답하진 않았다. 그 대신 드러난 것은 벌레를 씹은 듯한 표정이었다.

짐작하기에 충분하고도 남을 반응이었다. 사랑하는 선배가 더럽혀졌다는 사실을 깨달은 모모의 얼굴에서 표정이 사라졌다.

"잠깐 꽁쭈님을 좀 쳐 죽이고 올게요. 어차피 이 도시의 고급 여관에 있겠죠? 그 녀석."

"기다려."

"말리지 말아주세요~!"

벌을 주면서 지금 메노우의 돈줄인 아슈나를 쳐 죽이면 발목을 잡아둘 수도 있다. 폭력이다. 압도적인 폭력이야말로 모든 것을 평화롭게 이끄는 수단이라고 생각하며 주먹을 쥐었다.

"채권자라는 입장을 이용해서 선배에게 이것저것 요구해댄 부러운 꽁쭈님에게 천벌을! 채권자가 죽으면 빚도 사라지겠죠! 선배도 이득이잖아요~!"

"기다리라니까! 딱히 대단한 요구는 아니었어. 집사복을 입혀서 남장시켰을 뿐이야."

"집사복으로 남장이라고요오?!"

달래려고 밝힌 사실이 역효과를 불러왔다. 모모는 오히려 더욱 뜨겁게 불타올랐다.

"이, 이럴 수가아……! 그렇게 희귀한 옷차림을 어째서 꽁쭈님에게만 보여주시고 모모에게는 보여주지 않으신 건가요오?!"

"그러니까, 돈 문제 때문이라고 했잖아!"

"돈 문제라면 선배에게 얼마나 바쳐야 임무 말고 다른 코스튬체인지 요청을 받아주실 건데요오! 선배는 돈을 위해서라면 그런 거나 저런 것도 해버리시는 건가요~?! 알겠습니다, 지금 당장 전 재산을 인출해 올게요오!"

"이상한 착각하지 마──, 아니, 놓치지 않을 거야. 어째서 도망칠 수 있을 거라 생각한 건데."

"체엣~."

얼렁뚱땅 도망치려 했던 모모의 발치에 단검이 푸욱, 꽂혔다. 까불어대면서 이곳을 벗어날 수 있을지도 모르겠다고 생각했는데, 안 될 것 같아서 멈춰섰다.

여기서 붙잡힐 수는 없다. 결국에는 싸울 수밖에 없는 것이다.

프릴 옷자락에서 실톱을 꺼낸 모모는 와이어 형태의 유연함을 살려 하얀 장갑 너머로 주먹에 실톱을 감았다.

대상에게 박아넣기 위한 실톱의 날은 어디까지나 '썰기' 위한 것이다. 도력 강화를 한 모모의 주먹에 상처를 입힐 만큼 날카롭진 않다. 너클과 손등에 틈새가 생기지 않게끔 이중으로 감고, 남은 부분은 걸리적거리지 않게끔 팔에 살짝 감았다.

그리고 도력을 흘려 넣었다.

『도력 : 접속——, 실톱 · 문장——, 발동【고정】.』

실톱에 새겨진 문장이 모모의 도력에 호응하여 효력을 발휘했다. 주먹에 감아서 쥔 실톱은【고정】의 마도로 인해 강도가 보강되어 간이적인 토시가 되었다.

약간이라도 거리를 벌리면 메노우가 곧바로 마도를 때려 넣을 것이다. 중거리전이라는 선택지를 버리는 이상, 실톱은 이것 말고 달리 쓸 방법이 없다. 함부로 거리를 벌리면 교전 마도를 얻어맞고 끝장나게 된다.

주먹으로 싸우기를 선택한 모모에게 메노우가 단검을 들이댔다.

사정거리는 메노우가 더 길다. 단검을 내밀면 팔을 뻗더라도 모모의 주먹은 닿지 않는다.

간격을 좁히지만 않으면 공격이 닿지 않는 단검. 날카로운 견제를 당하면서도 모모는 두려워하지 않고 파고들었다. 칼날을 피해 주먹을 때려 넣을 수 있는 간격 안으로 들어가기 직전.

『도력 : 접속——, 단검 · 문장——, 발동【질풍】.』

두 번째 문장 마도. 이번에는 강풍이 정면에서 불어닥쳤다.

숨을 쉬기가 힘들다. 풍압으로 인해 눈이 건조해졌다. 괴롭히는 듯한 악조건이 날아들었다. 그렇게 조금이라도 영향이 있는 효과를 여러 겹으로 겹치는 것이 메노우의 방식이다.

메노우의 단검에 새겨진 문장은 【질풍】과 【도사】. 양쪽 모두 효과가 치명적인 것과는 거리가 멀다. 발동시킨 메노우의 도력량이 평범하기 때문에 단발로 승부를 끝낼 만한 위력은 없다.

메노우의 전투는 기술의 위력을 중시하지 않는다.

사람을 죽일 수 있는 찌르기 하나만 있으면 처형인으로서는 충분하다. 메노우에게 마도는 숨통을 끊는 찌르기를 위한 보조에 불과하다. 다채로운 전술과 눈을 속이는 기능을 지닌 도력미채가 합쳐짐으로써 메노우의 전투 기술이 완성되었다.

변칙적인 수단을 경계하며 모모는 메노우와 정반대로 승부를 끝내기 위한 일격을 노렸다. 어느 정도 공격당하더라도 역전의 일격만 때려 넣으면 된다.

끈기 있게 버티며 메노우의 공격을 계속 쳐냈다. 대미지를 입는 걸 각오하고 메노우의 일격을 맞으며 팔을 잡아채려 했을 때였다.

메노우의 팔을 잡으려 한 모모의 손이 아무런 감촉도 없이 빠져나갔다.

"네에?!"

맥이 빠지는 목소리를 낸 것과 목덜미에 충격이 퍼진 것은 동시였다.

예상하지 못한 방향에서 날아든 공격이다. 눈가에 별이 튀었다. 시야가 새하얘지고 온몸에서 힘이 빠졌다. 무릎이 풀렸다. 쓰러지기 직전에 땅바닥을 손으로 짚을 수 있었던 것은 절반 이상이 단순한 행운이었다. 감각에 의존해서 완력만으로 억지스럽게 뛰어올라 거리를 벌렸다.

"아……야앗!"

"……방금 그 공격에 기절해주지 않으면 곤란한데."

돌아온 시야 너머에는 말 그대로 곤란한 듯한 표정을 짓고 있는 메노우가 있었다.

모모는 욱신욱신, 통증을 호소하기 시작한 뒤통수 때문에 울상을 지으며 필사적으로 의식을 유지했다.

단검 자루로 뒤통수를 맞았다는 건 알고 있다. 문제는 그 수단이다.

"선, 배! 어느새 움직이시면서 그렇게까지 도력 미채를 쓰실 수 있게 되신 건가요~!"

"조금씩 연습했어. 계속 나아가지 않으면 실력이 좋은 후배에게 따라잡혀 버릴 테니까."

방금 그녀는 원래 팔을 도력 미채로 숨기고, 눈속임을 위한 공격을 도력광으로 형성했다. 두 달 전까지는 정지한 상태로 주위 풍경에 녹아드는 정도에 불과했던 능력이 엄청나게 발전했다.

의식하지 못했던 메노우의 일격을 견뎌낼 수 있었던 것은 도력 강화의 출력 덕분이었다. 살의가 담기지 않은 일격이기도 했기에 겨우 의식을 유지할 수 있었다.

문장 마도의 발동에만 신경 썼던 게 문제였다. 메노우는 의식을 유도하는 솜씨가 뛰어나다. 시선을 이용한 유도. 단검을 투척해서 의식을 돌리고는 도력 미채로 은폐한다. 모든 수단을 구사하면 정면으로 전투를 벌이고 있는 상대의 허를 찌르는 것조차 가능하다.

충분히 알고 있었는데도 실제로 싸워보니 한층 더 강했다. 메노우의 힘을 실감했지만, 지금 승부를 내려 하면 매우 곤란하다. 그냥 져버리게 될 것 같아 시간을 벌기 위해 이야기를 꺼냈다.

"선배~."

"왜? 항복하게? 좋아."

"있었어요~, 기억."

아직까지도 자상한 메노우가 절대로 무시할 수 없는 정보를 던졌다.

예상대로 메노우는 달라붙었다.

"기억?"

"토키토 아카리 말이에요. 그 녀석은 선배가 예상했던 대로 시간 회귀를 했어요. 그런데다 기억을 유지하고 있었던 걸 숨기고 있었고요."

흔들렸다.

경애하는 메노우가 아카리 이야기를 듣고 동요하는 건 매우 짜증 나지만, 승산을 찾아내기 위해서는 수단을 가릴 때가 아니다.

"그 녀석은 앞으로 여행이 어떻게 되는지 기억을 가지고 있었어요."

"……그래."

메노우가 조용히 숨을 내쉬었다.

그렇게까지 동요하는 기색이 느껴지지 않았다. 전혀 예상하지 못하고 있던 건 아닌 모양이다. 실제로 아카리가 대규모 시간 회귀를 하고 있을지도 모른다는 예측은 모모와 메노우도 공유하고 있었다.

그때는 아마 아카리의 기억도 통째로 회귀되어 약간의 기시감만 남아있는 정도일 거라는 결론을 내렸다. 그것을 부정하는 형태다.

"앞으로 일어날 미래를 억지로 바꾸기 위해서 행동하기 시작한 거구나."

"네."

"그렇구나. 내게도 문제가 있었다는 건 인정할게. 하지만 먼저 나와 의논했어야지. 자유로운 재량권이 허락될 정도로 보좌관이라는 입장이 가볍지는 않으니까."

"말할 수 없는 것도 있으니까요~."

메노우와 의논 같은 걸 해버리면 전부 망치게 된다. 앞으로 일어날 일에 대해 메노우가 알아채지 못하는 것이 중요하다.

메노우가 죽어버린다.

그런 메노우를 구하기 위해 아카리는 기억을 깎아가며 시간을 되풀이하고 있다.

아카리가 헌신하고 있다는 사실을 알리고 싶지 않았다. 모모의 감정적인 생각이 아니라 그 정보가 메노우의 심리에 어떤 변화를 일으킬지 우려하고 있었다.

알아버린다면 메노우가 아카리를 구하게 되는 결정적인 이유가 될지도 모른다.

모모가 미래에 대해 알았다는 말을 듣고 메노우가 날카롭게 물었다.

"모모. 무슨 일이 일어나는 거야?"

"비밀이에요오."

"그래. 뭐, 그렇게 말할 줄 알았어."

모모는 농담을 하는 듯이 말하며 자세를 다잡았다. 어느 정도의 정보와 맞바꾸어 의식을 겨우 정상으로 되돌렸다.

"모모. 슬슬 항복하지 않을래? 멋대로 행동한 벌은 받아야겠지만, 아카리에게서 유용한 정보를 알아냈다면 정상참작의 여지는 있어."

그런 걸로 해줄 수도 있다는 뜻일 것이다. 모모는 처형인으로 분류되는 신관이지만, 보좌관에 불과하다. 상관의 입장인 메노우의 요청을 무시한 행동은 배신자로서 엄벌에 처해야 하는 소행이다.

"아직 더 싸우겠다면, 꽤 많이 아플 텐데?"

"선배가 주는 벌이라면 물론 기꺼이 받을게요오……, 하지만! 조금만 더 기다려주세요~!"

모모는 이야기를 하면서 도망칠 길을 살폈다.

자신과 메노우와의 차이를 너무 낙관적으로 생각했다. 정면 전투라면 이길 수 있을지도 모르겠다고 생각했지만, 불가능하다. 어떻게든 도망치기라도 해야 한다.

아직 아무것도 해결되지 않았다.

메노우의 목숨이 걸려 있는 이상, 모모는 물러설 수 없다. 아카리와 만나게 할 수도 없다. 모모는 자신의 입장을 버리게 되더라도 그런 자세를 무너뜨릴 생각이 없다.

메노우가 아카리를 포기하게 만드는 상황으로 몰아간다.

그것이 모모의 목표다.

도망칠 수 있을까. 자신에게 묻자 씁쓸한 감정이 솟구쳤다.

꽤 힘들 것이다. 모모가 혼자서 도망치면 끝날 문제가 아니다. 그런 다음 아카리를 회수해서 열차에 타고 메노우의 추적을 뿌리친다. 모든 것이 잘 풀릴 거라 생각하는 건 너무 형편 좋은 생각이다. 망상이라고 해도 과언이 아니겠네. 그렇게 생각하자 쓴웃음이 새어나왔다.

그래도 해내야만 한다.

모모가 물러설 생각이 없다는 걸 알아챘는지, 메노우의 전의가 날카로워졌다. 초점이 맞춰진 살기가 모모의 피부를 따끔따끔 찔러댔다.

전투가 다시 시작되려 한순간이었다.

"거기까지다."

씩씩한 목소리와 함께 날아든 대검이 두 사람 사이에 꽂혔다.

모모가 내던진 아카리는 운이 좋게도 사망하지 않았다.

본격적으로 낙하하기 전에 벽에 달려 있던 통풍구에 옷이 걸려서 속도가 크게 줄었기 때문이다. 그 통풍구가 부서져서 괜찮으려나, 그렇게 미안한 마음이 들긴 했지만 큰 소동이 일어나지도 않고 빠져나왔다.

메노우의 시야에서 벗어난 아카리는 일단 모모가 말한 대로 도망쳐야 한다는 생각에 빠르게 이동하기 시작했다.

"모모······, 바보 아닌가······?"

성격과 마찬가지로 소극적이라는 단어와는 거리가 먼 그녀의 가슴에 자신을 도망치게 해준 모모에게 고마워하는 마음이 넘쳐나지는 않았다. 아니, 내던진 사람에게 고마워한다는 건 힘든 일이다. 모모가 정말 억지스럽고 터무니없다고 불평하며 아카리는 계속 나아갔다.

그렇게 십몇 분을 걸어가서 도착한 곳에서 아카리는 하늘을 올려다보았다.

"여기는, 어디지······?"

미아가 되었다.

지금 아카리가 있는 곳은 거리의 변두리, 그리고 뒷골목이었다. 이런 곳으로 왔다는 사실을 모모가 알게 되면 마구 악담을 해댈 상황이긴 하지만, 아카리만 책망하는 건 너무 가혹하다. 처음 와보는 도시다. 게다가 아카리는 메노우가 쫓아오고 있을지도 모른다고 생각했기에 다른 사람들 눈에 잘 띄는 큰길을 피해 이동하고 있었다.

인간 투척이라는 놀라운 기술 때문에 처음부터 방향 인식을 완전히 하지 못하게 되었기에 아카리는 어디에 내놓아도 부끄럽지 않을 정도로 훌륭한 미아가 되었다.

"어떻게 할까······."

해가 저물기 시작한 하늘을 바라보던 아카리는 팔짱을 끼고 생각했다.

만에 하나, 긴급 사태가 생겼을 때 합류할 곳은 정해두었다. 이 도시에서 열차로 한 정거장 떨어진 역이다.

그러기 위해서는 역으로 가야 하는데, 길을 모르겠다. 곤란해하며 얼빠진 표정으로 고민하고 있을 때였다.

"오, 무슨 일이야, 누나. 뭔가 곤란한 일이라도 있어?"

아카리 앞뒤를 불량스러워 보이는 소년들이 가로막았다.

인원수는 세 명. 단순한 양아치라고밖에 표현할 방법이 없는 소년들이다. 이 근처 불량소년들이 어슬렁거리는 곳에 자기도 모르게 들어와 버린 모양이었다.

"……누구야?"

"하하, 자기소개를 할 만한 사람은 아니고."

"그냥 오늘 하룻밤 같이 있어 주면 이름 정도는 알려주지."

천박한 웃음소리를 내며 소년들이 다가왔다.

아카리는 척 보기에도 시비가 걸리기 쉽다. 전혀 강할 것처럼 보이지도 않고, 옷이 우아한 느낌이라 청초하고 가련한 아가씨처럼 보인다는 점에서 더욱 그렇다. 이렇게 인기척이 별로 없는 뒷골목에 오게 되면 이상한 녀석들을 빨아들이는 청소기나 마찬가지다.

나이 차이가 얼마 나지 않지만 양아치 같은 그들이 다가가면 평범한 소녀일 경우 겁을 먹기에 충분하다. 소년들은 거절하기 힘든 분위기를 만들며 억지로 밀어붙이면 할 수 있을 거라 생각하고는 다가섰다.

하지만 아카리는 전혀 겁을 먹지 않았다.

최근 며칠 동안 모모에게 끌려다닌 탓에 실전에 익숙해졌다. 이런 양아치 같은 녀석들은 며칠 동안 모모와 함께 쓸어버리고 다녔던 녀석들과 비교하면 한참 못 미친다.

말로 달래는 것도 귀찮다. 【정지】 마도로 재빨리 멈춰서 한나절 정도는 동상처럼 만들어야겠다. 그렇게 분명히 모모에게 영향을 받은 폭력적인 생각을 하며 손가락 총을 겨누었을 때였다.

"그 애는 내가 아는 사람이라서 말이지. 손을 대지 말았으면 하는데."

"어엉? 누구냐—— 아악?!"

옆쪽에서 나타난 사람이 양아치 중 한 명을 힘차게 때려서 날려버렸다.

난입자의 일격에 깜짝 놀란 소년들이 곧바로 욕설을 내뱉으려 했지만, 나타난 인물을 보고 공포에 질려 혀가 얼어붙었다.

끼어든 사람은 붉은색을 띤 금발을 나부끼고 있고 키가 큰 여자였다.

같은 여자였지만 아카리와는 분위기의 차원이 달랐다. 노출이 많은 복장인데도 욕정보다는 먼저 감탄이 나오는 육체미. 검을 차고 있는 것으로 보아 기사 계급인 사람인 걸 알 수 있었지만, 그녀가 살벌한 대검만 보아도 적으로 삼으면 안 되는 타입이라는 것을 이해할 수 있었다. 소년들은 아무런 말도 남기지 않고 도주했다.

"아, 오랜만이군."

구해준 사람은 아카리도 예전에 본 적이 있는 사람이었다.

한 번 만난 적이 있는 상대다. 그때는 둘 다 수영복 차림이었기에 인상에 남아 있다.

"저기, 그러니까……."

"아슈나 그리잘리카다. 자네는 토키토 아카리지?"

재빨리 이름을 말하지 못한 아카리를 보고도 불쾌한 기색 없이 자기소개를 한 다음, 물었다.

"이런 곳에는 무슨 일이지? 이 도시가 휴양지라 해도 여자애 혼자서 뒷골목을 어슬렁거리다니, 경솔하군."

"저기……, 길을 잃어서요."

에헤헤, 그렇게 말하며 볼을 긁은 아카리는 모처럼 만났으니 부탁할 생각에 아슈나를 올려다보았다.

"혹시 괜찮으시다면 역까지 안내해주실 수——."

길안내를 부탁하려던 순간, 꼬르르륵, 아카리의 배 속에서 소리가 크게 울렸다.

아카리가 반사적으로 자신의 배를 눌렀다. 수치심으로 인해 얼굴이 붉어진 그녀를 보고 아슈나는 사람이 좋은 미소를 지었다.

"물론 길 안내도 해주겠다만……, 그러기 전에 같이 식사를 하러 가겠나?"

볼을 빨갛게 물들인 채, 아카리는 말없이 고개를 끄덕였다.

"잘 먹었습니다!"

두 손을 짝, 마주친 아카리는 다 먹어치운 요리의 식재료와 조리를 해준 요리사, 무엇보다 밥을 사준 사람, 눈앞에 있는 그녀에게 감사의 인사를 했다.

맞은 편에 있는 아슈나는 대범하게 대답했다.

"잘 먹는군."

두 사람이 있는 곳은 거리 큰길에 있는 경식당이었다. 배가 고픈 아카리를 데리고 적당히 가게를 골라 들어왔다.

"감사합니다. 모모에게 쫓겨 다니다가 점심을 못 먹었거든요."

"신경 쓰지 말거라. 이 정도는 별 것 아니니까. 그건 그렇고, 자네가 하던 이야기를 계속해다오."

"네, 모모는 참 너무하다니까요!"

아슈나가 이야기를 재촉하자 아카리는 기세 좋게 떠들어댔다.

아슈나는 아카리가 '길 잃은 사람'이라는 사실을 알고 있었던 모양이다. 제1신분의 사정도 대충 이해하고 있었기에 모모와 함께 지내던 때 있었던 일을 이야기해달라고 했다.

마음에 여유가 생긴 아카리는 이 도시에서 하던 일에 대해 이야기했다. 악당 퇴치를 하다가 모모와의 술래잡기가 시작된 부분을 듣고 아슈나가 시니컬한 미소를 지었다.

"흐음. 예상하고 있긴 했다만, 메노우도 한심하군. 모모는 그 이상으로 여전히 단순한 바보다만……, 이세계로 돌아갈 방법이라."

"모모는 그렇다 쳐도, 메노우는 한심하지 않아요. ……아니, 아슈나 씨, 혹시 뭔가 아시나요?"

아슈나 그리잘리카. 그녀의 성을 통해 자신을 불러낸 그리잘
리카 왕국의 관계자라는 건 알 수 있었다.

이야기하던 도중에 아슈나가 소환과는 상관이 없다는 사실을
들었지만, 뭔가 알고 있을지도 모르겠다며 기대하는 눈초리로
바라보았다.

"그건 나중에."

"나중에?"

"그래. 지금 이야기할 게 아니다."

둘러댄 아슈나는 입가에 미소를 드리웠다. 화려한 인상과는
달리 싸늘한 온도를 지닌 미소다.

"그런데 말이다, 토키토 아카리."

"응?"

"어째서 이 세계에 너희 같은 '길 잃은 사람'이 오게 된 건지.
그 이유를 아는 사람은 세계에 한 명도 없다. 고대 문명기로부
터 한 세대 전 이야기다. 알아낼 방법은 없지. 고대 문명이 번창
하기 전에는 이세계인이 없지 않았을까, 라는 연구도 있긴 하다
만……, 안타깝게도 4대 인재의 상처 자국이 너무 깊게 난 탓에
역사를 거슬러 올라가는 것조차 힘들다."

아카리는 갑자기 아슈나가 풀 네임으로 자기를 부른 다음 말
하기 시작한 내용을 듣고 당황했다.

"그런, 가요?"

"그래. 애초에 이세계인이 이 세계에 오는 것에 이유 같은 건
없을지도 모른다. 그럼에도 불구하고 이 세계는 너희에게 한없

이 엄하게 이루어져 있지. 그래서 몇 번이나 반복되는 것이다. 너만의 문제가 아니다. 정답인가 오답인가라는 문제도 아니지."

신기하게도 설득력이 있는 말을 한 아슈나가 아카리의 가슴에 손가락을 들이댔다.

"그렇기 때문에 제1신분이 처형인을 계속 만들어내고 있다는 사실을 깨닫거라."

무슨 이야기일까. 일방적으로 들은 이야기에 아카리는 고개를 갸웃거렸다.

아슈나는 자신이 한 이야기를 상대방이 아직 이해하지 못한다는 사실을 잘 알고 있었고, 씨익 웃으며 일어섰다.

"자, 이제 소화도 좀 됐겠지. 자네가 원하는 대로 역으로 가볼까."

여기 있는 그녀에게는 지금부터가 진짜 시작인 것이다.

바람을 가르고 날아온 대검이 모모와 메노우의 움직임을 멈췄다.

두 사람이 벌이고 있던 전투에 끼어든 사람은 아슈나였다.

항상 무장하고 다니는 대검을 메노우와 모모 사이에 던져 두 사람을 막은 그녀는 살벌한 분위기를 풍기고 있었다.

"잘도 나를 두고 갔겠다, 네놈들."

어지간히 화가 났는지 관자놀이에 핏줄이 뿌득뿌득 드러나 있었다. 아슈나가 뿜어내고 있는 분노가 공기를 통해 피부에 따끔따끔 전해질 정도였다.

제2신분인 왕족으로 태어나 신분에 걸맞게 대범한 행동을 보이는 그녀답지 않은 태도였다. 무엇이 그렇게까지 그녀를 격노하게 만든 걸까. 짐작 가는 게 없는 메노우와 모모는 당황했다.

"특히 메노우다. 내가 방심한 틈을 노린 건 대단하군. 얌전히 하인 행세를 하면서도 허를 찌르려 노리고 있었던 건가? 경계하지 않고 약을 먹게 된 것이 과연 몇 년 만인지……!"

"네?"

"그것도 남의 짐을 가지고 가다니……, 돈이 없다는 이야기는 들었다만, 자네가 절도 같은 저속한 행위를 저지를 줄은 몰랐다. 자네의 성격이 고결할 것이라는 내 예측은 아무래도 빗나간 모양이군. 변명할 말이 있다면 듣겠다만, 할 건가?"

메노우는 당황하며 멈춰 서 있었다. 모모가 '꽁쭈님에게 독을 먹여서 내버린 데다 돈을 가로채셨나요? 역시 선배는 대단해요!'라고 말하는 듯이 눈을 반짝이며 바라보았지만, 결코 그런 짓은 하지 않았다. 아슈나가 떠들어대고 있는 내용에는 전혀 짐작 가는 게 없었다.

왜냐하면 아슈나는 머무르기로 한 여관까지 메노우와 함께 행동했기 때문이다. 짐을 운반한 것은 분명하지만, 그걸 가지고 도둑이라 부르는 건 이치에 맞지 않다. 실제로 짐은 여관방에 두었다.

"전하. 저기……, 영문을 모르겠습니다. 무슨 말씀을 하시는 거죠?"

"호오."

아슈나의 대답은 짧고, 날카로웠다.

성큼성큼 다가와 땅바닥에 박힌 대검을 뽑았다.

바람을 가르는 소리를 울리며 검을 한 번 휘둘렀다. 바늘처럼 날카로운 눈빛으로 메노우를 바라보며 칼끝을 겨누었다.

"둘러대는 것치고는 재미가 없군. 따분한 변명을 늘어놓을 거라면 검으로 빚을 갚아줘야겠다만?"

애용하는 무기를 겨눈 아슈나의 불쾌함은 진짜배기다. 아슈나의 대검은 열 개의 문장이 내포되어 있는 도기다. 함부로 사람을 겨누어도 되는 물건이 아니다.

더욱 당황스러워졌다. 약을 먹었다느니, 절도를 당했다느니, 그렇게 비난하고 있는데, 메노우는 짐작가는 게 없었다. 마치 메노우가 없는 동안 메노우와 교류한 듯한 말투다. 그와 동시에 메노우가 여관으로 안내해준 아슈나는 아슈나가 아닌 게 된다.

아슈나가 뭔가 착각하고 있는 게 아닐까, 그런 생각에 눈살을 찌푸렸다. 그녀가 한 말은 메노우와 아슈나가 한 명씩 더 있지 않는 한 있을 수 없는 일이다.

그런 게 가능한 사람은———……, 있다.

단 한 명, 그런 걸 해낼 수 있는 사람을 알고 있다.

"……!"

모모와 메노우는 동시에 사태를 이해했다. 둘이서 깜짝 놀라 서로 마주보았다.

"자세한 이야기를 해주세요……!"

싸움을 포기한 메노우는 아슈나에게 자세한 사정을 듣기 위해 다그쳤다.

아슈나를 따라간 아카리는 무사히 역에 도착했다.

이 도시에 들어올 때도 왔던 곳이다. 낯익은 장소에 도착하자 안도의 한숨을 쉬었다.

"먼저 이 도시를 떠나도 되는 건가? 모모와 함께 다녔던 거지?"

"만약에 무슨 일이 생기면 일단 이 도시를 떠나서 다음 역에서 합류하기로 했어요."

따로 떨어졌을 때 집합 장소가 숙박하던 여관이 아니라 다음 역인 것은 악당을 박살 내고 다녔기 때문이다.

원한을 사서 습격을 당하는 등의 이유로 인해 이 도시에 머무르지 못하게 될 사태가 발생해서 모모와 따로 떨어질 경우를 예상하고 우선 제일 먼저 도시에서 탈출하는 것을 우선시하며 합류할 수 있는 곳을 정한 것이다.

"그런가. 그럼 나와 같은 열차를 타게 되겠군."

"그렇군요."

신기한 우연이다, 아카리는 의심하지도 않고 맞장구를 쳤다.

중간에 익숙하지 않은 아카리를 보다 못했는지 아슈나가 열차표도 사주었다. 그녀의 안내에 따라 역 광장으로 들어가 통로를 따라 걸어갔다.

"그런데 이렇게 나란히 걸으니 신기한 기분이 드는군."

"그런가요?"

아카리와 아슈나는 처음 만난 사이가 아니다. 이야기를 거의 나누지는 않았지만, 대륙 서부에 오기 전에 오아시스에서 마주쳤었다. 아슈나는 존재감이 있는 사람이다. 잊어버리는 게 더 힘들다.

그와 동시에 생각했다.

몇 번이나 반복한 여로 중에 아슈나와 만난 건 이번이 처음이 구나.

"그러고 보니 아슈나 씨는 공주님이시죠? 어째서 여행을 하고 계신가요?"

"응? 아, 그렇군. 이번이 처음이었지."

무슨 뜻일까. 뭐가 처음이라는 걸까. 아슈나의 드세보이는 미 모를 바라보며 방금 들은 말의 의미를 생각했다.

"그리잘리카 왕국에 있는 장녀가 이번이 마지막이라고 판단한 거겠지. 그 결과, 나, 아슈나 그리잘리카가 나라 밖으로 나와 있 는 것이다."

"네에."

아카리는 같이 식사를 했을 때도 그랬지만, 이야기를 독특하 게 하는 사람이라고 생각했다. 자기 중심적이라고 해야 하나, 아카리가 이야기의 의미를 이해하게 만들 생각이 없는 듯한 말 투다. 애매한 대답만 하면서 역 안쪽으로 들어갔다.

"봐, 이 열차다."

플랫폼 가장 안쪽에는 멋진 열차가 있었다.

아카리는 눈을 동그랗게 떴다. 다섯 량이라 짧긴 하지만 신성 한 느낌이 드는 차체였다. 아카리도 그것이 특별한 차량이라는 사실을 이해할 수 있었다.

"이건 전용 열차라서 말이다. 모든 운행보다 우선시해서 달릴 수 있지."

"와아~!"

그런 열차를 마련할 수 있다니, 역시 공주님이다. 환호성을 지르며 열차에 발을 내디디자 푹신푹신한 붉은 융단이 깔려 있었다. 가라앉는 감촉에 조심조심 차량 안으로 들어갔고, 차량 하나가 통째로 하나의 방이라는 사치스러움에 눈을 동그랗게 떴다.

"자, 여기가──, 어엉?"

차량에는 먼저 와 있던 손님이 두 명 있었다. 아슈나에게도 불청객이었는지 그녀의 얼굴이 혐오로 일그러졌다.

"네놈들을 초대한 기억은 없다만……."

불만스러운 듯한 목소리가 울렸다. 그들이 여기 있는 건 아슈나의 의도와는 상관이 없는 모양이었다.

한 명은 모르는 남자였다. 50대 정도, 잘 차려입은 사람이었고, 신사복에 중산모를 쓰고 있었다. 상류 계급인 신사의 모범 같은 그의 모습은 기품이 있는 차량과 잘 어울렸다.

남자를 본 적은 없었다. 하지만 맞은편에 앉아 있던 어린 소녀는 잊으려 해도 잊을 수가 없었다.

'만마전'.

리벨에서 만났던 악마보다 무시무시한 소녀가 소파에 앉아 아카리를 맞이해 주었다.

어째서 여기에 '만마전'이 있는 걸까. 의문을 품기도 전에 눈앞에 있던 사람에게 집게손가락을 겨누었다.

거의 반사적이었다. 그 정도로 천진난만한 괴물에 대한 공포가 달라붙어 있다. 아슈나가 놀라워하는 목소리를 흘려들으며 아카리의 손가락 끝에 도력광이 깃들었다.

『도력 : 접속──, 부정 정착 · 순수 개념【시간】──.』

발동시키려 한 마도는【정지】,【회귀】다음으로 익숙해졌다고 할 정도로 많이 사용해온 마도다.

1초 미만으로 구축, 이제 발동시키기만 하면 되는 타이밍이었다.

"그만둬라."

"──아으윽."

손가락이, 부러졌다.

아슈나가 한 짓이었다. 아카리가 손가락으로 총 모양을 만들자 전혀 망설임없이 팔을 뻗어 손가락을 잡고, 전혀 주저하지 않고 부러뜨린 것이다.

발동 직전이었던 마도 구축도 무너져서 흩어졌다. 순수 개념이 혼에 정착됨으로써 무의식적으로 마도 행사를 할 수 있는 반면, 의식적으로 마도 구축을 유지할 수가 없기 때문이다.

"무슨, 짓을……!"

"보통은 말이다."

어째서 그녀가 나를 공격한 걸까. 작열과도 같은 고통이 가시자 또렷한 아픔 때문에 식은땀이 흘렀다.

아무렇지도 않게 아카리의 손가락을 부러뜨린 아슈나는 통증으로 인해 부러진 손가락을 감싸 안고 있던 그녀에게 감정이 담기지 않은 눈초리로 말했다.

"훈련을 받지 않고 무의식적으로 마도를 다룰 수 있는 이세계인 중 대부분은 발동이나 구축을 할 때 안 좋은 버릇이 있지. 네놈 같은 경우에는 집게손가락으로 마도 대상을 가리키는 버릇이다. 훈련이라는 명분을 내세울 거였다면 그 정도는 고치게 해 달라고 모모에게 말해줘라."

지적받은 대로 아카리는 손가락 총을 겨누고 마도를 날리는 버릇이 있다. 조준하려면 마도 발동과 동작을 일치시키는 게 편하기 때문이다.

그것이 빈틈으로 작용했다.

"그러니 네놈의 공격은 전혀 두렵지 않다. 언제 어디서 올지 알고 있는 마도 따위는 막기 편하니까. 남아있는 유일한 문제는 네놈이 죽지 않는다는 것뿐이다."

고통으로 인해 몸을 떨면서도 부러진 손가락을 【회귀】시켜서 원래 상태로 고쳤다. 자신의 공격을 막은 아슈나에게 터무니없는 착각을 하고 있다고 말하기 위해 소리쳤다.

"그런 게, 아니라. 어째서 막은 거야. 저 애는, 평범한 어린애가 아니거든?!"

"알고 있다."

곧바로 고개를 끄덕인 아슈나의 윤곽이 일그러졌다.

무슨 일이 일어난 건지, 곧바로 이해하지 못했다.

하지만 눈앞에서 일어난 현상은 아카리도 본 적이 있었다.

"어──."

이해하자, 아카리의 얼굴이 새파랗게 질렸다.

바로 그때, 아카리는 그리잘리카 왕국의 고도 가름에서 전투를 벌이던 대주교 오웰을 덮친 공포를 그대로 맛보았다.

그 대성당 지하에서 벌어진 전투. 최후의 순간에 도력 미채로 모습을 바꾼 메노우를 본 오웰의 경악과 절망을.

"너 따위가 지적할 필요도 없다. '만마전'의 위험성 정도는 잘 알고 있지."

상대방은 곧바로 대답했다. 방금 보여준 반응 같은 건 이미 익숙해졌다는 듯이 손가락 끝으로 아카리의 턱을 잡고는 들어올렸다.

동작이나 말투는 이미 아슈나와 똑같지 않았다.

이제 모습을 속일 필요도 없다는 뜻인지 아슈나 그리잘리카의 모습이 녹아내렸다.

도전적인 복장은 격식 있는 감색 신관복으로. 긴 금발은 검붉은 단발로. 젊고 기운이 넘치며 자신감 있던 외모는 세월의 흐름에 따라 달관하여 세계를 비웃고 있는 얼굴로 변했다.

도력 미채.

사람의 시각을 속이며 어떤 의미로는 궁극의 도력 조작. 직접적인 살상 능력은 없다. 화려하지도 않다. 오히려 눈에 띄지 않는 것을 극도로 추구한 끝에 있는 기술이다.

'아지랑이의 후계자'라고도 불리는 메노우의 비장의 수지만, 그녀 이상으로 도력 미채를 쓸 수 있는 사람이 단 한 명 있다.

확고한 정신으로 자신의 도력을 다루어 외모를 계속 속여온

Illustrations copyright © nilitsu

여자의 모습을 아카리는 깜짝 놀라며 바라볼 수밖에 없었다.

"예상치 못한 손님이 있긴 하다만, 뭐, 상관없다."

두 사람을 힐끔 보고는 아카리에게 시선을 돌린 다음, 입을 크게 벌리고 불길하게 웃었다.

"이야기를 좀 할까, 토키토 아카리."

역사상 가장 많은 금기를 사냥한 자이자 살아있는 전설이 된 처형인.

도사 '아지랑이'가 아카리 앞에서 정체를 드러냈다.

처형소녀의 살아가는 길

— 붉은 악몽 —

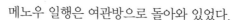

메노우 일행은 여관방으로 돌아와 있었다.

뒷골목에서 마주친 세 사람은 차분하게 이야기를 정리하기 위해 여관으로 돌아가기로 한 것이다.

"다시 말해, 이런 건가?"

상황에 대해 이야기를 들은 아슈나는 분노를 의아함으로 변환시키며 확인했다.

"이 도시의 역에 도착했을 때, 휴게소에서 홍차를 내준 자네는 자네가 아니었다. 그 홍차에 수면제를 탄 괘씸한 녀석은 자네가 아니라고. 적어도 메노우는 그런 행동에 짐작 가는 게 없다는 게지?"

"없습니다. 저도 확인하겠습니다만, 저와 함께 여관에 들어간 전화는 아슈나 전하가 아니었던 거죠?"

"아니다."

메노우는 분명히 아슈나에게 짐을 받아 여관까지 동행했다. 그때의 기억을 아슈나가 부정했다.

"자네는 하인으로 대하기로 했으니 말이다. 일부러 마중을 나갈 리가 없지. 내가 보기에는 자네가 약을 먹이고 잠들게 만든 데다 짐을 통째로 가지고 도망친 도둑이었다."

볼을 괴고 있던 주먹이 아슈나의 표정을 더욱 불쾌한 느낌으로 일그러뜨리고 있었다.

"나는 그 휴게소에서 잠들어 있었다. 그 부자연스러운 졸음은 분명히 수면약일 게다. 타이밍으로 보아 가짜 메노우가 내준 홍차가 원인이라는 것은 틀림없겠지. 약품에는 내성을 길러두었다만……, 꽤 강력한 것을 탄 모양이로구나."

멋지게 속아 넘어갔다는 사실을 알게 된 아슈나는 짜증 난다는 것을 감추지도 않고 말을 내뱉었다.

"우리의 가짜가 있군. 누구지?"

인식의 차이를 메꾼 뒤에 내린 결론을 부정하진 않는다. 메노우도 동감이었다. 메노우와 아슈나, 두 사람 행세를 한 사람이 있다.

"짐작 가는 사람은, 있습니다."

"변장 같은 수준이 아니었다. 소품으로 변장한 것이 아니라 완전히 내 눈을 속였지. 그 가짜의 목적은 뭔가? 자네와 나를 이간질하려는 건가?"

"아뇨……, 그런 게 아닐겁니다."

날카로운 눈빛으로 물어보는 아슈나의 추측을 부정했다.

한순간에 모습을 뒤바꾼 솜씨. 그때 사용한 수법까지 감안해서 생각하면 답은 한 명으로 좁혀진다.

도사 '아지랑이'.

아무런 준비도 하지 않고 다른 두 사람으로 변장해 관계를 끊어놓고 속인다. 그런 재주를 부릴 수 있는 사람은 도력 미채로 외모를 속일 수 있는 그녀뿐이다.

"선배……."

두 사람이 이야기하고 있자니 모모가 돌아왔다. 아카리의 위치를 확인하기 위해 그녀들이 머무르던 여관으로 보냈던 것이다.

그녀는 아슈나를 자연스럽게 무시하고는 메노우에게 보고했다.

"토키토 아카리는 여관에 돌아오지 않았어요."

"……그래."

확정이다.

아카리의 행방을 알 수 없게 되었다. 메노우도, 모모도.

그것이 바로 도사 '아지랑이'의 목적인 게 틀림없다.

아카리는 도사가 데리고 갔다.

"이야기를 들으러 가자."

"가지 말아주세요."

이 타이밍에 데리고 갔으니 도사와 아카리는 틀림없이 역에 있을 것이다. 그렇게 판단하고 역으로 향하려던 메노우를 말린 사람은 모모였다.

"모모?"

"이러면 되는 거예요."

모모가 메노우의 신관복 옷자락을 잡고 애원했다. 이유는 모르겠지만, 메노우에게만 하는 말이 아니라 자기 자신을 타이르는 것 같기도 한 말투였다.

"잘 됐잖아요~. 전부 도사에게 떠넘기면 되는 거예요."

"잘 되긴 뭐가. 아무리 도사라도 너무 지나친 행동이야. 게다가 영문을 알 수도 없어. 항의할 권리 정도는——."

"토키토 아카리가 시간 회귀를 한 이유는, 선배예요."

도사에게 이유를 알아내야 한다고 따지는 메노우에게 모모가 지금까지 숨기고 있던 사실을 폭로했다.

"그 녀석을 위해 제1신분을 배신할 선배를 구하기 위해서……, 제1신분을 배신함으로써 도사에게 선배가 살해당하는 미래를 바꾸기 위해서 세계를 반복하고 있었어요. 그것도 여러 번요."

"……뭐?"

모모가 한 말을 듣고 메노우의 가슴 속에 떠오른 것은 당혹스러움이었다.

아카리가 시간 회귀를 사용해서 반복하고 있다. 그 사실 이상으로 메노우를 당혹스럽게 만든 것은 그 이유였다.

"내가, 배신한다고……?"

"네."

"아카리를 구하기 위해서, 제1신분을 배신한다고?"

"맞아요."

"그래서 내가 도사에게 살해당한다, 아카리가 그렇게 말했어?"

"네."

메노우가 묻자 모모는 전부 고개를 끄덕였다.

처형인인 내가 아카리의 목숨을 구하기 위해 제1신분을 배신하고 도사에게 살해당한다. 그 운명을 회피하기 위해 아카리가 시간 회귀를 반복하고 있었다.

그런 말을 듣고도 실감이 나지 않았다.

이제 와서 아카리에게 우정을 느끼고 있다는 사실을 부정할 생각은 없다. 하지만 처형인으로서 자라난 내가, 이세계인이라는 위험성을 확실하게 인식하고 있는 내가, 그런 것들을 전부 내팽개치면서까지 아카리를 구할까. 아닐 것 같다.

그 동기는 메노우의 행동 원리로서는 이상하다.

"선배는 지금……, 토키토 아카리를 죽이실 수 있나요? 소금 검이 아니라도 좋아요. 그 녀석이 부활한다고 해도, 허벅지에 차고 있는 단검으로 그 녀석을 찌르실 수 있나요?"

"찌를 수 있어."

"말만으로는 뭐든 할 수 있죠."

찌르지 못할 리가 없다. 그렇게 대답한 메노우를 모모가 곧바로 부정했다.

"선배는 분명히 못 하실 거예요. 도사가 온 게 그 증거잖아요."

도사라면 틀림없이 아카리를 완전히 죽일 수 있을 것이다. 의심할 여지가 없다. 메노우가 할 수 있는 것은 도사도 할 수 있고, 메노우가 생각지도 못한 것을 도사는 해낸다.

하지만 메노우도 아카리를 죽이지 못하지는 않을 것이다. 마논과 이야기를 할 때도 비슷한 말을 들었지만, 메노우는 그렇게까지 약하지 않다. 약할 리가 없다.

자신이 나아가는 길을 누구보다 자기 자신이 잘 알고 있다.

그럼에도 불구하고 모모는 필사적으로 호소했다.

"선배가, 살아있어요. 도사가 왔고, 그 녀석이 사라졌고, 그럼에도 불구하고 선배는 살아있어요. 그 이상 바랄 게 있나요?"

미래의 예정이라는 것을 공감하지 못하고 침묵한 메노우의 태도를 어떻게 본 걸까.

모모가 말할지 말지 눈을 이리저리 움직이며 망설이다가 조용히 말했다.

"그 녀석도, 그걸 바라고 있었어요."

모모가 메노우를 설득하기 위해 꺼낸 말은, 해서는 안 될 말이었을 것이다.

아카리가 스스로 희생해서 메노우를 살리는 걸 원하고 있다.

그 말을 들은 순간, 모모가 밝힌 미래를 납득하지 못했던 메노우는 오히려 깨달아버렸다.

"……아, 그렇구나."

방금 그 한마디를 듣고 지금의 자신과 엇갈린 다른 시간 축의 자신의 행동 원리를 확실하게 이해했다. 덜컥, 마음이 있어야 할 곳으로 끼워 맞춰졌다.

"그런 거였, 구나."

메노우가 살짝 웃었다. 분명히 자조하는 웃음이었다.

"있지, 모모. 역시 나는 잠깐 도사를 만나러 가야겠어."

"아, 안 돼요. 선배가 죽어버릴 거라고요! 그럴 가능성이 있거든요?!"

"언제든, 있어. 처형인이잖아. 죽을 가능성은 언제든 있어."

"그런 문제가 아니에요!"

"그런 문제야."

메노우는 살짝 미소지었다. 일어서서 기지개를 쭉 켰다. 준비 체조를 하는 듯이 몸을 가볍게 움직이고는 방에서 나가려 했다.

"선배!"

"난 말이지, 죽을 뻔했어."

모모가 말리기 위해 소리치자 메노우가 아무렇지도 않게 대답했다.

어? 모모가 그렇게 말하며 입을 벌렸다. 후배가 당황했는데도 대답하지 않고, 메노우는 얼마 전에 벌였던 사투를 떠올렸다.

사막에서 벌인 전투, 메노우는 패배한 끝에 죽을 뻔했다.

"죽을 뻔했을 때, 죽고 싶지 않다는 생각이 들었어."

아마 태어나서 처음이었을 것이다.

죽을 뻔한 적은 지금까지 몇 번이나 있었다. 아카리와 만난 뒤로도 오웰로 인해 궁지에 처했을 때나 만마전과 맞섰을 때. 전부 죽더라도 이상할 게 없는 상황이었다.

하지만 죽고 싶지 않다는 생각이 든 건 그때가 처음이었다.

"모모하고 아카리 얼굴이 생각나서, 죽고 싶지 않다는 생각이 들었거든."

메노우가 손을 뻗었다. 후배의 분홍색 머리카락. 양쪽으로 묶은 부분을 만지고는 머리를 쓰다듬었다. 자신이 선물한 슈슈를 달고 있는 것을 보고 부드러운 표정을 지으며 계속 말했다.

"그러니까, 죽지 않을 거야. 반드시 돌아올게."

모모가 입술을 깨물었다. 뭔가 말하려고 메노우의 얼굴을 똑바로 바라본 모모는 아무런 말도 하지 못하고 포기했다.

설득할 수는 없다. 그래서 올려다보며 약속을 보챘다.

"거짓말, 하시는 거 아니죠?"

"나, 모모에게는 거짓말을 한 적이 없잖아."

모모가 잠시 생각에 잠겼다. 어렸을 때부터 지금까지 기억을 더듬어보고 메노우가 거짓말을 한 기억을 찾아내지 못한 모양이었다. 고개를 살짝 끄덕였다.

"그럼 나를 믿어."

메노우는 딱히 죽으러 갈 생각이 아니었다.

적어도, 오늘은.

"도사하고 잡담을 좀 하고 올 뿐이야. 여기서 아슈나 전하하고 기다리고 있으렴."

메노우는 모모를 남겨두고 평소 같은 발걸음으로 여관을 나섰다.

해가 황금색으로 기울기 시작하고 있었다. 큰 길에 메노우의 그림자가 길게 드리웠다. 자신의 그림자를 쫓아가는 듯이 아무렇지도 않은 걸음으로, 서서히 빠르게, 나중에는 뜀박질로.

"까불지 말라고, 바보 아카리."

독설을 내뱉은 메노우는 아카리가 있는 곳으로 뛰어가기 시작했다.

열차 벽에 달린 큰 창문을 통해 색이 딸린 햇살이 들어오고 있었다. 지상을 비추는 태양은 기울기에 맞춰 황금색에서 서서히 붉은 기운이 늘어나고 있었다.

열차 차량이라는 폐쇄 공간에 네 사람이 모여 있었다.

아카리 맞은편에는 모습을 속이는 것을 그만둔 검붉은 머리카락의 신관이 앉아 있었다.

도사 '아지랑이'. 아슈나로 변장하고 아카리에게 경계심을 품지도 못하게 한 채 여기까지 유도해서 붙잡았다.

그 밖에 불청객이 두 명 있었다.

"내가 생각해도 최소한의 노력으로 일을 마친 줄 알았다만……, 여기서 불청객이 나타날 줄이야. 다 된 밥에 재 뿌린다는 말이 바로 이런 거겠지."

불쾌하다는 듯이 눈을 가늘게 뜬 도사가 두 사람을 노려보았다.

한 사람은 어린 소녀다.

검은색 머리카락에 검은 눈, 천진난만한 소녀인 '만마전'. 어디에 나타나더라도 이상할 게 없는 그녀는 별 것 아닌 장난을 떠올린 어린애처럼 티 없는 모습이었다.

그리고 다른 한 사람은 50대가 넘은 장년 남자였다. '아지랑이'의 시선을 느낀 그는 모자를 벗고 사과했다.

"미안하군. 자네에게 오랜만에 인사를 하고 싶어서 실례했다네."

"네놈과는 두 번 다시 만나지 않을 줄 알았는데 말이야. 죽을 때까지 틀어박혀 있으면 될 것을, 참을성이 없는 남자로군."

"흐음, 그럴지도 모르겠군. 감옥 생활을 하던 나와는 달리 자네는 별로 늙은 것 같지 않아. 부러울 뿐이네, '아지랑이'. 그래서? 지금 자네는 누구의 말로 움직이고 있는 건가?"

"일부러 그런 걸 물어보러 온 거냐? 웃어라. 【마법사】야."

"호오, 그것참!"

수상쩍은 미소를 짓고 있던 표정이 동정하는 것처럼 바뀌었다.

"그것참 동정이 가는군. 어떻게 해볼 수도 없을 정도로 답이 없는 녀석이잖나."

"진짜 그렇다니까. 【사도】 중에 제대로 된 녀석은 한 명도 없긴 하다만."

마치 잡담을 하는 듯이 이야기가 오갔다. '맹주'가 아카리를 힐끔 보았다.

"그래서? 자네는 그녀를 성지로 데리고 가서 어떻게 할 셈인가?"

"폭주시킨다."

단적인 대답에 아카리의 어깨가 움찔, 떨렸다.

"소금 대지로 데리고 가서 폭주시키고, 처분한다. 그때와 마찬가지야."

"어째서……?"

아카리가 자기도 모르게 끼어들었다.

방금 '아지랑이'는 분명히 처형이 아니라 폭주시킨다고 했다.

주객전도다. 순수 개념을 폭주시키지 않기 위해 처형인이 있는 것 아닌가.

"아가씨. 그건 마도라는 것이 어떻게 생겨나는지에 깊게 관계되어 있다네. 이세계인의 전이는 의도적인 소환이나 자연적인 현상을 불문하고 해마다 몇 번씩 이루어지네만, 그중에서도 자네 같은——, 아, 실례."

가벼운 말투로 떠들어대려고 하던 맹주를 도사가 노려보자 입을 다물었다.

"토키토 아카리. 너를 살려두고 있었던 이유는 네 개념이 교전에 넣기에 충분하다고 판단되었기 때문이다."

입을 다문 '맹주' 대신 도사에게서 나온 대답은 아카리가 이해할 수 없는 것이었다. 애초에 제대로 전달해줄 생각이 없는 도사는 얼음 같은 느낌이 드는 미소를 지었다.

"그런데 너, 이세계로 돌아갈 방법을 찾고 있는 모양이던데. 여기 있는 만마전에게 들었겠지만, 꽤 유쾌한 생각을 하는군."

이세계로 돌아갈 방법이라는 말을 듣고 '맹주'는 안타까운 것을 보는 듯한 눈초리를 드러냈다.

입이 가벼운 '맹주'와는 달리 만마전은 기분이 나쁠 정도로 조용했다. 미소를 지으며 이야기를 나누는 모습을 지켜보고 있다.

"이세계인을 송환하는 마도의 이론은 존재한다. 알고 싶다면 가르쳐줄까?"

"알고 있어……?"

"그래."

아카리의 떨리는 목소리를 들은 도사는 입을 크게 벌리고 웃었다.

도사는 쉽사리 밝혔다.

"대륙 전토의 용맥에 필적하는 도력을 끌어올리고, 큰 나라의 영토에 필적하는 소재를 통째로 사용한 마도진을 그리고, 세계 인구의 3할 정도 되는 인간을 산 제물로 바쳐서 발동되는 마도를 제어할 수 있는 인간만 있다면, 이론상으로는 이 세계에서 이세계로 송환시킬 수가 있다."

"……뭐?"

방금 들은 말을 이해하는 것을 뇌가 거부했다.

방금 들은 내용은 마도에 대해 아무것도 모르는 아카리도 알수 있을 정도로 그림의 떡이다. 분명히 실현할 수 없는 탁상공론이라 할 수도 있다. 그저 이론상으로는 가능할 뿐, 그 이상도, 그 이하도 아니다. 농담으로 이야기할 거라면 모를까, 진지한 표정으로 말하면 제정신인지 의심을 살 것 같은 이야기다.

그럼에도 불구하고 도사는 매우 진지하게 말했다.

"그걸 하려던 게 4대 인재다."

아카리의 시선이 자기도 모르게 만마전에게 쏠렸다.

"머리가 이상하다고 생각하겠다만, 사실 존경할 만한 실행력이지. 천년 전에는 정말로 발동 직전까지 갔던 모양이니까. 기적적으로 그것이 가능할 만한 순수 개념이 모였고, 모두가 귀환하려는 의지를 강하게 품고 있었다. 서쪽에서는 【용】이 도력을 한데 묶었고, 동쪽에서는 【그릇】이 소재를 모았고, 남쪽에서 【마】가 산 제물을 수집했고, 북쪽에서 【별】이 마도진을 구축했다. 잘한 짓인지 나쁜 짓인지는 제쳐두고, 이 네 사람은 자신들의 세계로 돌아가는 문을 열기 직전까지 갔지. 이봐, 믿겨지나?"

도사의 염세적인 눈동자가 4대 인재와 같은 고향 출신인 아카리를 꿰뚫었다.

"그 녀석들은 인재가 되기 전에 제정신으로 그렇게 했지."

4대 인재를 알고 있는 사람 중 대부분은 근본적인 부분을 오해하고 있었다.

동서남북에서 재앙을 남긴 4대 인재라 불리는 그들은 순수 개념을 폭주시켰기에 막대한 피해를 발생시킨 게 아니다.

제정신으로 순수 개념을 계속 사용하며 별을 헤집는 재앙을 일으켰다.

"너희 이세계인이 눈엣가시 취급을 받고 있는 이유는 그거다. 기뻐해라. 순수 개념을 사용한 이세계인의 기억을 공급하는 시스템도 있다."

도사는 웃어대며 천년 전에 일어난 재앙의 진실을 말했다.

"기억을 보충할 수 있었으니 4대 인재가 순수 개념을 폭주시키는 것보다 훨씬 큰 피해를 입혔던 거였고."

이세계로 돌아갈 방법을 알게 된 이세계인이 희생을 무릅쓰고 귀환하려 했다. 그들을 막으려 한 세력과의 싸움이 발발한 결과, 동서남북에 천년 동안 이어진 이상한 흔적이 생겨났다.

기억을 보충함으로써 순수 개념을 거의 아무런 위험 부담 없이 사용할 수 있었던 것이 피해를 더욱 확대했다. 그런 와중에 인재가 되어 죽일 수 없게 되었고, 살아남은 것이 '꼭두각시 세상'과 '만마전'뿐이었던 것이다.

이세계인을 폭주시키지 않는 시스템이 있다 해도 상관없다.

4대 인재.

이세계인을 폭주시키지 않는 시스템이 갖춰져 있던 고대 문명기에 그들은 세계에 해를 끼쳤다. 순수 개념을 폭주시키지 않고 그들의 의지만으로 세계를 깎아내는 위협을 가했다.

그렇기 때문에 이세계인은 위험한 것이다.

"너희는 해악이다. 예외를 허용할 수 없을 정도로 말이지."

어떠한 희생을 치르더라도 원래 세계로 돌아가고 싶다고 원하는 이세계인이 있다면 문명이 기울 정도의 피해가 생겨난다는 실제 사례가 생겼다. 그 시점에서 이 세계는 순수 개념이 깃든 그들을 허용하는 사회 시스템을 유지할 수가 없게 되었다.

아무런 말도 할 수가 없었다.

아카리의 시선은 옆에 고정되어 있었다. 새하얀 원피스를 입은 흑발 소녀. 가슴에 구멍 세 개가 뚫린 새하얀 원피스가 창문으로 들어온 저녁놀을 받아 아름다운 주황색으로 물들어 있었다.

"……속였구나."

있다고 했다.

조금이나마 희망을 품었다.

내가 죽으면 끝나는 여행을, 그냥 쓸쓸하기만 한 이별로 끝낼 수 있는 것 아닐까 하며 들떠서 모모와 이야기를 나누었다.

하지만, 역시 없었다.

그런 건 존재해선 안 됐다.

"마?"

이럴 거라면 모르는 게 나았다. 원망스러워하는 아카리의 목소리를 듣고 두 손으로 턱을 괸 어린 소녀가 울음소리 같은 의문사를 내뱉었다.

"속이다니, 정말 말도 안 되는 소리야. 나는 한 번도 거짓말을 한 적이 없어. 진짜로, 진짜로, 당신을 속이려 하지도 않았어. 왜냐하면, 진짜로 있었잖아?"

열차 좌석에 앉아 바닥에 닿지 않는 어린 다리를 흔들면서 새침하게 고개를 휙 돌렸다.

일본으로 돌아갈 방법은 있다.

그렇게 말한 건 그녀였다.

"마, 희생이 필요하다는 걸 말하지 않았을지도 모르겠지만, 그건 조금만 생각해보면 알 만한 거지. 희생이 필요하니까 우리가 세계를 멸망시키려 한 거고."

대량의 산 제물을 바치기 위해 남방 제도를 먹어치우고, 큰 나라와 맞먹는 소재를 획득하기 위해 대륙 동부를 점유하고, 대량의 도력을 얻기 위해 서쪽으로 가고, 수집한 모든 것을 북쪽 대륙에 집결시켜 이세계 소환 준비를 해나가고——, 최강의 순수 개념, 【백】에게 패배했다.

"애초에 어째서 그렇게 풀 죽은 거야? 그때, 당신은 필요 없다고 했잖아. 이 세계에서 죽겠다고, 살해당해도 되는 우정을 품고 있다고 했으면서……, 어머, 마, 혹시!"

두 손으로 입을 가린 어린 소녀가 무대 연기라고 해도 호들갑스러운 시늉과 말투를 보이며 하늘을 보았다.

"죽어도 된다고 해놓고, 살아남고 싶어져 버린 거야?"

어린 소녀의 입가가 씨익, 사악하게 치켜올라갔다.

"그래도, 그래도, 그렇지. 마음이 바뀌었다고 해도 잘못은 아니야. 당신도 인간이니까. 죽어도 된다고 생각하다가 살아남아도 될지 모른다고 생각을 고쳐먹는다. 그것도 멋진 우정이거든? 만약에 영화였다면 해피 엔딩으로 이어지며 기뻐할 장면. 자신이 원래 세계로 돌아갈 수 있다는 희망. 그렇게 하면 모든 게 깔끔하게 끝날 거라는 기대. 그런데 어째서 그런 표정을 짓고 있는 거야?"

척 보기에도 신이 난 어린 소녀는 쿡쿡대며 웃었다. 어린 모습에 어울리지 않을 정도로 우아한 얼굴을 들이대고는 말을 걸었다.

"설마, 설마, 혹시, 방금 들은 방법이 어렵다고 생각하는 거야? 그럼 안심해. 어려울 건 전혀 없어. 왜냐하면 나는 알고 있으니까."

비밀이라는 듯이 아카리의 귓가에 입을 가져다 대고 숨을 불어넣으며 속삭였다.

"'꼭두각시 세상'은 여전히 동부를 세 가지 색의 소재로 바꿔주고 있어. 도력이라면 【용】의 유산으로 대륙의 지맥이 성지에 집결되고 있고. 북쪽으로 가면 【별】이 만든 마도진도 남아있어. 물론 산 제물은 내게 맡겨줘?"

그녀가 한 말은 거짓말이 아니다. 그녀는 사실밖에 말하지 않는다.

아카리에게서 물러난 만마전이 두 팔을 벌렸다.

"마, 마, 엄청 운이 좋네! 당신에게 필요한 것이 통째로, 그대로 남아있잖아."

마음이 편해지는 음색이다. 마음을 녹여서 썩게 만드는 목소리다.

만마전의 1인 연극을 '아지랑이'와 '맹주'가 조용히 바라보고 있었다. 실제로 세계를 멸망시킬 수 있는 개념이 아카리 앞에서 손짓하고 있는데도 끼어들지 않고 계속 관람하고 있었다.

"그치? 이 대륙을 전부 써먹으면 이세계로 통하는 문이 열릴 거야. 당신의 소원이 완벽하게 이루어지는 거지. 열심히 하면 불가능한 건 없어! 당신하고 당신이 소중하게 여기는 언니. 둘 다 죽지 않는 멋진 해피 엔딩이 기다리고 있어!"

열차의 벽에 달린 창문으로 붉은 저녁놀이 진하게 스며들었다. 차량의 방에 땅거미가 깔렸다.

새하얀 원피스를 주황색으로 물들인 채 피보다 붉게 빛나는 어린 소녀가 양쪽 집게손가락과 엄지손가락으로 틀을 만들고는 한쪽 눈을 감았다.

"친구를 위해 목숨을 건다. 친구를 위해서라면 세계를 멸망시켜도 상관없다."

직사각형으로 만든 틀로 아카리를 잘라내 스크린처럼 감상하며 황홀한 목소리로 그녀가 원하는 것을 재촉했다.

"일편단심이면서도 멋진 우정 영화를 내게 보여줄래?"

아카리는 아무런 대답도 할 수 없었다.

분명히 말했다. 틀림없이 그렇게 생각하고 있었다. 세계보다 메노우가 소중하고, 메노우를 살리기 위해 세계가 멸망하는 건 어쩔 수 없다. 진심으로 그렇게 생각하고 있었다.

하지만.

자기 몸을 꽉 끌어안았다. 온몸이 부들부들 떨리는 것을 억누를 수가 없었다.

세계 인구의 3할을 산 제물로? 상상도 되지 않는다.

큰 나라의 영토? 얼마나 큰 희생인 걸까.

대륙의 절반? 각오를 할 수 있을 리가 없다.

돌아간다면 희생해야 할 것들이 너무 많았기에 겁이 났다. 아무리 아카리라고 해도 자신이 살기 위해 그런 희생을 치러야 한다고 생각하진 않는다. 각오를 한다고 해도 감당해낼 단위가 아니다.

아카리가 사람을 죽인 적은 한 번도 없다.

그렇기 때문에 세계를 멸망시키는 행위를 진짜로 실행할 수 있을 정도로, 게다가 자신의 손으로 대량 학살 같은 무시무시한 짓을 할 수 있을 정도로 선을 넘지는 않았다.

토키토 아카리는 선인이다.

"⋯⋯마."

만마전의 목소리에서 색이 사라졌다.

어린 눈동자에서 점점 흥미가 가셨다. 사전 예고 영상이 화려해서 기대했는데 시작한 지 10분만에 망작이라는 사실을 알아버린 영화를 보는 듯한 눈이다. 두 손을 내리고 팔을 늘어뜨렸다.

시시하다.

굳이 소리 내 말할 필요도 없이 그녀의 눈이 따분하다고 말하며 아카리의 지금 상태를 비평했다.

순수 개념【시간】을 떠안고 있는 소녀는 이 세상의 혼돈이 될 수 없다. 자신을 희생할 수는 있어도, 이 세계에 살육을 가져다주지 않는다. 그 사실이 방금, 확실해졌다.

두 손을 뒤로 돌려 깍지를 끼고 하얀 원피스 옷자락을 펄럭이며 등을 돌렸다.

"마, 그 정도겠지."

그렇게 중얼거리고 났을 때, 그녀의 머리에서 아카리의 존재는 사라진 뒤였다.

다음에 봐야 할 영화를 위해서.

기대를 저버린 필름을 내팽개친 【마】의 근원은 아무도 말리는 사람 없이 차량에서 나갔다.

만마전은 떠났다.

함께 앉아 있던 '맹주'는 그 흐름에 참견하지 않았다.

토키토 아카리의 마음은 만마전의 가벼운 말에 짓눌려 부러지고 부서졌다. 친한 친구를 위해 지키고 있던 신념이 기어든 속삭임에 부서졌다.

저항할 기력도 없어진 소녀를 안타까운 듯한 눈빛으로 보고나서 예전부터 알고 지내던 사람에게 말을 걸었다.

"역시 한기가 드는군. 마논 공과 함께 있을 때는 그나마 얌전하게 지내는데……, 저 아이를 쫓아가지 않을 겐가? '아지랑이'. 꽤 익사이팅한 주장을 하던데?"

"극히 일부인데다 죽지 않는 저것을 쫓아가봤자 무슨 소용이 있지? 마논 리벨이 있다면 붙잡아도 좋다만, 새끼손가락만 구속해봤자 허무할 뿐이야."

붙잡을 이유가 없다. 그렇군, 맞는 말이긴 하다. 이곳에 있던 '만마전'을 그냥 내버려 둔 것도 【시간】의 순수 개념의 마음을 뭉개버리기 위해서였을 것이다.

"그래서? 너는 무슨 용건이 있지?"

"아~, 그렇지……, 으음. 뭐라고 해야 하나, '아지랑이'."

말을 얼버무리던 '맹주'가 도사의 얼굴을 힐끔거렸다. 솔직히 말해 기분이 나쁘다. 쉰 살이 넘은 남자가 뭘 그렇게 꾸물대고 있는 걸까. 연달아 다리를 떨면서 발꿈치로 바닥을 두들기던 '맹주'가 마음을 굳게 먹고 고개를 들었다.

"우리가 다시 시작할 수 없겠나?"

"죽어."

"으어어?!"

도사가 교전을 내던졌다. 교전은 500페이지 이상의 분량을 자랑하며 금속으로 보강된 중량급 서적이다. 매우 가까운 거리에서 교전이 날아들자 '맹주'는 진심으로 간담이 서늘해졌다.

"갑자기 무슨 짓을……, 위, 위험하잖나!"

"다음에 또 오해를 살만한 말을 그렇게 기분 나쁘게 지껄이면 굴려버린다. ……아, 괜찮아. 그걸 태워버려도. 원한이 쌓인 상대잖아? 얼른 태워라."

"하하……, 그만두도록 하지."

쓴웃음을 지은 '맹주'는 교전을 내밀었다.

그는 교전이 어떤 것인지 정확히 알고 있는 몇 안 되는 인물이다.

"방금 한 제안이 이미 늦은 말이긴 했지. ……이봐, '아지랑이'. 자네 제자를 만났다네."

"그래?"

"그리고 토키토 아카리라고 했나? 자네의 제자, '아지랑이의 후계자'와 【시간】의 '길 잃은 사람'과의 관계는……, 예전의 자네들과 닮았더군."

"착각이겠지."

구체적으로 설명하지 않아도 두 사람의 대화는 정체되지 않았다. 공통되는 시간을 보낸 사람들끼리만 통하는 대화가 오갔다.

"이봐, '아지랑이'. 이 세계의 진실을 알고 있는 자가 몇이나 되겠나. 진실을 알고 일그러진 자가 몇이나 있었을까. 신관에게 주어진 교전의 기능, '주'의 정체의 진실, 사도들의 역사를 알고 삶의 방식이 변하게 된 사람은 많다네."

또박또박 말하는 목소리가 절실했다. 하지만 그 말을 들은 도사의 표정에는 변화가 없었다.

"최강의 기사인 엑스페리온은 사고를 멈추고 【사도】 밑으로 들어갔어. 괴물인 게놈 크툴루와는 터무니없게도 '꼭두각시 세상' 편을 들기 위해 동부 미개척 영역에 틀어박혔지. 위대한 성직자였던 오웰 경은 길을 잃고 금기에 타락했다네. 나도 세계에 대한 반역이라는 아집에 사로잡혀 있고. ……그리고, 무엇보다, 다름 아닌 자네라네."

숨을 돌리기 위해 말을 끊은 다음, '맹주'가 물었다.

"도사 '아지랑이'. 자네는 무엇이 바뀌었지?"

"아무것도?"

대답은 곧바로 돌아왔다.

"바뀐 기억 같은 건 없어. 예전부터 지금에 이르기까지, 나는 계속 처형인으로 존재했지."

"그렇지. 자네만은 결코 바뀌지 않는 것을 선택했어. 바뀌지 않는 것만이 그 아이에 대한 속죄라고 판단한 거겠지?"

"크핫."

도사가 웃었다. 입을 크게 벌린 다음, 기침하는 듯이 숨을 토해내며 비웃었다. 흥미가 없는 상대, 하찮은 금기를 내려다볼 때 드리우는 그녀의 비웃음이다.

"꺼져라, '맹주'. 그 정도 말밖에 못 한다면 감옥에서 나오지 말았어야지. 결국 너는 아무것도 바꿀 수 없어. 그것이 결과다."

"……그런가."

모자의 챙을 잡고 깊숙이 눌러썼다.

미련이라는 것은 굳이 말할 필요도 없이 그 자신이 자각하고 있었다. 그럼에도 불구하고 물고 늘어지기 위해 거듭 물었다.

"이제 이름도 불러주지 않는 건가?"

"그래. 짐승의 이름 따윈 부를 생각도 없다."

"그런가. ……나를 죽이지 않을 건가?"

"기뻐해라."

도사는 처형인으로서 칼날을 뽑아 들지도 않고 말했다.

"네 죄는 이미 '주'께서 용서하셨다. 그렇지――?【사도 : 맹주】?"

"……그래, 그랬지."

그는 조용히 '아지랑이'가 한 말을 인정했다. 자신의 입장을 긍정하는 목소리에는 희미한 쓸쓸함이 담겨 있었다.

그 골목에서 메노우를 협박했던 말이 그대로 그에게 돌아왔다. 알고 있기 때문에 움직일 수 없게 된다. 너무 많이 알게 되어 아무것도 할 수 없게 된 것은 그였다. 그럼에도 불구하고 알게 되지 않았으면 좋겠다는 생각이 들지 않으니 문제다.

'맹주'가 일어섰다.

오랫동안 알고 지낸 사람의 모습을 보러 왔다. 제자를 두었다는 그녀의 지금을 알고 싶었다. 이번 용건은 그것뿐이다. 이왕 왔으니 잠깐 들러보았을 뿐, 자신이 그녀를 바꿀 수 있다고 자만하지는 않았다.

만약에 '아지랑이'를 바꿀 수 있는 게 있다면, 20년 전 그때, 단 한 명.

【빛】의 순수 개념이 깃든 그녀뿐이었다.

"다음, 이라."

'맹주'는 차량을 나선 뒤 플랫폼을 천천히 걸어갔다.

나는 아무것도 할 수 없게 되어버렸다. 간절히 원하던 세계를 바꿀 수 있는 권리를 손에 넣은 순간, 모든 것이 바보처럼 느껴졌다.

그렇기 때문에 마논이라는 소녀가 눈앞에 나타났을 때, 따라갔다. 자신이 움직이는 것이 아니라 그녀를 돕는 것 정도라면 자신의 의지가 개입하지 않을 거라며 자신의 행동을 허용할 수 있었다.

도사 '아지랑이'는 바뀌지 않는다. 그녀는 처형인으로서 완성되어 있다.

"그래도 말이지, '아지랑이'."

문득 멈춰섰다.

역으로 어떤 소녀가 뛰어 들어왔다. 연한 갈색 머리에 까만 스카프 리본을 묶은 신관이다.

눈이 마주쳤다.

그녀는 나를 알고 있다. 하지만 시간이 아까운지 소동을 일으키지도 않고 안쪽으로 향했다.

망설임이 없는 그녀의 뒷모습을 바라보며 감정을 느끼며 눈을 가늘게 떴다.

"자네의 제자는 다르지 않을까."

이제야 찾아온 '다음'에 기대를 담아 그렇게 중얼거렸다.

역 안에 '맹주'가 있었지만, 상대할 시간이 없다. 그의 존재를 무시하고 메노우는 아카리를 찾기 위해 둘러보았다. 플랫폼을 둘러보니 척 보기에도 주위와는 분위기가 다른 것이 있었다. 제1신분 전용 호송열차다.

예상했던 것보다 거창한 것을 본 메노우는 놀라기보다는 어이가 없었다. 일반적인 운행 일정에 끼어들어서 우선적으로 운행할 수 있는 권한을 지닌 특수 차량이다. 원래는 제1신분 중에서도 대주교 정도의 지위를 지닌 사람이 이동할 때만 이용 허가를 받을 수 있는 열차다.

그걸 어떻게 마련한 걸까. 메노우도 몇 가지 방법이 생각나는 걸 보니 도사라면 쉽사리 실현할 수 있을 거라 납득했다.

이 차량 안에 아카리가 있다는 것은 의심할 여지가 없다.

메노우가 들어가는 건 어렵지 않았다.

이 차량은 운행에 필요한 인원이 극단적으로 적다. 아니, 기관실 이외에 사람이 없었다. 그야말로 아카리를 성지까지 데리고 가기 위해서만 운행하는 열차다.

경비원조차 거의 없었기에 침입하는 것은 손쉬운 일이었다.

기관사인 신관과 잡담을 나누며 침입 경로를 확인했다. 도력 미채로 모습을 감추고 숨어들어갔다. 메노우도 제1신분이다. 보아하니 도사에게 자세한 이야기를 듣지 못했던 모양이다. 그녀들은 메노우에 대해 크게 경계하지 않았다.

한 번 들어가기만 하면 모습을 숨길 필요도 없다. 숨을 생각도 없었던 메노우는 망설임없이 차량 문을 열었다.

"무슨 일이냐, 메노우."

허락도 없이 들어온 메노우를 본 도사는 당황한 기색이 없었다. 살의는커녕, 적의조차 보이지 않았다. 좌석에서 일어나지도 않고 메노우를 불렀다.

"오랜만이구나. 용건은 뭐냐."

"거기 있는 바보를."

메노우는 살짝 웃으며 도사 맞은편에 앉아 있던 아카리를 손가락으로 가리켰다.

"데리러 왔습니다."

"그러냐."

도사는 쉽사리 고개를 끄덕였다. 안색이 바뀐 것은 오히려 아카리였다.

"안타깝게 됐구나. 토키토 아카리의 임무는 내게 인계."

"제 임무를 거두시는 이유를 여쭈어도 될까요?"

"네가 신경 쓸 일이냐?"

"이 아이를 데리고 온 것은 저고, 앞으로 어떻게 할지 일정도 세워두었습니다."

"이 아이, 라고."

도사가 의미심장하게 말꼬리를 잡았다. 메노우는 딱히 불평하지 않고 도사를 바라보았다.

"인수인계를 하는 이유는 간단하다. 너는 토키토 아카리에게 속고 있었다."

아카리에게는 세계를 회귀시키기 전의 기억이 있었다. 그것을 기반으로 메노우가 행동을 유도당하고 있었다고 지적했다.

"지금까지 속았던 녀석에게 맡길 수는 없다. 모모가 방심한 게 그나마 낫지. 적어도 모모는 토키토 아카리의 생각을 눈치챘으니까."

번드르르한 명분이다. 아카리를 데리고 가기 위한 반론을 내세우는 게 힘들 거라는 사실을 깨닫고는 화제를 돌렸다.

"그렇다면 함께 태워주실 수는 없을까요? 토키토 아카리의 임무가 끝나면 한동안 성지에서 휴양할까 생각하고 있었거든요."

"네가 언제부터 이 열차를 타고 갈 수 있을 정도로 잘난 사람이 되었지?"

메노우의 요청은 단칼에 거절당했다.

"이래 봬도 이 열차는 대주교 위계에 이른 자만 사용 허가가 나는 차량이다. 너 따위를 태울 수는 없지."

그런 특별 열차에 어째서 일개 도사인 '아지랑이'가 타고 있는 걸까. 그녀는 자기 입장을 제쳐두고 비꼬는 말을 날렸다.

"성지에 갈 거면 걸어가라."

아무래도 편하게 가게끔 해주지는 않을 모양이다. 그렇긴 하겠지, 그렇게 생각하며 어깨를 으쓱였다.

"그리고 메노우. 네게는 다른 일을 줄 예정이다."

"일, 말씀이신가요."

"그래, 이 근처에 원죄 금기로 인해 괴멸적인 피해를 입은 도시가 있다. 만마전과 마논 리벨의 변덕으로 막대한 피해가 발생했지. 너는 그곳의 재건을 도와라. 쓰레기 같은 꿍꿍이가 아니라 순수하게 사람을 돕는 자선사업이다."

도사가 앉은 채로 다리를 꼬고 비웃었다.

"좋아하지? 그런 거."

순수한 자선사업.

성직자로서 어울리는 일이자 처형인으로서의 역할과는 동떨어진 임무다.

이 타이밍에 그런 임무를 떠맡게 된 메노우는 표정도 바뀌지 않고 고개를 끄덕였다.

"알겠습니다."

"그래, 그렇게 해라."

"그런데……, 마지막으로 그 녀석과 이야기해도 될까요? 불평하고 싶은 게 잔뜩 쌓여있어서요."

"마음대로 해라."

허락을 받았다. 그리고 뜻밖에도 도사가 자리에서 일어섰다.

감시도 하지 않을 생각인가? 메노우는 그렇게 생각하며 눈을 동그랗게 떴다.

"도사님?"

"하찮은 것을 보고 듣는 취미는 없다."

도사는 물어보려 하는 메노우에게 그 말만을 남기고 두 사람을 남겨둔 채 차량 밖으로 나갔다.

정신을 차리고 보니 단둘이 있었다.

메노우가 아카리 옆에 앉는 모습을 아카리는 축 늘어진 채 지켜보았다.

도사 '아지랑이'가 나타났고, 메노우가 나를 쫓아오는 듯이 나타났다. 그 사실이 아카리의 정신에 추격타를 가하고 있었다.

"메노우……"

계속 입을 다물고 있던 아카리는 천천히 입을 열었다.

"내버려 둬."

"뭘 그렇게 삐뚤어진 거야. 멋대로 나간 주제에."

"몰라. 모르니까 내버려 둬."

"모모에게 들었어. 기억, 있었다면서."

아카리의 가슴이 욱신거리며 아파졌다. 그 사실을 아는지 모르는지, 메노우는 삐진 듯한 말투로 말하며 다리를 꼬았다.

"잘도 속여줬겠다. 흑막 행세를 하면서 내 행동을 조종하려 했어? 뭐, 눈치채지 못한 내가 얼간이라고 하면 변명할 여지가 없지만."

들켜버렸다. 숨기려 했던 것을 전부 알게 해버렸다.

하지만 아직 실패한 것은 아니다.

무릎 위에 올려둔 손으로 주먹을 꾹, 쥐었다.

이유는 모르겠지만 이번에는 도사 '아지랑이'가 메노우를 죽이려 하지 않고 있다. 정확히 말하자면, 메노우가 제1신분을 확실하게 떠나기 전에 아카리를 회수하러 왔다.

도사의 진짜 의도는 모른다. 하지만 지금 메노우가 나를 구하려 하지만 않는다면 메노우가 살아날 길은 남아있다. 아카리는 필요 이상으로 퉁명스러운 말투로 메노우를 사납게 대했다.

"그럼 더더욱 내버려 둬. 이제야 내가 메노우를 구할 수 있게 된 거니까."

자기가 한 말에 밀려난 아카리의 감정이 차례차례 흘러나왔다.

"진짜, 이제야 말이지. 몇 번이나, 몇 번이나 되풀이했어. 그러다가 이제야 이렇게 되었다고. 그러니까 이제 어디론가 가버려. 메노우에게 기댄다고 뭘 해결할 수 있는데?! 아무것도 해결할 수가 없잖아!"

"내게 기대봤자 아무것도 해결할 수 없다는 게 나한테 숨기고 있었던 이유야? 제멋대로구나."

"맞아."

얼굴을 새빨갛게 물들인 채, 감정으로만 떠들어댔다.

"깔끔하게 끝내고 해결할 수 있는 방법 같은 건 없거든? 방금 메노우의 스승님이 말했어. 일본으로 돌아갈 방법도, 기억을 보

충할 수 있는 구조도 있긴 하지만, 있으면 안 된다고. 있으면 안
된다는 걸 내가 납득해버렸으니까……!"

여기까지 온 메노우를 뿌리치기 위해 강한 말투로 말했다.

"그러니까 이제, 메노우하고는 엮이지 않아도 돼. 메노우는
항상 다른 사람을 구하려다가 말이지……, 그러다가, 죽어버리
고……, 내가 고마워하기만 하는 줄 알아? 바보 같은 소리 하지
마. 친구가 자기 때문에 죽어버린다니, 당연히 싫지. 나는 말이
야, 메노우가 죽지 않았으면 해!"

옳은 건지 그른 건지도 모르겠다. 그저 거친 감정으로 자신의
마음을 토해냈다.

"몇 번이나 되풀이한 건 나 때문이 아니야. 메노우의 자기 희
생 때문이라고! 그러니까 내버려 둬! 다른 사람도 아니고 메노
우에게 제멋대로라는 말을 듣고 싶히이?!"

지리멸렬해진 아카리의 절규가 가로막혔다.

메노우가 그녀의 볼을 잡고 쭉 늘렸기 때문이다.

"있지, 아카리. 가르쳐줄게. 예전의 나라는 녀석이 어째서 당
신을 구해준 건지. 혹시 당신을 위해서라고 건방진 착각을 하는
건 아니겠지?"

"아, 아니야?"

"아니야."

딱 잘라 부정한 메노우가 얼굴을 바짝 가져다댔다.

"당신이 나를 지키려는 생각을 했기 때문이야."

아카리도, 모모도 착각했다.

아카리에게 우정을 느꼈기에 배신했다. 아카리의 이야기를 들은 모모는 그렇게 판단했다. 애초에 메노우에게는 정에 휩쓸릴 만한 소양이 있었다.

그렇지 않다.

왜냐하면 메노우는 자신의 감정을 위해 행동할 정도로 자신에게 가치를 두지 않기 때문이다.

"아카리. 나는, 악인이야."

어떻게 해볼 수조차 없을 정도로 쌓아온 업을 자각하고 있다. 피에 젖은 붉은 발자국을 깨닫고 있다.

그렇기 때문이다.

"나는 말이지, 아카리. 나를 위한 희생 같은 걸 용납할 수 없어. 내가 어째서 처형인이 되었는지 알아? 모르지?"

메노우가 처형인이 되었을 때의 과거를 이야기했다.

"나 말고 다른 사람을 구하기 위해서야."

메노우는 악인이다. 사람을 죽이며 살아왔다. 사람을 죽이며 살아가는 길을 나아왔다.

악인인 내게는 누군가가 구해줄 가치 같은 건 없다. 구해줄 만한 가치가 없는 나를 위해 목숨을 거는 사람은 용서할 수 없다.

"악인인 나를 구하려고 죽는 사람을 절대로 용서할 수 없어."

만약에 내가 죽게 되더라도.

과거에 메노우가 몇 번이나 죽은 동기는 그것뿐이다.

메노우는 아카리의 볼에서 손가락을 뗐다. 쭉 늘어졌던 볼이 탱글거리며 흔들렸다가 원래대로 돌아갔다.

찌잉거리며 아픈 볼을 아카리가 무의식적으로 문질렀다.

"메노우……."

"왜?"

"메노우는……, 이상한 애였구나?"

"입 다물어."

"아얏."

메노우는 시원스러운 표정으로 아카리의 이마에 딱밤을 날렸다. 그리고 아파하며 이마를 누르는 아카리에게 미소를 지었다.

"그러면 되는 거야."

메노우가 자리에서 일어섰다. 이별의 기척을 느끼고 아카리도 덩달아 일어서자 메노우가 품속에서 아카리가 두고 간 것을 꺼냈다.

하얀 꽃이 장식된 카추샤.

그녀가 졸랐던 물건을 아카리의 머리에 얹어주고 머리카락을 살짝 다듬어 주었다.

"이제부터 널 쫓아가기 위해 준비할 필요가 있으니까 좀 늦어지겠지만……, 이번에야말로 얌전히 기다리고 있어야 해."

지금 고개를 저으면 메노우는 포기할까.

한 줄기 희망이 있을지도 모르겠다고 생각하며 메노우의 눈을 보고는, 아, 안 되겠구나, 그렇게 포기했다.

"……응."

얌전히 고개를 끄덕인 아카리는 카추샤에 손을 댔다.

메노우가 똑바로 나만을 봐주고 있다.

이런 눈빛을 보이는 메노우가 하는 말을 나는 거절할 수 없다. 나는 메노우에게 이길 수 없구나, 그 사실을 어쩔 수 없이 알게 되었다.

"기다릴게, 메노우."

둘만 남은 열차 안에서.

메노우와 아카리는 계속 이어나가기 위한 약속을 했다.

아카리에게 한 가지 말하지 않았던 게 있었다.

내가 제1신분을 배신할 수 있었던 이유. 꺼림칙한 마음을 떨쳐낼 수 있었던 이유. 그것은 악인인 나를 구하려 하는 의지를 용서할 수 없기 때문만은 아니다.

죄에 대한 벌이 확실하기 때문이다.

"뭐냐, 혼자야?"

차량에서 나온 메노우에게 말을 건 사람은 도사였다.

"그야 혼자죠. 모모는 안 데리고 왔으니까."

도사가 말없이 입가를 치켜올렸다. 그런 뜻이 아니라는 의도가 느껴지는 미소다.

도사는 지금 당장 메노우를 죽일 기색이 없다. 지금 메노우는 아직 배신자가 아니기 때문이다. 처형 대상이 될 만한 금기의 확실한 증거가 발견되지 않는다면 그녀는 처형을 집행하지 않는다. 실제로 메노우는 지금 이곳에서 아카리를 탈환할 생각이 없다. 아무런 준비도 하지 않고 도사의 눈앞에서 행동에 나설 만용을 갖추고 있지는 않았다.

도사는 뼛속까지 처형인이다.

그렇기 때문에 메노우는 안심했다.

배신하더라도, 잘못된 길로 빠지더라도, 만약에 메노우가 금기에 타락한다 하더라도. 처형인으로서의 길에서 벗어났을 때, 반드시 죄를 벌하며 심판해줄 사람이 있다.

꼼꼼하게 준비해서 온 힘을 다해 저항하더라도 승리할 수가 없다. 땅끝까지 도망치더라도 벗어날 수가 없다. 압도적인 부조리함이 인간의 형태로 서 있다.

메노우에게 천벌과도 같은 존재가 악이 된 자신에게 정당한 벌을 반드시 내려줄 거라는 것을 절대적으로 믿을 수 있다.

죄에 벌이 내려진다는 사실에 대한 보증이 얼마나 메노우의 마음을 편하게 만들어주고 있을까.

"그럼, 실례하겠습니다."

둘러대고 나서 그냥 떠나려는 메노우를 보고 도사는 싸늘한 미소를 지었다.

"이왕 왔으니 지금 여기서 데리고 도망치면 될 것을. 너무 경계하는구나. 보아하니 네게는 내가 '만마전' 같은 괴물로 보이는 모양이야."

"아뇨, 설마요."

방금 한 부정은 거짓말이 아니다. 도사가 '만마전' 같은 괴물이라니, 터무니없는 소리다.

메노우에게 '아지랑이'라는 이름은 '만마전'보다 훨씬 상위인 존재다.

"이봐, 메노우."

메노우의 대답을 어떤 뉘앙스로 받아들인 건지, 도사가 입을 벌리고 웃었다.

"나는 불로불사도 아니고, 최강이나 무적도 아니다. 이 단검의 마도 문장은 겨우 두 개. 다른 소지품은 교전뿐이야. 특수한 능력을 따지면 도력 미채 정도밖에 없다만, 그 정확도도 네가 거의 따라잡았을 정도다."

도사의 마도에 대해서는 잘 알고 있다.

그녀는 모든 것을 메노우에게 주입시켰다. 전투 기술이라는 면에서 제자인 메노우에게 숨긴 수법이 거의 없었다.

"도력량도 이세계인은커녕, 모모하고도 비교가 안 될 정도로 적다. 너와 다를 게 없을 정도야. 현역에서 물러난 지 오래되었으니 몸도 꽤 둔해졌지. 체력은 젊은 너와 비교할 생각도 안 든다. 나이를 먹고 싶진 않군."

어떤 의미로는 사실일 것이다. 실제로 소체로서의 능력치는 메노우와 도사 사이에 거의 차이가 없다.

"나는 딱히 강하지 않아."

이유가 뭘까.

분명한 사실을 근거로 약하다는 말을 하고 있는데, 신기하게도 그녀가 강하다는 점만 눈에 띈다.

"그에 비해 너는 어때. 최근 몇 달 동안 정말 대단한 녀석들을 물리쳐 왔잖냐. 제1신분 중에서도 손꼽히는 마도자이자 대주교 자리까지 올라간 오웰. 4대 재해 중 하나, '만마전'의 새끼손가락. '꼭두각시 세상'이 만들어낸 원망 인형, 3원색의 마도병. 정말 대단한 상대들이지. 내가 현역이었을 무렵에도 그런 강적과 정면으로 맞서 싸운 적은 손꼽을 정도다. 나는 분명히 그 녀석들보다 약해."

메노우가 아카리와 만난 이후로 올린 성과를 늘어놓았다. 전부 대승리라 할 수 있다. 단독으로 그들과 맞서 싸워서 살아남을 수 있는 인간이 몇 명이나 될까.

"성장한 너와 싸우면 나는 분명히 져버리겠지."

도사는 사실을 말하고 있다.

도사가 메노우와 싸워온 금기보다 약할지도 모른다. 능력으로 따지면 도사는 아마 메노우가 싸워온 적 중에서도 약한 부류에 든다. 메노우도 충분히 승산이 있을 것이다.

그와 동시에 그게 어쨌다는 거냐는 메마른 감정이 떠올랐다. 가슴 속에서 떠오른 마음이 얼굴에 달라붙어 쓴웃음이라는 형태로 메노우의 표정을 장식했다.

"하지만."

자신이 약하다고 말한 도사에게 메노우가 대답했다.

"도사님이라면 모두 죽이셨겠죠."

나는 죽이지 못했다. 만마전은 아무렇지도 않게 살아가고 있고. 마논이나 사하라처럼 금기를 저지른 소녀들의 숨통을 끊었다고 생각했는데 놓쳤다. 대주교인 오웰도 메노우 혼자서 상대했다면 완벽하게 패배했을 것이다.

도사는 아무런 말도 하지 않았다. 그녀의 따분해 보이는 눈동자만은 예전이나 지금이나 변함이 없었다.

메노우에게 세계에서 제일 이기기 힘든 상대가 바로 도사였다.

"도사님."

"왜?"

"저는 지금, 분명히 살아갈 길을 잘못 들려 하고 있어요."

"그러냐."

"당신과 똑같아지기를 원했던 제가 그런 길을 선택하려 하고 있어요."

내가 시작되었던 하얀 고향. 검붉은 신관과 함께 걸어온 여로는 정신을 차리고 보니 머나먼 기억이 되어 있었다. 처음에는 비교만 했었는데, 어느새 떠올리는 경우도 별로 없게 되었다.

도사와의 여행이 내 핵심이 되었다는 건 변함이 없다.

그저 선명하게 가슴 속에서 속구치는 건 예전의 여로를 더듬는 듯이 걸어오며 아카리와 투닥거린 여행의 추억이었다.

"지금이라면 다시 선택할 수 있다는 건 알고 있어요. 하지만 말이죠."

선택지가 있다는 걸 알면서, 그렇기 때문에 메노우는 검붉은 신관을 빤히 바라보았다.

"맑고 올바르고 강한, 그런 악인 같은 신관이 되겠어요."

그 말을 들은 도사가 입을 크게 벌리며 웃었다.

"너는 정말로 바보구나."

"그건……, 네."

자기도 모르게 메노우의 입가에 희미한 쓴웃음이 드리웠다.

"저도, 그렇게 생각해요."

더 이상 이야기를 주고받지는 않았다.

도사가 메노우에게 등을 돌리고 차량 안으로 들어갔다. 잠시 후 열차가 움직이기 시작했다. 도력 기관이 구동되고, 반짝반짝 빛나는 도력광을 흩뿌렸다. 멀어져가는 열차 뒷부분을 바라보던 메노우가 도력광을 돌아보자 두 가지 색으로 나뉘어 있던 하늘이 보였다.

붉은색과 감색. 정반대인 색이 서로 경쟁하듯이 하늘을 장식하고 있었다. 서서히 감색으로 기울었고, 나중에는 별이 반짝하기 시작한 하늘은 감탄이 나올 정도로 아름다웠다.

도사와 아카리가 탄 열차는 이제 보이지 않는다.

앞쪽으로 이어진 선로와 아름다운 하늘을 보며 메노우는 이제부터 나아가야 할 길에 끝이 없다는 생각을 하며 한 마디.

"죽고 싶지는, 않네."

살아갈 길을 찾아내기 위해, 눈을 가늘게 뜬 채 중얼거렸다.

처형소녀의 살아가는 길

— 붉은 악몽 —

하얗게 통일된 플랫폼에 열차가 정차해 있었다.

전 세계에서 순례자가 찾아오고, 모든 제1신분이 반드시 한 번은 오게 되는 도시이자 성지.

그 지역에 단 하나 있는 열차 정류소는 일반인의 출입이 금지되어 있다. 애초에 정기적인 운행은 존재하지 않아서 사용하는 경우 자체가 별로 없다.

열차에서 내린 사람은 머리카락이 검붉은 신관이다.

거의 한 달 만에 성지로 돌아온 그녀를 맞이해준 사람이 있었다.

"……이제야 왔나."

도사를 날카롭게 노려본 사람은 체격이 홀쭉한 나이든 여자였다. 목소리에는 늙은 나이가 느껴지지 않는 힘이 담겨 있었다. 장엄하면서도 청렴한 의상은 그녀의 지위가 대주교라는 사실을 나타내고 있었다.

대주교 엘카미.

세계에서 이름이 제일 많이 알려진 인간 중 한 명이다. 하지만 그녀가 성지를 수호하는 대주교라는 사실은 유명해도 그녀가 【사도】라는 사실을 아는 사람은 결코 많지 않다.

나이가 들어 홀쭉해진 두 팔로 교전을 끌어안고 있던 엘카미가 힘이 깃든 눈으로 도사를 노려보았다.

"집요할 정도로 연락이 되지 않았던 이유에 대한 변명은 준비해 두었겠지? 도사 '아지랑이'."

"미안하군, 【마법사】. 알고 있을 텐데?"

세계의 정점에 있다고 표현해도 부족함이 없을 상대에게 도사는 대놓고 귀찮다는 듯한 표정을 지은 채 교전을 슬쩍 들어 올리며 비꼬았다.

"이 교전은 망가졌거든."

뻔뻔한 변명을 듣고 【마법사】라 불리운 엘카미의 눈살이 찌푸려졌다.

반사적으로 소리를 지르려 하다 꾹 참고는 숨을 돌렸다. 으르렁대듯이 물었다.

"……뭐, 됐다. 그래서? 그 【시간】은 붙잡았나?"

"열차 안에 있다. 조만간 나올 테니 알아서 데리고 가."

"마논 리벨과 '만마전'은 어쨌나. 마주쳤을 텐데?"

"글쎄다? 여전히 도망치고 있지. 어쩌고 있는지는 모른다. 멋대로 행동하고 있겠지."

"이 무능한 녀석! 그런 계집애를 처리하지도 못하나!"

나이든 목에서 터져 나왔다고는 상상도 못 할 큰 목소리에 도사가 어깨를 으쓱였다.

반성하는 기색조차 없는 모습이다. 엘카미가 짜증 난다는 듯이 혀를 찼다.

"교전에 그분이 깃들어계신다고 해서 까불지 마라."

"내 알 바 아냐. 나도 진짜 골치 아프다고."

"네놈……!"

불을 뿜어내는 듯한 눈빛으로 바라본다. 도사는 아랑곳하지도 않고 눈을 돌렸다.

"봐, 왔다. 저게 토키토 아카리다."

열차에서 나온 흑발 소녀가 말없이 두 사람을 노려보고 있었다.

반항적인 눈이다. 만마전 때문에 마음이 꺾여 죽은 듯한 눈이었는데 잠깐 사이에 되살아났다. 여기로 오는 도중에 도망치려 하지 않았던 것이 신기할 정도인 태도다.

"저 녀석을 데리고 가서 곧바로 '소금 검'을 쓰면 끝난다. 그곳으로 가기 위한 전이진 기동은?"

"……1주일은 걸린다. 그때까지 대기하고 있어라."

"오래 걸리는군. 미리 준비할 순 없었나?"

"움직일 수 있는 인원에 제한이 있다. 애초에 이 계획을 알릴 수 있는 자가 별로 없다. 게다가 네놈이 멋대로 행동할 것까지 감안하면 견적이 나오지 않는단 말이다!"

"그런가? 힘들겠군."

엘카미가 화를 내는 모습을 보고 이왕 그럴 거면 혈압이 올라서 죽으면 좋겠다고 생각한 도사는 싸늘한 눈으로 마주 보았다.

성지를 수호하는 대주교 엘카미. 다른 이름은 【사도 : 마법사】.

동화에나 나올 법한 칭호를 지니고 있지만, 그녀의 근본은 속물이다. 대주교라는 지위에 오른 것이 믿기지 않을 정도로 속이 좁고 겁이 많다.

자신이 속물이라는 사실을 알고 있기에 오웰처럼 되지 않았다는 면도 있으니 아이러니하다고 할 수밖에 없다.

"1주일이라."

아카리를 연행해가는 엘카미의 뒷모습을 바라보며 도사는 남은 날짜를 소리 내어 말했다.

이번 메노우는 그때 메노우와 매우 비슷한 눈빛을 보이고 있었다.

——새로운, 마도……? 그런 것 때문에, 아카리를, 여기까지 데리고 오게 하신 건가요?

——그렇다.

——그런, 가요.

첫 번째 메노우와 주고받았던 대화가 선명하게 떠올랐다. 성지로 아카리를 데리고 와서 순수 개념【시간】을 어떻게 다룰 것인지 알게 된 제자는 반기를 들었다.

그렇다면, 이번에도 올 것이다.

"자, 메노우."

비꼬는 듯이 입가를 일그러뜨렸다.

몇 번이나, 몇 번이나 되풀이해왔다. 메노우의 죽음은 지금까지 다시 시작할 수 있었다. 그것을 허용한 것은 순수 개념【시간】을 깎아내기 위해서였고, 새로운 마도가 될 수 있는 개념을 수집하기 위해서였다.

그것은 이미 충분하다. 토키토 아카리의 인재화까지는 이제 얼마 남지 않았다.

"다음은 없다."

이번 제자 살해가 마지막이 될 것이라는 사실을, 도사 '아지랑이'는 알고 있었다.

메노우는 출발할 준비를 하고 있었다.

여관에서 아슈나에게 따로 행동하게 될 거라고 말하고는 모모가 머무르던 여관으로 옮겨왔다. 그곳에서 다시 짐을 정리하고 있던 메노우에게 모모가 조심조심 말을 걸었다.

"저기, 선배."

"왜?"

"도사가 말한 도시로 가실 거죠?"

"안 갈 건데?"

아무렇지도 않게 대답했다.

"성지로 갈 거야. 부흥 활동에는 얼마든지 적합한 사람이 있으니까."

"그, 그냥……, 그냥, 돌아가는 것뿐이죠?"

"설마. ……모모는 남아도 돼."

"……같이 갈 거예요오."

"흐음? 아카리에게 정이라도 들었어?"

"그것만큼은 절대로 있을 수 없어요. 선배를 위해서예요."

놀려봤더니 필요 이상으로 토라진 표정이 돌아왔다. 의외로 정곡을 찔러버렸나? 모모의 성격을 잘 알고 있는 메노우는 훈훈한 느낌이 들었다.

"있지, 모모."

"왜 그러세요? 선배."

"마도가 어떻게 생겨났을 것 같아?"

"저기······."

갑작스러운 화제가 나오자 허를 찔린 듯한 표정을 지었다.

얼마 전에 아카리도 했전 질문이다. 모모는 곤란하다는 표정을 지으며 대답했다.

"그건······, 모르겠어요."

"그렇구나."

메노우는 대충 알 수 있을 것 같았다.

'만마전'을 데리고 다니던 마논과 주고받은 대화를 통해, '꼭두각시 세상'의 영향을 받은 사하라의 변화를 보고, 무엇보다 도사 '아지랑이'와의 대화와 아카리가 폭로한 사실을 듣고.

"분명히 마도라는 건 어떻게 해볼 수도 없는 방식으로 생겨났을 거야."

"그런, 가요?"

"그래, 분명히 그렇겠지."

모모에게 아카리가 기억을 유지한 채 몇 번이나 시간 회귀를 거듭했다는 이야기를 들었을 때부터, 메노우는 생각하던 게 있었다.

도사 '아지랑이'가 겨우 순수 개념 보유자 한 명의 암살에 몇 번이나 실패할 리가 없다. 아무리 아카리가 불사신이라 해도, 시간을 회귀시키는 마도를 사용한다 해도, 도사라면 반드시 적응해서 대처해낼 것이다.

그렇기 때문에 도사는 명확한 의도를 지니고 아카리가 되풀이하게 만든 것이다. 아카리가 【힘】을 계속 사용하게 만들 이유가 있었다.

마도의 시작이 무엇인가.

모든 생물에 깃든【힘】, 그것이 도력이다.

인류가 그 힘을 시행착오 끝에 다루며 마도라는 개념을 얻을 수 있었던 걸까.

아닐 것이다. 아마도 순서가 다를 것 같다.

이 세계의 주민이 자력으로 획득한 것은 도력 강화까지다. 마도 같은 건 분명히 개념조차 존재하지 않았다.

"마도의 시작은 이세계인이 지니고 있는 순수 개념이야."

순수 '개념'.

원죄 개념도, 원색 개념도, 문장 마도도, 교전 마도도, 이 세계에 온 이세계인이 가져다주었다.

그들이 어째서 이 별에 소환당하게 되었는지는 모르겠다.

하지만 이세계인이 오게 된 이후로 도력을 통해 그들의 혼에 개념이 정착되고 무의식적으로 사용할 수 있는 마도로서 별의 개념으로 무대 위에 오르게 되었다.

그들의 혼에 내포된 개념이 겉으로 드러나는 것은 인재가 되어 폭주했을 때다. 폭주한 것과 동시에 한 명의 인간으로 머물러 있던 개념이 마도 현상으로서 세계에 두루 퍼지게 된다.

그래서 도사는 모모를 방치했다. 아카리에게 순수 개념을 계속 쓰게 만드는 모모의 행동이 형편 좋게 작용했던 것이다.

도사의 목적은 아카리의 인재화다.

【시간】의 순수 개념을 시간 마도로서 세계에 집어넣으려 하고

있다.

모모에게 들은 이야기에 따르면 제일 먼저 소금 대지에 도착한 나는 아카리를 구하려다가 도사에게 살해당했다고 한다.

그건, 분명히 아닐 것이다.

그때 나는 오히려 아카리를 죽이려고 했을 것이다.

아카리를 인재화시킬 거라면 차라리 죽여버리는 게 낫다. 그것이 처형인의 본분이기도 하다. 내가 살아가는 방식과 감정이 일치했기에 첫 번째 메노우는 도사의 의지에 어긋나는 행동을 취했다.

도사의 허를 찔러서 내 손으로 아카리를 죽여버리는 게 그나마 구원받을 여지가 있다고 생각하며 소금 대지에 발을 내디뎠다.

두 번째 이후의 나는 메노우를 지키려 하는 아카리에게 짜증이 나서. 첫 번째 나는 아카리가 아카리인 채로 죽을 수 있게끔 하다가――, 도사에게 처분당했다.

"이 세계는 정말 어떻게 해볼 수도 없는 곳이긴 하지."

메노우는 도력광을 띄웠다. 도력 미채를 응용하여 이 대륙의 지도를 투영했다.

도력의 빛.

이 발광 현상은 어둠 속에서 빛나기 때문에 '이끄는(도)', '힘(력)'이라 불렸다.

【힘】의 어원을 알면서도 메노우는 일부러 다른 해석을 말했다.

"이 힘은 분명히 이세계인을――, '길 잃은 사람'을 이끄는 힘일 거야."

그 열차를 타고 아카리가 끌려가는 모습을 바라보긴 했지만, 메노우는 포기한 게 아니었다.

지금부터가 시작이다.

진흙투성이가 되고, 피를 뒤집어쓰고, 온갖 수단을 동원하고, 악의를 품고——, 결국 내가 할 수 있는 일은 누군가를 죽이는 것밖에 없구나, 그렇게 자조하면서도.

우리가 살아갈 길을 개척하기 위해서.

"가자, 모모."

"네, 선배."

처형 소녀는 살아가기 위한 길을 걷기 시작했다.

작가 후기

이번 4권도 일러스트레이터 니리츠 님과 담당 편집자 누루 님께서 힘써주시고 관계처 여러분의 도움을 받아 간행할 수 있었습니다. 감사의 폭풍입니다.

왠지 에필로그가 '우리의 싸움은 지금부터다!'라는 식으로 마무리된 것 같지만, 안심하세요. 5권으로 이어집니다.

자, 최근 화제라고 하면 상관없는 사람이 없을 코로나입니다. 독자 여러분, 코로나 상황에서 무사히 지내고 계실까요. 예전에 '코로나'라는 캐릭터 이름을 쓴 적이 있는 작가는 코로나 바이러스라는 이름을 보고 미묘한 기분을 느끼면서도 '순수한 은톨이 속성 인도어파 오타쿠인 나는 틀어박히는 것 정도는 아무것도 아니지'라고 승리자라는 확신이 들었습니다.

……예상했던 것보다 힘들더군요.

바람을 쐬러 나가는 것도 자중해야 하니 꽤 괴롭네요. 아직 잠잠해질 기색이 없는 지금, 여러분께서도 스트레스가 너무 많이 쌓이지 않게끔 마음 편히 지내시길 바랍니다.

하지만 어쩔 수 없이 실내에서 지내야만 하는 지금, 활력소가 될 만한 정보 하나.

코미컬라이즈예요, 코미컬라이즈!

영 강강에서 미츠야 료 선생님의 '처형 소녀' 코미컬라이즈가 연재를 개시했습니다! 2호 연속 권두 컬러로 호화롭게 시작되었고, 때로는 화려하게, 때로는 익살스럽게, 코미컬라이즈판 메노우와 아카리, 모모 일행의 한 장면, 한 장면이 훌륭하게 나왔으니 연재되는 내용을 부디 확인해보세요!

제가 쓴 소설에 일러스트가 붙는 것도 더할 나위 없는 기쁨이고 매번 어찌 해볼 수도 없을 정도로 마음이 뛰곤 합니다.

코미컬라이즈는 이번이 첫 경험인데, 저도 손님처럼 즐기는 것처럼 가슴이 두근거리네요.

소설 쪽도 독자 여러분과 5권에서 다시 만나 뵈었으면 좋겠습니다.

그럼 이만 줄이겠습니다!

역자 후기

안녕하세요. 천선필입니다.

이번 『처형 소녀의 살아가는 길』 4권, 재미있게 읽으셨는지 모르겠습니다.

1권, 2권을 읽고 3권 번역을 끝냈을 때, 저는 이 작품에서 약간 로드 무비 같은 요소를 느꼈습니다. 소환된 아카리와의 만남, 곧바로 닥쳐온 위기, 그로 인해 새롭게 정해진 목적지, 그곳을 향해 가던 중 생기는 이벤트, 물론 아카리의 경우에는 과정을 중시하지 않고 실패한 결과를 비관하며 시간을 되돌리는 캐릭터이긴 합니다만, 작품의 제목을 생각해보면 주인공 일행이 나아가는 과정, 여정을 전혀 무시할 수는 없겠죠. 이번 4권 마지막에서도 주인공인 메노우가 새로운 결과가 아닌 새로운 길을 나아가게 되었고요.

그런 점에서 보면 주인공 일행과 밀접한 관련이 있는 등장인물을 제외하면 전부 그 여정을 시작하게 되는 계기 또는 장애물 같은 기능을 하고 있는 것 아닐까 하는 생각도 듭니다. 현재까지 확정되어 있는 여정의 끝은 '소금 검'이 있는 '소금 대지'죠. 그곳으로 여행을 떠나게 만들기 위해 메노우의 직업인 처형인이 있고, 그 여정을 가로막기 위해 오웰 등의 등장인물들이 막아서고, 그런 구조로도 볼 수 있을 것 같습니다. 사실 어떤 작품이든 지나치게 해체하고 분석하면 재미가 떨어질 우려가 있습니다만,

이런 식으로 다른 시점을 통해 보는 것도 또다른 재미겠죠. 독자 여러분께서는 어떻게 보셨는지 궁금합니다.

4권 번역을 마치고 역자 후기를 쓰고 있는 지금, 이 작품의 TV 애니메이션화가 발표되고, 주요 스탭 및 성우 캐스팅까지 공개되었습니다. 독자 여러분께서 이 후기를 읽고 계실 때쯤이면 새로운 소식이 발표되었을지, 아니면 이미 방영이 시작되었을지 모르겠네요. 코믹스도 그렇지만, 애니메이션처럼 다른 매체로 이야기를 즐길 수 있다는 건 언제 듣더라도 가슴을 설레게 만드는 소식 같습니다. 저도 하루 빨리 메노우와 아카리가 움직이는 모습을 보았으면 합니다.

감사의 말씀 드리고 후기를 마치려 합니다.

항상 폐만 끼쳐드리고 있는 담당 편집자분, 그리고 책을 내는데 여러모로 신경 써주신 소미미디어 관계자 여러분, 그리고 아버지, 어머니, 누나, 매형 가족 여러분. 감사합니다.

그 누구보다 감사드리고 싶은 분은 독자 여러분입니다. 매번 후기를 통해 말씀드리고 있긴 하지만 제가 이렇게 번역을 하는 것도, 그리고 마치고 후기를 쓸 수 있는 것도 독자 여러분 덕분이라 생각합니다. 진심으로 감사드립니다.

행복한 하루 보내시길 바랍니다.
감사합니다.

천선필

Shokei Shojo No Ikiru Michi (Virgin Road) 4 –Akai Akumu–

Copyright © 2020 Mato Sato
Illustrations copyright © 2020 nilitsu
Korean translation rights arranged with SB Creative Corp.
through Japan UNI Agency, Inc., Tokyo

처형 소녀의 살아가는 길 4
― 붉은 악몽 ―

2023년 10월 15일 1판 1쇄 발행

저자 사토 마토
일러스트 니리츠
옮긴이 천선필
발행인 유재옥
본부장 조병권
담당편집 정영길
편집1팀 김준균 김혜연
편집2팀 정영길 조찬희 박치우 정지원
편집3팀 오준영 곽혜민 이해빈
편집4팀 전태영 박소연
미술 김보라 박민솔
라이츠담당 김정미 맹미영 이윤서
디지털 박상섭 김지연 윤희진
발행처 ㈜소미미디어
제작처 코리아피앤피
등록 제2015-000008호
주소 서울시 마포구 토정로 222, 403호 (신수동, 한국출판콘텐츠센터)
판매 ㈜소미미디어
마케팅 박종욱 최원석 박수진
경영지원 최정연
전화 편집부 (070)4164-3962, 3963 **기획실** (02)567-3388
판매 및 마케팅 (070)4165-6888 **Fax** (02)322-7665

ISBN 979-11-384-2052-5 (04830)
ISBN 979-11-6507-742-6 (세트)